雲の記憶

石田耕治

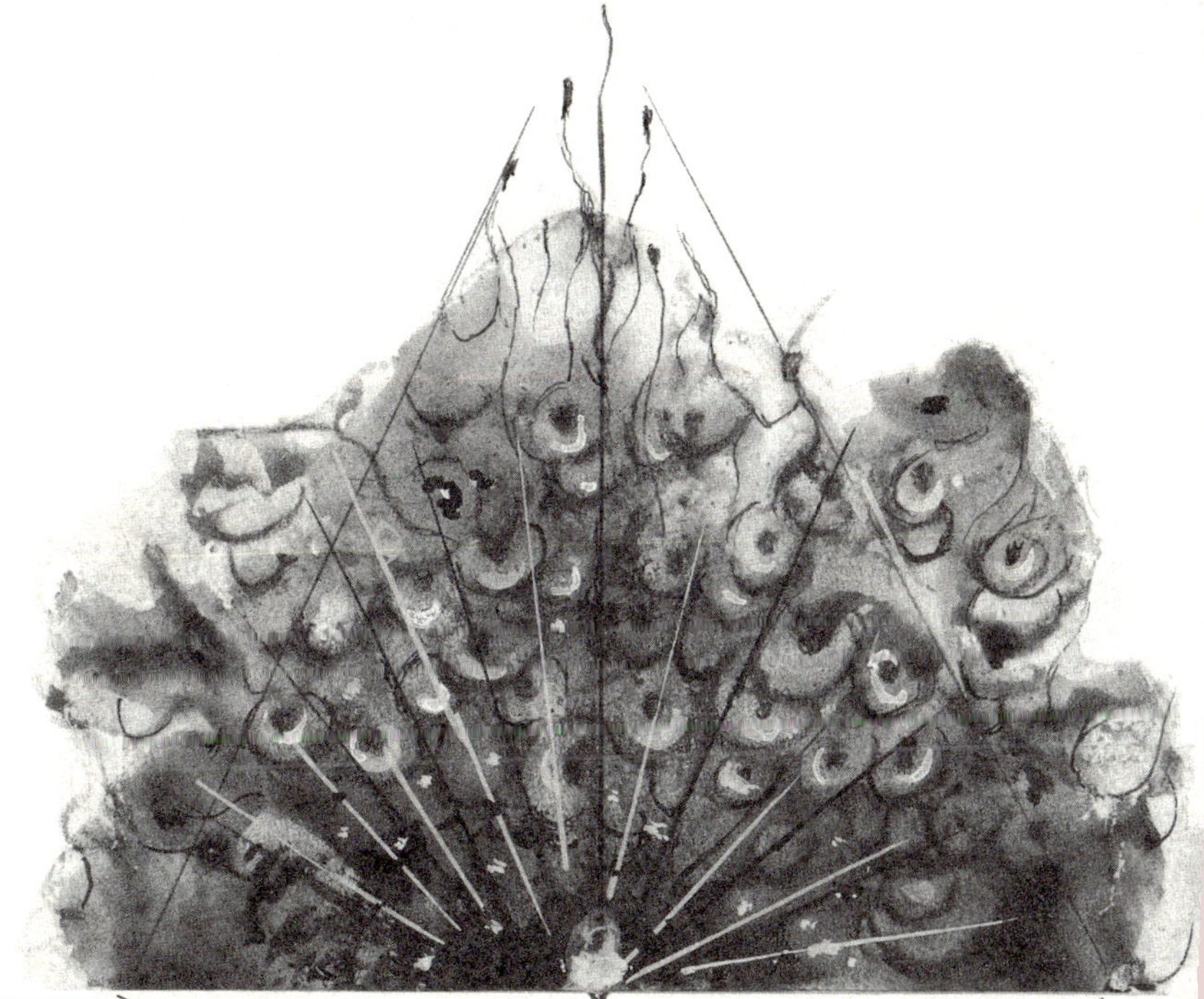

河出書房新社

目次

雲の記憶

雲の記憶

かれらの中のある者は仰向けになりながら自己を主張しているように見えた。男も女も、その見分けさえつかぬ者も、主張の仕方は、絵画館の地下で審査を待ちながら横たわっている油絵のように、一様に冷たく静かな態度をとっているが、展覧会場の一室ほどに落着いた雰囲気を漂わせてはいない。かれらはそれぞれ勝手な位置に横たわり、気儘《きまま》なポーズを作り、真剣な眼差しを崩さずに、しかし、少しばかり不満の色が見られた。地下でのかれらの順序のことかもしれなかった。不満の表情がもっと深く刻みこまれた者たちは、まだ地上にあるしるしを個性的な身振りで示しながら、呻吟を続けており、それは地上がある限り決して徒労に終りはしないという期待に支えられている。かれらの表情には、また、その努力が不首尾に終る場合の新しいひとつの決意のきざしが見える。

僕と連れの男はあとさきになって、死体の間を縫って歩きながら最初の言葉を交した。

「第一、あの光が妙だったよ。殺人光線によく似ていた」

と男はひょいと腰をかがめて、女らしい姿の口許へ掌を当ててみて、

「これじゃあ生きているはずがねえ」

と苦笑し、上唇を引っ張ったが、あわてて手を引っこめた。女の唇が微かに摺れ合った。男は手にしていた短い棒ぎれで死体の乳首を突いて云った。

「死毒が出るんでなあ」

女の乳首が弾むように元に戻るのを見ながら、僕は殺人光線の方へ話を返した。

「もちろん、飛行機から投げ出したんでしょうね？」

「何を？」

と男は、今度は女の耳を突いた。

「殺人光線です」

「当り前だよ」

彼は女の頬へ最後の一突きを加えると、

「おい、気をつけてくれよ。息があるやつと無いやつは、ちょっと見ただけじゃ分らんからなあ」

と歩き出した。僕は連れの男にさんざん小突かれた女の顔を見下した。女は仰向けの姿勢で静かに眼を閉じており、苦しまずに息を引き取った感じである。

「おい」

と連れの男が呼んだ。彼は棒ぎれでさし招きながら、片方の二の腕で顔の汗を乱暴に拭った。

僕は笑顔で頷《うなず》き、向うむきになった彼の首筋を見つめた。細く筋張った髪の生え際に黒く塊まっているものがあった。男はそれに痛みでも感じているのか、首を突き出すようにして死体の中を探していた。

「いらっしゃいましたぜ」

僕が近づくと、男はすぐ眼の前に横たわっている中年の男を指した。

僕たちが踞《しゃが》んで覗き込むと、横向きに倒れている男は手で砂を掻き廻し、しきりに何か口走った。

「ヘエー、こうふくらみきったんじゃ、ものもろくすっぽ云えやしねえだろう。ちょっと動かしゃ実が飛び出しちまわあ」

連れの男は眼を丸くして、ふくれ上った顔を眺めた。

「やっぱり殺人光線ですか?」

僕はまだ気になっていることを連れの男から確かめたいと思った。

「何を?」

と、連れの男は、倒れている相手の額を指先で押してみて、

「脹れてるっても、皮は結構固いぜ」

と首を一層突き出して、その額のあたりを撫でた。そして、もっと眼を近づけて覗き込み、

「医者が足りねえんでなあ」

彼は妙にせつない調子で脹れ上った顔へ云いきかせると、こちらを見上げて、

「担架はあるかい？」

「そんなものは……」

「じゃあ、どうやって運んで行くんだい。なんでもいいから、急いで担いで来いよ。ずるりといったら、それこそ一巻の終りじゃないか」

彼は立ち上って校庭の先の方を見やり、

「ほう、積んだな」

目を細めて、満足そうに幾度も頷くと、また、倒れた男の傍へ蹈み直して、

「ほんとに、医者が足りねえんだよ」

僕は死者たちの間を縫って、校庭の隅に張られたテントの方へ走りながら、何故、あの男と一緒に思いがけない仕事を始めることになったのだろうかと考えた。

夏の日の比較的平穏に始まった朝の一瞬を幻のように掻き撫でて過ぎた嵐の後の、妙に間隙の多い樹木の繁みに似た時間の中で、僕は、それでも、かなりしっかりした足取りで、婦人を乗せた担架の後部の把手を握りしめて、死体収容所にあてられた小学校の門を入って行った。その時にはすでに、連れの男が小柄な体を左右に揺すりながら、僕の前を進んでいた。僕と同じ速さで、同じ方向へ。彼が前部の把手を地上へ置いてこちらを振り向くまで、そのことが信じられなかった。

「こう続けざまじゃあ、実際、息ぬきもできねえよ」

男はそう云うと、僕と一緒に運んで来た婦人の死体をテントの前に下し、中で汗を拭っていた若い男に声をかけた。

「ひとつ頼みますぜ」

若い男は頷き、片手に持っていた麦藁帽を被りながら、死体へ近づいて来て覗き込んだ。

「これもやっぱり駄目な口ですか」

若い男は婦人の胸のあたりを見て楽しそうな笑いを浮かべると、片手を差し出し、指先で乳首をつまんだが、

「ウヘー」

と驚きの声を上げて尻ごみした。

連れの男は僕に声をかけると、先に立って校舎の方に向って歩き出した。彼は随分前からこの仕事を続けているようであった。僕はそれが当然のように、小走りに男の後を追った。

そのことは決して間違ってはいなかった。僕自身、最初から全く無縁の死者を運びこんで来たのであり、新しい仕事が、死体の列の中からまだ生きている者を探し出して、急ごしらえの診療所へ運ぶことになったところで別に変りはない。死者から解放されたことだけでも喜びに似たものを感じた。だが、死が形を取ってやたらに転がっていると、厳粛さは極めて薄くなってしまい、死は重量感に満ちているという以前からの考えはくつがえされた。

テントのところまで引き返して来ると、僕は、そこにぼんやり突っ立っている先刻の麦藁帽を被った若い男を見つけて、近寄って行った。

「さっきの担架はありませんか？」

「は、異状はありません」

麦藁帽の男は靴の踵《かかと》を引きつけて云った。カチッという小気味よい音がした。何かひどい勘違いをしているらしいその男に一礼すると、僕はテントの陰へ入って、校庭の一角を目を細くして眺めた。

死者たちは二、三人ずつが一緒に積み重ねられて、幾筋も連なっている。かれらの体には、衣類の切れはしでもまとっていればそれに、そうでなければ、固く曲ってしまった手の指の、大抵は小指のつけ根に、収容順を示す番号を書き入れた紙片が結びつけてある。

「はい、百三番から百七番まで、急いでこちら側の穴へ運んで下さい」

新しく掘られた底の浅い穴の方を指差して、鉢巻きをしめた男が云った。町内会長であった。僕はホッとした。彼の家は僕の家と庭で接していた。毎朝、彼は、垣根越しに挨拶した。きまって、

「お早うございます。今日もまた大変ですなあ」

僕は笑顔で頷き返し、しかし、聞えない程度の声を出して、

「遅うございます。今日はいつもよりずっと退屈ですなあ」

と答えた。日々が退屈であった。

われに返ると、麦藁帽の若者を交えた数人の男たちが、死体の積み重ねの前で忙しく立ち廻っていた。列の端から五つの体が無造作に持ち上げられると、それぞれの穴の前まで、引きずられて行き、投げこまれた。薪を抱えた男が穴のまわりを行き来しながら、二、三束ずつ分配すると、その後に続く男が、すでに死体にふりかけてあった枯松葉に素早く点火して廻った。五つの穴から陽炎《かげろう》が立ち昇り、やがて、はっきりと火焔の形をとり、音をたてて拡がった。

死者たちは頭髪の部分から燃え始めた。眉毛が消え、眼がギョロリと開いた。それでも、おたがいに牽制し合っている耐久レースの選手たちのように動かない。だが、かれらは一様に、縮めていた眉をゆるめながら、徐々に新しい世界をかい間見ているふうであった。かれらが、それぞれの個性を失ったころ、それを見極めでもしたように、半裸で半ズボンの陽焼けした男たちが、まだ燃えつきない穴へ駆け寄って行って、手で掬《すく》った砂を死体めがけて投げ始めた。男たちの動作は操り人形のように次第に素早くなり、怒りさえ伴って、掬っては投げ、投げつけた眼で死者たちを睨みつけた。彼らは、屑のように並んだ死体の中から、今こそ、死の正体を摑み取ろうとしているかに見えた。砂が顔を隠し、死者たちは少しずつ自分の形を失いながら、姿を消していった。すぐ向うの五つの穴は、火焔の後のくすぶりが砂目を這《は》い廻っている。

「百八番から」

別の声が叫ぶと、新しい死者たちは引きずられるように、穴の中へ転げ込んでいった。少年らしいのが大きな口を開けた。返事をしたように見えた。かれの手の小指に結びつけてある、おそらくは百十一番の番号札が火傷の皮膚に喰い込んでいる。かれの体は大人たちとは違って、むずかるように左右に揺れた。痩せた踵のあとが二筋、砂地を曲りくねり、薄く滑って流れた。

かれは自分の穴へ俯き加減に転がりこんだ。枯松葉がその瞼《まぶた》を刺した。少年はちょっと口をとがらせた様子であった。男たちの手で仰向けに変えられたかれは、片手で腰のあたりをおさえ、他方の腕が背中へまわり、膝を曲げて上を見つめている。少年もやはり頭髪の部分から燃えはじめ、飛び出した眼の玉が宙を睨むと、焔の中へ消えて行った。それにしても、かれの死はひどく事務的であった。

「ワッハッハッハッハ」

と背後で大きな笑いが起った。麦藁帽の男であった。彼はバケツの水へ顔を浸して涼をとったらしく、首からしたたり落ちる水を陽焼けした腕で拭いながら、ひとり、いかにもおかしそうに笑った。彼は、また、何かひどい勘違いをしたらしかった。

「おい」

肩を叩かれて振り返ると、連れの男が立っていた。

「用のねえやつに見惚れてちゃあ困るじゃねえか。お前のお蔭で、あのおっさん、とうとう御陀《おだ》仏《ぶつ》しちまったぜ」

男は僕への腹いせに、乾いた砂を蹴上げた。白い砂埃が散った。

「おれひとりじゃあ、どうしようもねえんだからなあ、考えてみろよ」

僕は睨み据えると、男は先に立って歩き出した。彼は担架をかかえていた。僕はいささかの不満も覚えず、男のあとに従った。

先ほどの負傷者を死なせたのは僕だという気がした。担架が間に合っていればその男を生かすことが出来たのだと、連れの男は考えているらしかった。それでもいいと思った。ひとつの死が僕に求める責めは、他の二つの生命を救うことでどうにか償うことの出来るようなものだし、今なら、それはひどく簡単なことだという気がした。連れの男にしても、まだ息づいている生存者を眼前にして手をこまねいてだけいたという理由で責められてよいはずであった。それを問いつめると、男は、濁った眼を一際大きく見開き、憤りに似た口調で強く否定するに決まっている。

連れの男は首を突き出すようにして進みながら、

「死人がぐっと増したようだなあ」

と、担架をかかえ直したが、

「あの先に動いているのがいるぜ」

と前方を顎でしゃくっておいて足を早めた。男のいかにも生き生きした様子を見ながら、彼が昨日まで、僕とひどくかけ離れたところにいたに違いないと思った。たとえば、彼は馬丁かもしれない。あるいは、彼は常日頃、一頭の痩せ馬を頼りに埃っぽい道を歩むときよりもずっと生き生きした眼をしているのではないかと思われた。それよりも、先刻からの不安が次第に怖れに変って来始めた。何故、僕たちだけがこうして無事なのだろうか。楽しそうな身の動かし方で跳ねるように歩いている連れの男のところへ行って、その怖れを打ち明けてみようと思った。彼が、あの、生き抜いてきたのだという自信に満ちた骨張った顔にせせら笑いを浮かべて、僕の無知を非難すれば、それだけでも救われた気持になる。だが、彼の顔が急に曇り、肩をすぼめて沈みこんでしまうと、僕の方が余計に耐えられなくなるような気もした。

　僕が追いつくと、連れの男は蹲みこんで、新しい相手に先刻と同じことを云ってきかせていた。

「医者が足りねえんですよ。いや、いい薬がねえんですよ」

　倒れている男の顔には灼《や》けた砂が白くへばりついていたが、珍しく無傷であった。担架へ乗せる時、その男は身をくねらし、眉に皺を寄せて、苦しげに呻いた。連れの男がもう一度相手を覗き込んで、

「いい薬がねえんですよ」

　そう念を押すと、僕を振り向いて急ぐように眼で合図した。

「助かるでしょうか?」

　無傷の顔がこちらを見上げ、弱々しい声で聞いた。

「大丈夫ですよ」

　僕は気軽に答え、後部の把手を持ち上げた。

「どうもいちどきにガアンときたとしか考えられねえ」

連れの男は校舎の廊下をよろめくように進みながら、大きな声を出した。

「普通の殺人光線じゃなさそうですよ」

彼は繰り返し頷いて、

「光線爆弾だ。たしかにそうだ」

と立ち止まって、こちらを振り向いた。彼の眼は輝き、新しい期待に立ち向うときのように燃えていた。

「おれはこっそり聞いたことがある」

連れの男はいからせた肩を左右に揺すって進んだ。

死者たちは廊下や階段にもたむろし、壁によりかかって蹲《うずくま》っている者もある。かれらは最早気負った様子もなく、自分の存在さえ見失ったように、ひっそりと身を縮めて動かない。

生徒たちはどうしているだろう、とふと思った。市の東の方に住んでいる子供たちは、学校の裏手の丘に上って、被災した西の方を眺めているだろうか。

「先生、夏休みの間に空襲があって学校が焼けたら、勉強はどうなるんですか?」

「そんなことはないから安心して、病気をしないように気をつけるんだよ」

彼らは、僕が見知らぬ男と一緒に負傷者を運んでいようなどとは思ってもいないだろう。新学期になったら、早速話してやろう。

「先生は戦争している兵隊よりももっとひどい場面を見た。皆には想像出来ないだろうが、死体ばかり転がっている中を、知らない男とたった二人で歩き廻ったんだよ。それが何処だと思う、この市の中でだよ」

「おい、気をつけろよ」

われに返ると、連れの男が階段へ足をかけようとして踏み外したらしく、担架の把手を握ったまま膝をついた。担架の上の男が低くうなったようであった。

人ひとりがやっと通れるだけの通路になった階段を、先に立った連れの男は一段ずつ踏みしめて上った。

「急いでみたって、効き目のない注射一本きりですぜ」

彼は足を止めると、思い出したように、担架の上の男を振り返った。無傷の顔の男は眠っていた。

『診療室』と貼紙のしてある教室の前の廊下へ担架を下すと、連れの男は戸口から中へ向って叫んだ。

「一名運んで来ましたが、どうしましょう?」

中から聞き取れない声が何か云った。男は教室へ入った。担架の横へ腰を下すと、僕は両膝の間へ顔を埋めて、眼を閉じた。瞼の上を綾模様が入り乱れて、素早く交錯した。それが過ぎ去った日のことを思い出させた。

夜、僕とミツは、旅先の海岸を肩を並べて歩きながら、海の話をした。何かの力で地上にあった水分が海へ流れ込み、沙漠期がおとずれてくれば、僕たちは海に住もう。それは地上が砂塵でおおいつくされたある日、それまで耳にしたことのない轍《わだち》の音を響かせて現われた一台の二輪馬車へ乗りこむことで始まるだろう。僕たちは地上にいたことのしるしを確かめるために、あらためて埃っぽい空気を吸い、色を失った山々の峰に眼を移し、光を消した星を探そうとするだろう。それから、僕たちは、奇妙な音色できしみ合う車に揺られて、まず、底知れぬ深みへ通ずる海面へ出るのだという僕に、ミツは強く反対した。彼女は、僕たちの乗った馬車は霧の中を走り続けるだけで、他に何もありはしないと云い張った。僕は、その次にはきっと、珊瑚に彩られた美しい景色が展《ひら》けてくると想像したが、ミツはそんなことはないと云った。あるのはただ僕たちだけと考えている様子であった。海は決して僕たちを変えはしない。海が僕たちに従って変るだけだ。そのことを強く固執して、涙まで流したミツが僕の子を身ごもるなんて信じられなかった。ミツは両頰のえくぼを一層はっきり見せ、恥らいに似た顔を赤らめ、声を震わせて受胎を告げた。

「おい」

いきなり肩を叩かれて、僕は機敏に立ち上った。連れの男が眼を怒らせて、

「最初から分っていたんだろう」

と詰め寄って来て、

「軍医のやつ、助かる見込みの者は一人もいねえってぬかしやがった。だから、そう勝手に担ぎ込まれちゃ堪らねえってよ。一体、何のための医者なんだい、あの野郎は」

そう云いざま、彼は僕の肩を摑み、力任せに揺さぶった。君のその気持はよく分るよ、と口には出さず、引きつった表情になった男を見つめ、

「しかし、命令なんですから」

彼を慰めるつもりで云った。

「何が？」

僕の肩から手を離すと、男は壁土の散乱した廊下へ目を落して、

「何と云ったんだ？」

「いや、いくらあの軍医があなたを責めたって、僕たちは市の命令で動いているんですから」

「命令？」

と男は唇を嚙んだ。

「誰が命令など出すもんか」

彼は顔を上げ、唾をのんだ。咽喉許が小さく波打った。

「おれが勝手に」

僕は目を瞠《みは》り、額に血筋の浮かんだ男の顔を凝視した。

「あなたが⁉」

「おれが勝手にやったんだ」

彼は僕の視線を避けるように、吹き飛んでいる窓の外へ眼をやった。

何か云い知れぬ楽しさが体を包んだ。

僕は勢いこんで云った。

「助かる見込みがないからと云って、何の手当もせずに死なせてしまうのは医者じゃありませんよ。本当の医者なら、そんなことを云うはずはないんです。僕たちはごく当り前のことをしているんですから」

「当り前だって?」

連れの男は額を拭いながら、興奮した眼で問い返した。

「理窟はどうだっていいじゃないか。誰だって、本当に助けたいとなりゃあ必死になるんだ。お前だって、イの一番に自分が助かりたいだろう」

「勿論です」

「おれだって助かりてえや。軍医の野郎だって同じこった。自分が助かりてえばっかりに、救える者も救えねえと云いやがる」

とまばたきして、

「それを、気が狂ったみたいに死人の中をほっつき歩いて、助かりっこねえやつばっかり探し出して」

と洟《はな》をすすり上げ、

「お前、それが分っていて、何故早くそう云わなかったんだ」

男は泣いているように見えた。

「命令だと思ったんです」

「フン、また命令か」

彼はもう一度洟をすすり上げると、

「仕方がねえや」

と歩き出した。先刻運んで来た無傷の顔の男は、まだ眠り続けていた。一際高い声が廊下の一隅から僕たちを呼んだが、連れの男は深く沈みこんだふうに肩を落し、ひどくうつ向いて進んだ。彼の首筋の黒い盛り上りが二、三度痙攣した。

やがて男がひょっこりこちらを振り返って、もうこんな仕事は止めちまおう、と云い出すのではあるまいかと思った。それだけ云い捨てると、彼は古びた大理石の校門を出て行くに違いない。一刻も早くこの男から逃れたいという気持にかられた。男への云いようのない憧憬が消えると、後にはやりきれない気持だけが妙にはっきりと残った。連れの男は、今日まで主張できなかった自己を、この機会に誇ろうとするように、しかも、僕の運命すら簡単に支配出来るという考えに酔っていた様子である。彼がまた校庭へ戻ろうと云い出せば、隙を見つけて逃げようと決めた。連れの男は、首筋の痛みを忘れたように顔を上げて立ち止まったが、小首をかしげて振り返り、こちらへ頬笑みかけた。

「おれたちだけがこうして無事ってのは、どういうことだ?」

「それは直射光を受けなかったからでしょう」

「何？　難しい言葉を使うなあ」

男は急に顔を歪めた。

「おれはだんだんやられてくるんじゃないかという気がしてきたんだ。じっくりじっくり体の中へ浸み込んで来やがるような心持だ」

と、寂しい表情になって、

「お前さんの方はどうだい。何か、こう、胸のあたりが重苦しいって気はしないかい？」

「僕は大丈夫ですよ。そりゃあ、今度、光をまともに喰らったら、姿なんか消えてしまうでしょうがね」

「いや、そんな楽な死に方は出来ねえと思うがなあ」

男は口を大きく開けて息をし、

「そりゃあ、二里も三里も逃げちまえば」

と、語尾は息づかいの中に溶けこませた。

再び、ミツのことを思い出した。

彼女が、子供を生むために、市の南の端にある実家へ帰ってから半月近く過ぎたことになる。初めての出産を心配した彼女の母が、不安で仕事が手につかないと云って迎えに来た朝、ミツは僕と母を交互に見やり、大きな腹をかかえるようにして笑った。

「あなたはそれでいいの？」

「いいよ」

僕は多少ふくれっ面をして答えた。

「もうすぐ学校も休みに入るし、一人でのんびりできていいや」

「ほんと？」

ミツは痩我慢している僕の胸の中を見すかした調子で云った。

「ほんとですね？」

「ほんとうだとも、そうと決めたら、早く行ったらいいだろ」

ミツへの本当の気持を不満でごまかすやり方で、そっけない云い方をして、急いで家を飛び出しはしたが、彼女は、もう一日、ゆっくり考えることにするだろうと思った。夕方帰って見ると、予想を裏切って、ミツはいなかった。女学生姿の、彼女の妹が待っていて、留守中のことを口早に頼むと、逃げるように帰って行った。それからずっと、僕は退屈しきっていたのだ。

ミツの体は二つになって帰って来る。その時、彼女は、初めて僕と逢った時のように恥らいに似た眼を潤ませて、含み笑いをするのではないか。ミツは、新しい生活に染まった妻らしい口調で、多分、女の子であったことを報告するだろう。

その時、階段のところまで来た連れの男がこちらを振り返った。

「ひと休みしよう」

二階の廊下の隅にある隠し戸の中から、造りつけの梯子が屋上へと通じていた。

「どこの学校も似たような建て方だよ」

と呟《つぶや》きながら、連れの男は、先に立って梯子を上った。

物見台らしい、小さな屋根は吹き飛んでいた。屋上へ顔を出した男は、まぶしそうに目を細めて、あたりの屋根を見廻した。

折れかけた梁《はり》に摑まって腰を下すと、僕と男は、並んで校庭を眺めた。

「何と云ったたって、たった一発だからなあ」

彼は首筋へ手をやった。

「死ぬる方が運が悪いんだ」

「でも、殺人光線なんだから」

と、僕は男の横顔を見た。

「同じこった。外にいたのがいけなかったんだ。日向に突っ立っているだけでも陽焼けする時節じゃねえか。ああいう爆弾を喰らったら、大火傷ぐらいじゃ済まねえのも当り前だよ」

「そうでしょうか?」

「そうだよ。見りゃ分るじゃないか」

僕は頷き、校庭に並んだ死体を見つめた。

よく見れば、死者たちは、ひとつの形をなしているようであった。かなり広い校庭は上下二段に分けられ、両方を結ぶコンクリートのゆるやかな坂が左右にあった。死者たちはたがいに顔をそむけ、背中合せになりながら多少仰向けになって、空を見つめている。かれらが蛇行して続いている列の先の方では、死者たちは自分の姿勢を奪われて、積み重ねられている。その積み重ねへ小走りに駈け寄った麦藁帽の男が大きな身振りでその中の一つを引きずり下すと、そのまま、穴の方へ引いてゆくのが見えた。彼は穴の前まで運んで来た死体をうつ伏せにすると、胴のあたりを蹴った。死体は穴へ転がり込み、くるりと仰向けになった。麦藁帽の男が手の埃を払いながら、テントの方へ何か叫んだ。男たちが走り出て来た。やがて、五つの穴から火焔が上った。蛇行の列は静かに崩れることもなく、その姿勢を失う時を待ち続けている。

二つの校庭を結ぶ坂の中途で、小刻みに動いているのが乳児らしいと思った時、連れの男がいち早く立ち上った。

「子供じゃねえか」

そして、首を突き出し、覗きこむようにして確かめると、

「赤児じゃあどうにもならねえや、助けてやったところで……」

とこちらを向いて、

「第一、乳をどうするんだい」

男はゆっくり坐り直し、うつ向いて考え込んだ。

母親らしい死体の肩に摑まって這い上がろうとする小さな塊りは、そのたびに滑り落ちるらし

く、死体の陰に消えるが、また、細い手が這い上って来て、同じ努力を繰り返す。

「眠いなあ」

と、顔を上げた連れの男は、急いで壊れた屋根瓦を体の広さだけ除き、小板の上へ横になると、光を遮るために右の腕で眼を蔽《おお》った。彼の腹が大きく波打つのを見ながら、僕は、死者が辿《たど》って行く道のことを想像した。

多分、かれらは、細い長い階段を押し合いながら上ってゆくだろう。ある者は自分に大きな革命が起ったことを喜び、喚《わめ》き、別の者は、それが途方もない恐怖だったことに身悶えするだろう。しかし、かれらは一様に、長い階段を上りつめると、冷たい建物の、暗い廊下に並べられた長椅子に腰を下して、呼び出されるのを待ちながら、生きていた最後の記憶を強く思い返すのかもしれなかった。

「おい」

あわてたように起き上った連れの男が僕を覗きこみ、

「お前、女房があるのかい？」

と、だしぬけな質問をした。僕は頷き、近々に子供を生むのだと答えた。

「子供か」

男は梁の上に溜った埃をつまみ上げ、指先で丸めて、フッと吹き飛ばした。

「初めての子だな」

と、彼は、また、埃をつまみ上げた。僕は、そのためにミツが実家へ帰っていることを話した。

「南の方なら大丈夫だ。やられたのは中心から西の方らしい」

男は顔を歪めて首筋の痛みに耐え、二の腕で額の汗を拭うと、眼を細めて遠くを見やった。町並みの彼方を、一面煙が蔽い、火焔がのぞいているところは渦煙となっている。

連れの男はふと気づいたように、

「大丈夫と思うがなあ」

と云い直して、こちらを見た。僕は頷き、彼がしたように、梁の上の埃をつまみ上げて吹いた。

「よくまあ、これだけドカッと死んだもんだなあ」

連れの男は校庭へ眼を移したが、

「ずっと向うの方までやられたとすると、どういうことになるんだい」

と、こちらを向き、

「どうも訳が分らねえぞ」

「何がです？」

僕は驚いて男を覗き込んだ。

「何がって、こう人が死ぬのがよ」

彼はまた、眼を細めて彼方を見やり、

「空襲となりゃあこんなもんだ。そうでなきゃあ、敵にとっちゃ何の意味もねえことになるからなあ」

と、あくびをかみころし、梁の上に坐り直すと、先程と同じように、埃をつまみ上げて吹き飛ばした。

足下のどこかの教室から甲高い悲鳴が上り、怒号がそれに応えた。連れの男は、もてあそんでいた指先の動きを止め、聞き耳を立てたが、すぐに、腕組みをしながら軽い溜息をついて、

「あんた、勤め人かね？」

「ええ、小学校の教師をやってるんです」

「へえ、先生かい」

男は失望した声を出した。

「しかし、楽な商売じゃねえなあ」

と、彼は、首筋の黒い盛り上りをもみほぐす仕草になって、

「子供が好きでなきゃあ出来ねえ仕事だ」

「あなたもどこかへ勤めておられるんですか？」

僕は男の表情を窺った。

「あン？」

連れの男は、顔を歪めて校庭を眺めやったが、両足を小刻みに震わせながら、

「勤めだと云ったって、お前さんみたいに頭を使う仕事じゃねえんだ。突っ立ってりゃあ、大抵

のことは機械がやってのけてくれるんだが、まあ、楽なもんじゃねえなあ。ところがよ、その勤めが急に厭ンなっちまったんで、二、三日、内緒で休んでいたとこよ」

と、大きく息を吸い込んで、

「それがどうやら生命拾いになったんだから、運命ってのは分らねえもんだ」

僕は繰り返し頷いて、この男と運命の一部を共にしたことを喜んだ。

市中を蔽った煙は一層濃くなり、拡がりを加えていった。

校庭に死体が描いた蛇行の列を見、火焔のまわりを走り廻っている麦藁帽の男たちの動きをぼんやり眺めているうちにひどい眠気を覚えた。

「おい」

と、連れの男が耳許で呼んだ。

「一人や二人の手じゃあ、どうにもならねえようだぜ。おれは、ひどい勘違いをしていたらしいや」

薄目を開き、男の指差す方を見、やがて、目を瞠った。市中から通じていて、次の町へ連なるアスファルト道路を、列を作って続くのは人の群であった。

「みんな、裸じゃねえか」

男のとぼけたような顔を見ているうちに、激しい怒りがこみ上げて来た。

この男は何ひとつ知りはしなかったのだ。

「一体、これはどうしたんです！」

力任せに男の肩を揺さぶった。彼は、僕の手をふりほどいて身をかわしながら、

「何をしやがるんだい」

「あんたは何ひとつ知りもせずに」

連れの男は体を縮め、梁をしっかり摑んだ。

「おれをここから突き落そうって気かい」

「そんなことじゃないんだ。勝手に人を引きずり廻していい気になって、それであんたは……」

「お前だって、何も分っちゃいなかったじゃないか」

僕は怒りを静めるために深呼吸を繰返した。男への信頼感が戻って来、怒りをやわらかくほぐした。

「そうなんですよ」

僕は男を見て笑った。

「それより、お前さん、女房の方はいいのかい？」

「そりゃあもう、彼女《あいつ》の家は、南でも丘一つ越えた向う側の林の中にポツンと一軒建っているんですから、市が全滅したって、土地が陥没しない限り、絶対大丈夫ですよ」

「それなら安心じゃねえか、何もそうムキになって怒ることはねえ」

僕は素直に頷き、校庭の方へ眼を移した。あたりは次第に暮れ始めて来て、死体処理場で忙し

く立ち働いている男たちの顔が、火焔に明るく照らし出された。

「誰だって、こうぶざまな死に方をするのはやりきれねえや」

連れの男は梁のかけらを引きちぎって、力一杯投げた。小さな木片は、最初はまっすぐに進み、やがて、ひらひらともまれながら地上へ向った。

「一体、どこからドカンと来やがったんだい」

と、彼は唇をかんで空を見上げた。

やがて、僕たちは梯子を降りると、早くも遅くもない足取りで、薄暗くなった二階の廊下を足元に注意しながら進み、階段を踏みしめるようにして下った。

廊下の死者たちは、すでに漂い始めた夜の気配の中へ徐々に沈みこもうとしており、僕たちが側を通ったからと云って、表情を変えようとするふうでもなかった。

「これは当り前のことだったかもしれねえなあ」

連れの男は廊下の中途で足を止めて、感慨深そうに呟いたが、枠だけ残った窓際へ寄って行って、顔をすりつけるようにした。

「ずっと前からこうなることに決まっていたとしても仕方のねえことだ」

彼は、急に窓枠を摑んだ手に力を入れて身をひきつらせたが、こころもち前かがみになって、胃のあたりを軽く撫でた。

「大丈夫ですか?」

あわてて抱きかかえようとして摑んだ男の腕が異様な色にふくれ上っているのに気づいて、僕は思わず身を退いた。

「いや、ふと思ったんだがね」

連れの男は気分がおさまったらしく、天井を向いて、深呼吸をひとつした。

「まあ、こういう思いもつかぬ場面に出くわさなきゃならねえってのも、生きてるうちは当り前のことのような気がするなあ」

そう云うと、彼は奇妙な声で笑った。

今となっては、死者たちは、ただ、自分の姿勢を地上にとどめているにすぎないという感じであった。かれらは、校庭の蛇行の列に加わるときを待ちきれずに、寂しくある方向を見ている。

連れの男は振り向きもせずに、暗くなった廊下を出口の方へ歩いた。壁土が崩れ落ち、死者たちの顔を汚した。男と僕の靴音は交互になり、一つに重なりして進んだ。

「先生！」

男が立ち止まり、素早く声の方を見て、

「誰か呼んだな」

と僕を振り返った。声はすぐ横の教室の入口近くから呼んだ。連れの男は、急いで駆け寄って、

「どこだ？」

「センセ……」

息切れが始まったように低くかすれている。男はしばらく緊張した様子で、生きている顔を見下していたが、ゆっくり立ち上り、こちらを振り返った。困惑の表情があった。

「お前だよ、先生って云ってるぜ」

彼は体を入れかえようとして、僕の肩を前へ押しやった。僕は男のいた位置に蹲み、相手を覗きこんだ。

「どうしたんだね。どこが苦しいんだね？」

教師らしい口調で問いかけながら、彼女の胸を撫でた。ちぎれた白シャツの下に焼けていない白い皮膚の盛り上りがあった。その顔は意外に大きく、無表情にふくらんでいる。君も死んだ方がいいよ、そう思いながら、僕は少女の胸あたりを軽くおさえた。

「センセ……」

少女は僕を見失うまいとするように、首をもたげた。

「そら、君の先生はすぐ来るよ」

連れの男を振り返り、入れかわるように目配せした。

「さあ、先生と代るよ」

僕は立ち上り、男の肩を少女の方へ押しやった。彼は僕の手を荒々しく振りほどき、あわてて背を向けると、

「駄目だ」

「嘘でもいいんですから、何か云ってやって下さい」

もう一度男の肩を強く小突いた。彼ははっきりと首を横に振った。その肩が大きく上下して、咽喉《のど》が奇妙な音をたてて低く鳴った。

「センセ……」

と、少女は身をくねらせた。僕は急いで踞み直した。抱きかかえると、彼女の鼓動に耳を澄ました。音は弱く激しく、ひどく乱れている。それがこちらの体内へ伝わって来、やがて熱しながら強く撥ね返ってゆくのを感じると、僕は少女をもっときつく抱きすくめて、唇をさぐった。

早く暮れる冬の夕方、町の曲り角などで突然会うと、教え子だったその少女は、驚きの眼をすぐにやわらげて、深くお辞儀をして云った。

「先生、お変りございませんか」

「ああ」

僕は僅かに胸が高鳴り、声が震えるのをおさえて、

「君も元気そうで何よりですね。女学校になると、勉強の方も大変でしょう」

「ええ、でも大分慣れましたから」

と少女は首をすくめてクスッと笑った。

「時には学校へも遊びに来て下さい」

「有難うございます。先生もお体をお大事に」

彼女は、また叮嚀に頭を下げると、軽い足取りで去って行った。お下げ髪が左右に揺れた。大人の体つきになった少女は、モンペをはいていた。

ミツはどうしたろう？

「おい」

連れの男が背後から覗き込んだ。

「泣いているのかい？」

「いいえ」

少女の体を床へ下すと、僕は急いで立ち上った。

「今、死んだようだぜ」

男は動かなくなった少女を見下し、

「可哀そうに」

と項垂《うなだ》れたが、僕の視線にあうと、戸惑った様子で、

「この娘を知ってたのかい、今、妙なことをしたじゃねえか」

僕はあわてて頷き、

「教え子によく似ていたんです」

「それで、お前さん」

男は僕へ顔を近づけて、

「このまま放っておこうって気かい？」

「どうしたらいいんです」

「どうするって？」

彼はうろたえ気味に云った。

「可哀相だとは思わねえのかい？」

「あなたこそ、そう思わないのですか？」

僕は震え声になって、男へ詰め寄った。男の顔がかすんで見えた。

「おれにだって、どうしたらいいか分りゃしねえ」

と、彼は、薄ら笑いを浮かべて、

「場合が場合ときてるんだから、どうにも方法がねえや」

と歩き出した。男の後を追って、僕も出口の方へ急いだ。

窓に近い側の廊下に横たわっている死者の顔は、射し込んで来る月の光を受けて鈍く輝いている。かれらは、これほど早く生から離れたことを決して喜びはしなかったろう。それでも、死は、此処では、共通の場を領しながら、いかにも軽々しく転がっている。

「聞いてくれるかい」

連れの男が突然立ち止まり、こちらへ背を向けたままで云った。

「大したことじゃあねえんだが、黙っているのが恐ろしくなってきたんだ」

男は振り返って、僕を見た。

「何です？」

「おれは……」

と、彼は先に立って廊下を出た。月明りがあり、石段に男の影が落ちた。彼はその石段へ腰を下して僕を待った。僕は男の横へ彼と体をくっつけて坐った。

「おれはな」

と男は、自分の影を見つめながら、ひとつの決心をしたように肩で息づき、ゆっくりと空を仰ぎ、やがて、首を前後に廻して云った。

「この学校で教員だった」

「え⁉」

僕は驚き、彼を覗きこんだ。

「いやね、どうってことはねえんだよ。ただ、お前さんが教員だというから、ちっとは分ってくれそうな気がしたんだがね。実際、なんでもねえことなんだから、ほんとに」

男は首の運動を止めて、石段の上の影を見た。

「もう五年も六年も昔のことなんだがね。その頃、おれは五年生を受け持っていた。今と違って、まだまだのんびりしていた時代だった。しかし戦争って言葉を聞かねえ日はなかったなあ。それが、おれの受け持つ組に、人形へ血を通わせたような女の子がいてなあ。そいつが例の小児麻痺って病気で、ひとりじゃ歩けねえ。その子は毎朝姉の手を借りて通学してくるんだが、育ちがいいせいなのかどうか、人一倍朗らかな性質で、云ってみりゃあ、組のマスコットなんだ。教室にいる時にはそれでいいんだが、あの下の校庭で体操をやる時間になると、急にしんみりした顔になるんだ。まあそれでも、自分の体をよく知っていてなあ、日陰に坐って見ているんだが、どうかすると、思わず立ち上ってはしゃぎだすんだ。もちろん、声の方だけだよ。それが度重なってくると、おれは、その子の気持ちが妙にいじらしくなってきた。身体の不自由な子ほど可愛いのが親の気持だと云うが、おれはその子が誰よりも可愛いと思うようになった。子供ってやつは敏感なもんだよ。その女の子がまた、おれのことを先生以上に慕ってくれるのが身に浸みて分るんだ。おれが立派な教員だったら、その子はずっと仕合せになったかもしれねえ。今考えりゃあ、まったくくだらねえお話だが、おれはいい年をして、その子にぞっこん参っちまった。早え話が、乳もふくらまねえ女の子に惚れたってことだよ。四十幾人もの生徒を受け持つ先生がよ、たった一人の女の子のためにだけ毎日やって来ては教壇に立つんだから、世話はねえよ。その子の人形のような色白の顔を見て、はしゃぐ声を聞いてさえいりゃあ、他のことはどうなったっていいと考えるようになったんだからなあ。いや、それだけで事は済まなかった。今度は、そのはね返りが凄くおれを苦しめた。他の生徒たちの眼がことごとにおれを責めるんだ。堪らねえほど責めたてる眼で見つめるんだ。そこで、おれは覚悟を決めた。とにかく、それらの眼と戦えるだけ戦ってやろうとね。敗れりゃあ仕方がねえ、おれみてえな男は教員とは云えやしねえんだから、身を退くしかねえやね。だが、その子にだけはおれというものを彫りつけておいてやろうと思ったねえ。そう強気になってはみたものの、宿直に当った夜など、この校舎を隅から隅まで見廻って歩きながら、あの四十幾人の澄んだ眼の前に頭を垂れて詫びようかとさえ思った。この一年間、おれを先生にしたために、奴らは何年か先になって、それこそひどい仕返しをするんじゃねえかと、本当にそう思った。しかし、まあ、おれにとっても良かったような気がするんだ。秋の初めだったかに、その子は死んだんだ。姉と一緒に車にはねられたんだが、姉の方は手を骨折しただけで助かった。その時のおれの気持は、よくは覚えちゃあいねえが、ただ、教員を辞めようと、はっきり決めたんだ。そして、その通りにした。十年近くも連れ添っていた女房は、おれの気持が分らねえというのを口実に、若造と一緒に逃げちまいやがった。そんなことを、おれは別に悲しいもんだとは思いもしなかった。それが、今朝、ドカンときた時に、何だか急にバカらしいほど恐ろしい気がしてきたんだ。今までのおれが滅茶滅茶に砕かれてしまって、どうにもならねえものだけが残ったって気がしてなあ。あわてて小屋を飛び出して、うろうろしている間に、気がついたら、この学校へ来てるじゃねえか。おれなんぞが、大体、此処へこうしていていいもんかどうか。こうやって満足な体でいるのが滅法《めっぽう》照れくさいような、厭な気がしてきたんだ」

と、男は頭をかかえこんだが、

「おれは、今日、何かとんでもねえことをやらかしたんじゃあねえかという気がするんだ。いやね、嘘みたいな話かもしれねえが、ふと見たら、傍にお前さんがいたんで、内心じゃあホッとして、それからはどうってことはない、今まで一緒に動き廻ってきたんだが、おれは、何か、とんでもねえことを云ったんじゃねえだろうか？」

彼は顔を上げてこちらを見た。

「はっきり云ってくれると助かるんだ」

男は膝をすり寄せてきた。

急に耐えがたい気持がこみ上げてきた。どこかの神経がくすぐられたときのように、苦しみとも笑いともつかぬ声が出かかるのを歯をかみしめて抑え、震え声で答えた。

「いいえ、何もそんな意味のことは聞きませんでした」

「そうかい」

連れの男は声をはずませて立ち上った。

「腹が減ったなあ」

そういえば、僕たちは、朝から何ひとつ口にしてはいなかった。

「しかし、お前さん、どう思う？」

と男は、月光を浴びながら首を廻そうとし、急に痛みを覚えたらしく、低く唸った。

「痛えなあ」

彼は吐き出すように云って、

「おれは知らぬ間に火傷したらしいんだが、一体、何が落ちてきたんだろう。爆弾かい？」

「敵が落したんですから」

「当り前だよ」

と男は笑った。

「お前さんにもよく分っちゃあいねえんだな」

僕は頷き、空を見上げた。まばゆいばかりの月であった。

男は急に黙りこみ、こちらへ背を向けて項垂れたまま、靴先で地上を蹴りながら、何か考えこんでいた。

やがて新しい事態が起るに違いない時のことを考えた。それはまったくだしぬけに、ひとつの姿をとって現われるかもしれない。かならずやってくるものが、はっきりした形を持っていることを願った。

「お前さん、帰らねえのかい？」

連れの男が振り向いて聞いた。

「女房が気をもんでるぜ。普通とは違うんだから、早く行って見てやったらどうだい」

彼は僅かに笑った。

「大丈夫です。母親が一緒なんですから」

あるいは、ミツは子供を生んだのではないかという気がした。

「いや、南の方も安心できねえぜ」

僕は頷き、歩き始めた男の後に従った。

門を出ると、男は、

「じゃあ」

と手を小さく上げて挨拶し、学校の石塀にそって左へ曲り、足早に去った。彼の影が忙しそうに動いた。

連れの男に行かれてしまい、張りつめていた気持が緩むと、両肩にひどい疲れを覚えた。そして、彼と二人で動き廻った一日が一巻の滑稽な漫画映画に見えた。あの男も僕も、まったく調子が狂っていたのだった。こみ上げてくるおかしさに抗しきれず、僕は、道の真中に突っ立ったまま、声をあげて笑った。不思議に、大きな不安はなかった。朝が来れば、まず勤めている小学校へ行って、生徒たちが無事であることを確かめ、その足でミツの実家へ廻ってみよう。ミツは、まだ生み落さぬ大きな腹を撫でながら、拍子抜けのする笑い方をするだろう。

壁土の落ちた茶の間へ坐って、昼間のことを考えていると、表の方に聞き慣れた下駄の音がして、ミツが戻って来たらしかった。僕は喜びを抑え、期待を裏切って実家へ行ってしまった彼女への怒りをよそおい、腕組みをして眼を閉じた。ミツは部屋の外で様子を察したらしく、急に足音を忍ばせて入ってくると、僕に気づかれまいとして後へ廻り、ソッと坐った。眼を開けて振り向くと、彼女は、いたずらっぽい笑顔を作り、首をすくめた。

「お待ちになって?」

「ああ、十五日以上もね。もう子供なんかつくるもんじゃないなあ」

「あら、どうして?」

ミツは怪訝《けげん》な表情になった。

「お前は僕の妻じゃないか。僕の云う通りにしてもらいたいね」

僕はムキになって、彼女を睨んだ。

「何を仰有《おつしや》るのよ」

ミツの顔が歪み、

「わたし、そんなつもりじゃあ」

と、泣き声になった。

「僕はねえ」

素早くミツの肩を摑んで引き寄せた。

「寂しかったんだ」

ミツの顔がこちらを見上げ、僅かに笑った。えくぼの上を涙が転がった。

「ほんとに、ミツは心配ばかりさせるなあ」

僕は彼女の体を抱きかかえた。

「怖いわ」

ミツの笑いが消えた。彼女は僕の腕をすりぬけると、坐り直して、

「お腹にまだ子供がいるじゃないの」

と、その大きなふくらみを見て、

「きっと女の子よ、動き方がやさしいんですもの」

「やっぱり生む気かい？」

昼間彼女が受けたかもしれない恐怖のことを考えながら聞いた。一瞬、ミツは目を丸くして不思議そうにこちらを見つめた。

「生んじゃあいけないの？」

「そんなこととは違うんだよ」

しかし、彼女の眸が異様に澄んでいるのに驚くと、

「今日、何も見なかったのかい？」

「見たわ、大変だったのよ」

ミツは声を落し、昼間のことを思い返しているらしく、肩で息づいた。

「だから余計生みたいのよ」

「女の子だといいが」

「ええ」

とミツは引詰《ひっつめ》に結った髪に手を当てた。その手が冷たく光っているのを見て、僕はあわててそ

れを摑んだ。固く冷たく乾いた感触であった。よく見れば、五本の指は内側へ曲り、皮膚のみにくい盛り上りは、彼女の着ているシャツの奥まで拡がっている。

「どうしたんだ！」

ミツの肩を激しく揺すりながら立ち上った。こちらを見上げた彼女の顔が丸く大きく脹れ上っていた。

「ですから、病院へ行こうと思って」

ミツは無表情に立ち上った。その時、玄関の方で車のきしむ音がし、やがて、男の声が呼んだ。ミツは小腰をかがめ、眼で挨拶すると、

「それでは」

と部屋を出た。途端に、彼女は指の曲った両手を斜め上に持ち上げて歩き出した。僕はミツに呼びかけながらその後を追った。

「お待ち遠さまで」

と、ペコリとミツへ下げた頭を上げてこちらを見たのは、昼間僕と働いた連れの男であった。男は顔を硬ばらせて、

「お前さんもいたのか」

と、無愛想に云った。ミツの体を支えてやりながら男へ笑いかけ、

「大変でしたねえ」

彼はミツと僕を見比べて、

「いやあ、大変なんてもんじゃねえですよ。なにしろ、乗物が全滅しちまって、まあ、ああいう古物でも残っていたんで、なんとか役に立つってもんでさあ」

道端へ置いてあるのは、古ぼけた人力車であった。

「さあ、奥さん」

と、男はミツを促した。ミツは自分の腹を気にしながら車へ上った。続いて乗ろうとする僕の腕を取って引きずり下すと、男は怒りをたたえた眼で、

「お前さんなんぞに乗られて堪るもんかい」

「ちょっと行って来ます」

ミツがこちらを見下して云った。僕は仕方なく頷いた。男は梶棒を持ち上げると、勇ましい掛声をかけながら、ゆるい坂を下って行った。車体が左右に揺れ、その度にミツの後姿が躍った。

誰かが大声で呼んだ。驚いて飛び起き、縁側へ走った。町内会長が立っていた。彼は精力的な顔一杯に強い陽射しを受けて、

「大変でしたなあ」

と、庭へ入って来た。

「大変でしたねえ」

僕はしみじみそう思った。

町内会長の得た情報によると、周辺の一部を残してこの市は全滅した。残った一部に僕やミツがいたのは幸いだった。元気なミツにも、やがて逢えるだろう。

炊き出しの大きな握り飯を頰張ると、僕は、小学校へ通ずる坂を下って行った。あの男に頼んでみようと思った。彼なら引き受けてくれそうな気がした。今日も朝から、自分だけの意志で校庭の死体の間を歩き廻っている男は、僕の頼みを聞くと、「どこへ避難しているか分りもしねえだろうし、そう簡単には見つからねえぜ」とは云っても、先になって歩き出すだろう。僕は彼の後に従って、ミツが無事でいるのを探し出すまで行ってみよう。


死者たちは、最初の姿のままで、しかし、やわらかく崩れ始めている。かれらの肢体には蠅が群がり、それらは皮膚の一部のように飛び立とうとはしない。かれらの表情は、昨日の厳しそうな張りをやわらげ、むしろ退屈をかこっているふうである。だからと云って、かれらは、僕へ向って親しげに問いかける様子はなかった。一度は失われたかれらの体温が再び呼び戻されて皮膚に働きかけているような、息づまる空気の中で生き続けている者たちは、絶えず身を動かし、何かしきりに呻き合っている。

昨日の朝よりはずっと落着いた気持で、僕は校庭の方へ歩いた。

校舎の入口のところに、あの男らしい姿があった。男は、昨夜僕と並んで腰を下した石段に坐り、膝の間へ頭を深く埋めて眠っている様子であった。男に近づいて行きながら、僕は強い吐き気を覚えた。首を前へ突き出すようにして、食べたばかりの飯を吐き捨てると、絡み合った二、三条の血筋が混っていた。涙を拭うと、急いで彼の側まで行き、声をかけた。

彼は深く寝入っているらしく、首筋の黒い塊りの部分に数匹の蠅が止まっている。出来るだけ早くミツのことを頼むために、僕は男の耳許で呼びながら肩を揺すった。頭をかかえていた男の手が膝からすべり落ち、彼は前へのめった。そのまま、体が短い石段を転がった。男は地上に仰向けになった。蠅が飛び立って逃げると、彼は、ようやくのびのびと眠れるのを喜ぶふうに、安堵の色がチラッと顔面をかすめたようであった。しかし、男は死んでいた。

彼は、苦々しい口調で話しかけたときの眉の皺を消さず、こころもち口先を突き出す恰好でこちらを見上げている。その眼には焦点がなく、赤く濁っている。

彼の死顔は静かであった。昨日、生きているのが気がひけるという意味のことを云ったが、今、彼は、そのひけめを克服した表情を崩さずに、眼を閉じている。男は、すでに、僕とはひどくかけ離れたところにあり、彼の表情と語り合うことさえ出来なかった。僕と男は、ただ、二人の記憶を通してだけ、僅かになつかしむことが出来た。彼は決して新しい言葉を発することはなく、僕もまた問うことは出来なかった。

突然、寂しさがこみ上げて来た。僕は取り残され、新しい苦しみに悩むことになるのかもしれない。それがどんな形でやってくるかも分りはしない。分っているのは、とにかく、ここしばらくの間、生きていけるだろうという確信のようなものであった。そのことが、僕を一層悲しい気持にした。

男を背後から抱き上げた。

「あなたが死ぬるなんて、まったく意外でしたよ」

彼は、子供がむずかるように腰を低く落し、両足で踏ん張りながら抵抗を始めたように思われた。だが、男は、首筋の傷の痛みに表情を変えることはなかった。

「本当に意外でした。何とかしてあげたいんですけど、あなたがあれほど厭がっていた軍医に死亡証明書を書いて貰う必要もなさそうですし、僕に出来ることといえば、他の連中より少しばかり早く、あなたの体を焼却して貰うように頼んでみることだけですよ」

僕は全身に力を入れて男を背負った。彼の両掌を重ねて顎でおさえ、尻を持ち上げると、上の校庭を横切り、下へ通ずる短い坂を下った。男の小さな体は僕よりずっと重い感じであった。

死者たちの蛇行の列は、前の方から少しずつ切り取られていって、再び、地上が大きく拡がった感じである。

僕が頼みこむと、麦藁帽の男は首をかしげて難しそうな顔をしたが、

「特になんとか致しましょう。大体が順番制になっていて、これは初めての例になりますが、まあ、うまくやってみましょう」

「なんとかお願いします」

頭を下げながら、ひどく妙な気持がした。

「いやあ」

と、彼は麦藁帽の縁に手をかけ、白い歯を見せて笑った。

麦藁帽の男が引き受けてくれたように、次に新しく掘られた穴を指差して見かけぬ男が号令をかけると、腰のバンドへ番号札を結びつけられた男の死体は、一番端の穴へ転がり込んだ。彼は幾分楽しそうに飛び込んだように見えた。麦藁帽の男が小走りにやって来て、口早に云った。

「もう大丈夫です。それに、燃料も特別多く置いておきましたし、焼け残らないように責任をもって処理します」

彼は事務的な云い方をして、額の汗を拭うと、また、急いで穴の方へ走った。

やがて、五つの穴から火焔が上った。

男もやはり、頭髪の部分から燃え始め、次第に姿を消していった。

何かひとつの大きな重荷が取り去られた気がした。焔の中へ消えていった男の方を見つめながら、両肩を何度も動かしてみた。首を大きく廻してみた。晴れた空をふり仰いでみた。さわやかな気持であった。

校門の方へ引き返そうとして、僕は足を止めた。急に太陽が沈み始め、あたりを夕映えが包んだ。校庭には人影ひとつなく、銀杏の木影が長い尾を引き、やがて消え去ろうとしている。ふと彼方を見て驚いた。畑を隔てた向うの道を人力車で行くのはミツであった。彼女は茶色のモンペをはき、地味なつくりの水色の夏服を着て、古びた車の上に坐っている。僕はあわてて門のところまで走った。

人力車がこちらへ曲り、「ヤッ、ホイ」と云う車夫の掛声が近づいて来た。僕は背伸びをしてミツの方を見、頰笑んだ。彼女は、まだ僕に気づかないらしく、俯き加減に地上を見ていた。僕は車の前へ飛び出して行き、大声で呼んだ。ミツはキッと面を上げて、こちらを見たようであったが、眼ははるか彼方を見つめていた。人力車は音を立てて僕の横を駆け抜けると、門を入り、校庭へ向った。その後を追って走りながら、ミツに呼びかけた。車は飛ぶように校庭を横切ると、石塀の向うへ消えた。校舎の横へ突っ立ったまま車を見送った僕は、次第に感覚を失ってきた。

深い眠りからさめたときのように、薄目を開くと、顔が灼けた砂に触れていた。全身に力をこめ、歯をくいしばって起き上り、両足を踏ん張って立った。

「大変なことになったぞ」

強く自分に云いきかせて、ゆっくりと進んだ。校門がかすんで見えた。とにかく門を出ようと思った。倒れないように注意し、両手を拡げて平衡を保った。しかし、僕はまた、深い眠りに入るときのように、体が宙に浮くのを感じた。

白い前景の中に立っているのはミツであった。僕は今こそ、再会の喜びで隠しきれぬ笑顔を見せて、ミツの方へゆっくり歩いた。

相生橋

この世に真の闇があるだろうか、と私はいつも思っている。闇にはさまざまな段階があり、少しずつ真の闇へと近づいていくのだろうか、どこまでいっても極限に到達しないのではあるまいか。真の闇は数学の仮説に似て、実際に存在することはないのだという気がする。私がいま囲われている闇がどの程度のものか、明確に判断するのは難しいが、分厚い容量をもった暗黒という気がする。この闇は片時も静止してはいない。といっても目立たないほどの動き方で、鈍い単調なリズムを伴った鼓動を続けている。確かな生命力を感じさせる鼓動である。私の一部が触れている滑らかな面がある。その内側から、闇のものとは違ったリズムの鼓動が押し上げるように伝わってくるのが分る。それを感じる度に、私は自分の存在感を確かめる。私と触れ合っている滑らかな面は、それ自体の動き方をしている。大抵は静止しているのと変らないほど緩慢なもので、私も相手が動いているとは気がつかない。この滑らかな面が、突然、激しくうねりはじめることがある。私は押し飛ばされ、闇の中を舞い、固い壁にぶっつかる。ぶっつかった反動で押し戻されたところを、うねりが押し飛ばす。私は闇の中を舞い転がるより他にはない。こうして私は、滑らかな面と触れ合いながら、壁に囲まれて存在していることを知るようになった。ふとした拍子に、壁の色合いを感じることがある。闇の中にそれと気づかれずに散らばっている、特有の色素を帯びた粒子が、何かの衝撃で吸い寄せられ、どこからかやってくる微かな光線を受けた瞬時の間、色合いを持つ壁面となってあらわれるのだと思う。淡紅色に似たきらめきが強まって消える。その残像の中に、私は、遠い記憶が甦ってくるのを覚える。過ぎ去った日の情景があまりにも鮮かに甦ってくるとき、驚きに息を呑むこともある。

貝殻を掌に乗せて洲の上に立っているのは、少年の私である。家族と潮干狩りに来ているが、獲物はなかなか見つからず、足許のバケツの中には、蛤《はまぐり》、あさりが五、六個転がっている。小エビも何匹かいる。収穫は寂しい限りだが、そんなことはどうでもよい。いま私の心を奪っているのは、掌に乗せたこの貝殻である。海水を含んだ砂の中から貝殻の一部が姿をあらわした時、胸がときめいた。海が誰にも見つけられないようにと隠しておいたものを探し当てたという喜びが湧いてきた。見つめると、扁平な表面に散らばっている無数の模様が、陽光に向って目を閉じたとき軽い痛みに似た刺激とともに瞼にあらわれることがある綾模様を思わせる。この殻の中でどんな実が息づいていたのだろうか。もう一方の殻がこの辺りに隠されていないか。掌の貝殻をポケットにしまい、あたりの砂を掻き廻してみる。何も出てこない。さらにその外側を掘ってみる。触れるものは無い。もっと外のほうにありはしないかと、夢中で掘り返す。

岸で声が呼ぶ。「おーい潮が満ちてきたぞ」。呼ばれて見廻すと、いつしか満ち潮に変っている。潮が上るのは速い。点在していた洲があっという間に姿を消していく。私は、急いで岸へ向う。岸へ上ると、ポケットに手を入れ、拾った貝殻の存在を確かめる。振り返ると、貝殻を拾ったあたりはもう海水の下に隠れている。海は不思議なところだと思う。手品師みたいだ。流れが速くなった潮を夕陽が照らしている。西の空にかかった夕陽は赤くまぶしい。少年の私は、夕陽を背に受け、自分の長い影を踏んで、土手道を引き返す。ポケットの貝殻は、音もなく揺れている。

そう。私は、貝の中に、実と殻の間の空間に存在している。貝は沈黙したまま、海底の砂の中にいる。いま、引き潮に変って間がないことが、貝の微妙な変化でそれと察することができる。ここの海底は、引き潮で洲があらわれるほど浅くはない。水深七、八メートル、満潮時には十メートルには達するだろう。

貝の中で、私は、たえずいくつかの音を感じている。音というよりも振動、海中を進んでくる振動である。振動はそれぞれの波長をもっているので、それを容易に感じ取り、自分流に解釈することができる。たとえば、つぎのような振動がやってきた。〝様子が変った〟晴れ。飛行機。打ち切り。子供。〟騒がしい音楽と人々の囁くような話し声。これらの振動を自分流に解釈した言葉に何の意味があるのか。振動にそういう言葉の意味づけをした根拠を何なのか。ひと口に説明することはできない。つぎのような過程を経てのことなのだ。

私は、長い試行錯誤の結果、自分が寄生している貝の鼓動、実の表面のなめらかな感触や、そのときそのときの殻の動きから、貝の思考を感じとることができるようになった。

満ち潮になってから先刻まで、貝はかなり活発な動きをしていたが、引き潮が始まってから、急に動きが鈍くなってきた。やがて眠りに入るだろう。

殻が閉じられる。呼吸が細くなる。海底の砂に沈み込むように潜っていき、満ち潮の兆しがあらわれるまで眠りにつく。

私も誘われて眠りに入る。

満ち潮で目覚めるとき、貝は、それが習慣のように、長い息を吐く。実が細かい動きを始めると、最初の言葉が聞こえる。〝ワタシハ、アイモカワラズ、ココニイルヨリホカニ、ノゾムコトヲユルサレナイノカ〟。毎回、同じ言葉が繰り返される。短い静寂の中に緊張が走る。それまで閉じていた殻が微かに動く。私は身構える。一閃《いっせん》の明りと共に海水が流れ込んでくる。抗する間もなく一気に奥へ押しやられる。押しやられたまま全体が浮き上っていくのを覚える。その時は、もう貝は砂から出て、海底に落着いている。途切れていた貝の言葉が聞える。

〝穏かだ。大きな移動は難しい。新しいものの訪れは望めそうもない〟

私は急いで殻に身をすり寄せて、やさしく語りかける。

〝きょうの海は、かなり見通しがきくんじゃないでしょうか。いつもと比べてそれだけ視野がひろがったことになりませんか。つまり、わざわざ無理をしなくても、体を動かしたのと同じ理窟になるでしょう。そうなれば、何か新しいものが訪れてくる期待は大いにあるわけですし、それらしいものを見つけるのも容易じゃないでしょうか〟

自分の期待もこめて語りかける。

反応はしばらくしてあらわれる。

〝なるほど、そうも考えられるね〟

一語一語が軽やかなはずみを持っている。貝も淡い期待を抱いているのが分る。

海底に身をさらしている貝は、潮のわずかな変化にも応じて方向を変えながら揺れ漂う恰好になる。そこにひとつのリズムが生まれる。

穏かなリズムに乗って、私は、貝の実のなめらかな面と殻の間を、振子のように往復する。リズムが早くなる。貝の呟きが伝わってくる。

〝あいつ、場所を移したな。向きを変えたのは何故だろう。この前の満ち潮の折に白い粒様のものを咥え込むのを見たが、そのせいかもしれないぞ〟

昂奮しているようだ。

〝あいつ〟というのは、同じ海底の、恐らく一メートルも離れてはいない場所にいる貝のことである。私のほうの貝が見た、相手が咥《くわ》え込んだ白い粒様のものは何だろうか。

或いは、白い粒様のものは自らの意思で貝へ近づいてきたのではあるまいか。それまで自分がいるべき場所を求めて長い間さまよい続けてきて、やっと見つけ出したのだと思う。全神経を集中させて貝の呼吸を見計らい、海水と共に一気に殻の中へ流れ込んだのだ。かつて私が試みて成功したやり方である。

成功した喜びも束の間で、カレは戸惑ったに違いない。貝の鼓動が全身を包んでしまうからだ。なめらかな面がいくらか気分を落着かせるだろう。しかし、不安は消えない。これからしばらく、自分の居場所を決めるまでの間、迷いとためらいが繰り返されるだろうが、仕方のないことだ。やがては落着くところが見つかるはずである。もしチャンスが訪れたら、カレに呼びかけてみようと思う。

私がまんまと貝の中に入り込んで棲みはじめてからどれだけの歳月が過ぎたろうか。数えきれないほどの満ち潮と引き潮の経験の中で、貝の些細な動きの持つ意味が理解できるようになった。それにつれて、自分の世界が徐々にひろがった。いまでは、海特有の秩序らしいものを感得できるまでになり、すっかり海の住人らしくなってきた。

微かに明りが感じられる。私の貝が殻を開き、光が入ってきたのだ。光に揺らめく海底の様子を思い描いてみる。海底では、砂は地上でのように固く押しつけられてはいないので、わずかな水の動きにも素早く反応して、陽炎に似た揺れ方をする。まだ貝に棲みつく前に、私は、その砂の上に身を横たえて、海を感じていた。海面までどれだけの距離なのか推し測ることはできないが、距離に応じて海水の動き方が違っていて、それに見合うような光の屈折の仕方が観察できた。

海底から見上げると、海面に向って、折り重なった光が美しい模様を織りなしていて、海にきらびやかな重さがあるのを感じさせた。海底で、何かの拍子に不意に体が浮き上ることがあった。またすぐ元に戻るのだが、それだけでも自分は海を漂うことができるのだという気持になり、その気になれば容易に海面へ浮上できるという自信につながり、さらに、うまくいけば地上へ戻ることができるかもしれないという夢にまでひろがった。

私は早くも、かつて住んでいた街の風景を思い描いて見る。はじめに浮かんできたのは紙屋町交差点である。交差点は大きな三叉路で、中央部が三角形の安全地帯になっていて、三方向へ行き来する市内電車が発着する。安全地帯からは、どの方向もずっと先まで見通すことができる。東は車道の両側にビルが立ち並んで、市の中心部を形作っている。南は宇品《うじな》港へ向う道筋で車の量が多い。西へ向ってはしだいにゆるやかな坂道になっていて相生《あいおい》橋につながっている。そのずっと向うに、西の山並みが眺められる。北はすぐ練兵場になっている。近くに陸軍第五師団司令部と歩兵第十一連隊本部があり、関係する建物が並んでいる。

練兵場の一隅で、兵士たちが匍匐《ほふく》訓練をしているのが見える。匍匐する兵士たちの間を右に左に動いて叱咤している上官の顔が汗で光っている。兵士たちが抱え持つ銃先の剣が閃光を発する。匍匐する軍靴の先が砂埃を上げる。

そのずっと手前を、別の一隊が歩調をとって進んで行く。匍匐する兵士たちの姿が遮られる。行進する小隊を率いる隊長が、突然、声を張り上げる。「……に対し敬礼、頭ァ……」抜いた軍刀の尖が頭上から右腰へ弧を描いて流れる。「左ィ」。兵士たちの顔がいっせいに左を向く。彼らの視線の先を、馬乗の高級将校がゆっくり進んでいる。白い手袋をはめた手がさっと挙がり、兵士たちに応える。馬の手綱を引く兵士は無感動に歩を進めている。尻尾を小刻みにふるわせて馬が視界から消える。行進する一小隊が通りすぎると、ふたたび、匍匐する兵士たちが姿をあらわす。匍匐につれて砂埃が舞い上る。

匍匐する兵士の一人に自分を重ねてみる。あの頃、私は、応召兵としてあの練兵場で匍匐訓練する日がくるのがそう遠くはないと考えていた。国民学校教諭ということで認められていた兵役延期ももう許されない状況にあるのがひしひしと感じられた。

朝毎に、紙屋町交差点で電車から降り立つのはほとんどが召集兵で、どの顔も四十の半ばを過ぎているように見えた。うまく着こなせない国民服に戦闘帽、奉公袋を握り、ぎごちない足取りで練兵場のほうへ向う。彼らは練兵場の彼方の陸軍の建物のほうから押し出されてくる重苦しい緊張感に包まれた空気に、あっという間に呑み込まれたふうに、素早く姿を消していった。重苦しい空気は練兵場を越え、交差点を突き抜けて、街の中へひろがっていく。街は忽ち打ち沈み、鉛色に染まっていくかのようだ。

あたりを沈黙が蔽う。沈黙を破って、櫓《やぐら》太鼓が鳴りはじめる。音が交差点に響き渡る。何年前になろうか。春先だった。郷土出身の関脇安藝ノ海が不敗の横綱双葉山の七十連勝をはばむという出来事があってそれほど間がなかった。練兵場の一角で相撲興行が催された。私は、学校から

五、六年の児童を連れて見学に出かけた。何番も取り進んだあと、安藝ノ海が土俵に姿をあらわすと、桟敷からひときわ高い歓声が起った。色白ですらりとしている。相手はあんこ型の力士で、体が黒光りしている。両者は何回か仕切ったあと、呼吸を合わせて立ち上った。あんこ型が素早く安藝ノ海のふところへ突進した。ほとんど同時に安藝ノ海の体が横にかわった。あんこ型は突進したままの姿勢で前のめりに土俵に手をついた。桟敷がどよめいた。安藝ノ海は蹲居の姿勢で手刀を切り、賞金を受け取った。つぎの力士に水をつけて、花道をさがっていく安藝ノ海の背中に、人々が争って手を触れた。相撲は三日の興行で終り、すぐに桟敷が取り払われた。練兵場は元の姿に戻った。

私が海の底を漂っていた時分、紙屋町交差点周辺の様子を繰り返し思い浮かべた。

海の底で、私は肉のかけらだった。かけらというよりもひと筋の肉質だった。潮の干満につれて、わずかに浮き上ったり下りたりした。動けるのはごく狭い範囲で、それも自分の力ではなく、潮の動きに身を任せるだけだった。そこでは、目に見えないほどの動きではあったが、潮が入れ替っていた。昼間は、海面から射し込んでくる明りが私を快く刺戟した。夜の冷えは身を縮めるほどだった。

海底の様子が分ってくるにつれて、私は、きまった変化に飽きてきた。外からの働きに任せておくだけでは物足らず、何とかして自分から動いてみたいという気持が強くなった。どうすればそれが可能になるか、考え続けた。すると必然的に、どうしていまのような状態になったのかというところまで遡らざるを得なくなった。

私は、死とはいえないような死に方をしてしまった。そのことをひどく後悔している。

私が川へ入ったのは、観音町と舟入町を結んでいる観船橋の下だった。昭和二十年八月六日のことである。引き潮に乗って湾口のほうへ流れはじめた。仰向けだった。

いつになく強い夏の日差しで組み立てられはじめたばかりのきょうという日は、あの濃い茜色の熱線が降り注いできた瞬間、もろくも崩れ去ったのだろうか。街は音も無く炎を上げて燃え盛り、人々の悲鳴や叫び声が露地から露地を駈け抜けていった。夢を見ているような気分だった。夢の中をふらふらと、岸までやってきたのだ。

それにしても、何と蒼い空なのだろう。蒼い大きな空。いま出来上がったばかりのように初初しい輝きを惜しげもなく放っている。朝の出来事が嘘のようだ。

息苦しい。

街に何が起ったのだろうか。あの不気味な色の光が宙にやきついたのは、警戒警報が解除になってからだった。警戒警報に変ったのは空襲警報が解除になってすぐだった。空襲警報は短かった。警報のサイレンが鳴り出したのが、敵機が街の上空に達してからだった。侵入したのはB29一機で、いつも定期便がするように、街の上を飛び過ぎて行った。爆音が途絶えて、警戒警報が解除になった。光が襲ってきたのはその直後だった。

私が学校の校庭に出て、深呼吸をはじめたときだった。いきなり地面に叩きつけられた。しばらく気を失っていたのだろう。気がついたとき、校舎は燃えていた。音も無く、光と共に襲ってくるとは、不思議な空襲だった。たった一機の爆撃機が落していったのは、悪魔が製造した爆弾だったのか。

どうしてこんな恰好をして水の中にいるのか。だしぬけに襲われて、気が転倒したのだ。することがあったはずだが、何をするつもりだったのか、すぐには思い出せない。学校へ引き返すことが第一だ。夏休みで、学校に子供たちがいなかったのが何よりだ。だが、安心してはいられない。子供たちが無事でいるという保証は無いのだ。とにかく学校へ引き返さなくては。

どこか泳ぎつけるところはないか、と岸を探した。這い上がれそうなところは見つからない。観音橋が見えてきた。あの橋の袂《たもと》から上がろうと、体をその方へ向けて背泳ぎを試みた。どうしたことか、手が廻らない。足も動かない。全身がけだるい。息苦しさが増してきた。

空ばかりはどこまでも澄み切っている。その空にむかって歌いたくなった。軍歌でもいい。調子外れの大声を張り上げて歌ってみたい。だが、声が出ない。歌詞ばかりが頭の中を過っていく。

街に何が起ったのだろう。

母は元気でいるだろうか。動員工場にいるはずの弟は無事だろうか。母の笑顔がちらつく。夫に先立たれてから、生きる喜びを無くして、めっきり老けこんだ、疲れた笑顔だ。二人に何事もなければいいが。

私は助かったといえるのだろうか。生きのびることができたのか。

観音橋が迫ってきた。橋に向って泳ごうという気もなくなった。流されるところまで行けばよい。流れは絶えず変化しているのだから、じっとしていても岸へ寄っていくチャンスはある。その時を逃さないようにすることだ。そう考えると、気持が楽になってきた。

学校へ引き返したら、まず何から手をつけようか。

橋を過ぎたところで、すり寄ってくる者がいた。後から押し出るようにして、私と肩を並べた。挨拶の代りに軽く呻いた。男だった。それを皮切りに、男の呻き声はしだいに高まっていった。ついに、呻きだけではおさまらなくなり、手が無意識に空を掻きむしった。二度三度、同じ動作を繰り返したあと、疲れ果てたふうに、水面を叩く。ふたたび空を掻きむしった手が、不意に私の顔に落ちたと思うと、髪を鷲掴みにした。その手を強く振り払うと抵抗も見せずに水に落ちた。小さなしぶきが顔にかかった。

左岸に白い古めかしい建物が見えてきた。舟入病院ではあるまいか。あの病院は伝染病患者などを収容する隔離病棟のある病院だ。白く塗ってあるのは、敵機に病院であることを示して爆撃を免れるためではあるまいか。その白い建物が燃えている。強い日差しを受けているので、はっきりと焔を見定めることはできないが、火がはじける音が聞える。端のほうから燃え崩れていく。岸際で右往左往していた人たちが、つぎつぎに川へ飛び込む。その度に悲鳴が上がる。

これは、いま、実際に起っていることなのか。あの光を受けてから私の調子が狂ってしまったのではあるまいか。

　しだいに意識が遠のいていくように思う。何かに引っ張られて私から離れていく。引っ張り返そうという気も起らない。離れた意識が徐々に戻ってくる。力いっぱい目を開いて見る。蒼く澄んだ空がひろがっている。

　また誰かがすり寄ってきた。体ごとぶつかるように押してきた。押された勢いで逆隣を流れる者に突き当った。それだけではない。頭が前を流れている足に当った。周りがぐるりと人である。どうしてこんなことになったのだろう。呻き声がいくつも重なって聞えてくるところをみると、流されているのは私の周りの者だけではなさそうだ。もっと多くの人たちが海へ向っている。きょうが何か特別な日なのか。


　土手の向うに大きな建物の一部が見え隠れしているのは、県立商業学校ではあるまいか。こんなところまで流されてきたのか。もうまもなく湾に出てしまう。この辺で何としてでも岸へ上がらないと、助かるチャンスは少なくなる。できるだけ岸側へ体を寄せようと思いながら、遠くなる意識に引きずられていきそうで、意識を引き戻すほうに神経を集中させることになる。それには空を凝視するのが効果的である。

　空を凝視できるのは気安めほどの短い時間で、集中力はたちまち霧消する。代って、ふた月ほど前の小さな空襲の日のことが思い浮かんできた。

その日の昼さがり、警戒警報に引き続き、空襲警報のサイレンが鳴りはじめた。その日の授業は終り、私たち教師は教員室で雑談していた。爆音が聞えた。いつも定まった時間にあらわれる定期便ではなかった。途端に、パンパンと弾丸がはじける音がした。私たちはあわてて机の下にもぐり込んだ。爆音とはじける音がしばらく続いて止んだ。短い静寂の後、空襲警報解除のサイレンが鳴りはじめた。そこへ用務員が駈け込んできた。

「落ちましたよ、B25を撃ち落したんですよ」

声が引きつっている。

「飛行士が落下傘で、天満《てんま》川の下のほうへ降りたそうです。みんな大騒ぎしています」

報告すると、急いで走り去った。落下傘を追って行くつもりらしかった。日直の教師を残して、私たちも行って見ることにした。

校門を出てまっすぐ進むと、天満川の土手に出る。人々が列をなして走っていく。どの顔も目が血走って見える。私たちは列に入り、走った。落下傘は江波《えば》山の近くの川に降りたということだった。かなり下流になる。走りながら眸を凝らすと、遥か彼方の川面が青く染まっているのが分った。その真中あたりに浮かんでいるものがある。落下傘に違いなかった。

岸は大変な人だかりで、人垣の後から爪先立って見なければならなかった。

向う岸から小舟が一艘、漕ぎ出されたところだった。舟には、地元の消防団員らしい印絆纏に黒い帽子の男数人に混って制服の兵隊がひとり乗っている。腕に大きな腕章があるのは憲兵だった。小舟は染まった水面を落下傘に向って漕ぎ寄せていく。落下傘はふくらんだまま浮いている。何本も絡まったロープを抱えた姿勢のまま動かない飛行士が見える。褐色の頭髪に白い皮膚の顔は若い。漕ぎ寄せた小舟の上の消防団員が長い竿を取り出し、飛行士の体を突いて様子を窺っていたが、死んでいるのを確かめると、落下傘ごとこちらの岸へ押しやる作業にかかった。落下傘がゆっくりと進んでくる。

それと符牒を合わせでもするように、土手道に爆音が響いた。一台のサイドカーが疾走してきた。

岸に寄せた落下傘のロープが切り離され、飛行士の死体が引き揚げられた。死体はサイドカーに乗せられ、運ばれていった。水面は青く染まったままになっている。

その水面のあたりを流れていく。

さきほどまであれほどまぶしかった空が、いくらかかげってきたようだ。薄暗くなってきた。

生徒たちのことを思い出した。高学年の児童のほとんどは集団疎開していて、残っているのは低学年の子供たちである。彼らは毎晩のように鳴り響く警報のサイレンに起され、不安で眠れないのか、元気が無い。きょうのこの不思議な空襲に遭って怪我した子供もいるだろう。夏休みが終ったら、元気な顔を見せて貰いたいものだ。

あたりが一段と暗くなった。何度も意識が薄れかける。もうだめかもしれないという思いが掠める。どういうふうにだめになるのか筋道たてていうことはできないが、自分のすべてが無に帰するという気がする。私とは何か。何だったのか。

　比較的平凡な家庭に生まれ、これといって目立ちもしない子として育ち、人並みの教育を受け、小学教師になっていままできた。三十年足らずの人生で、これといった危機に突き当ったこともなく、深く悩んだこともない。時流に逆らわずに生きてきただけのように思う。このまま無に終ってしまうのか。それではあまりにもみじめだ。死んではならない。海へ流されないように、岸へ泳ぎつこう。力をこめて、体を岸に向けた。呼吸を整え、抜き手を切り、足をばたつかせた。体が岸に向って進みはじめたように思ったが、手は水を掻いておらず、足も動いていない。先刻までのように、仰向けの姿勢のまま流されている。どうすることもできない。観念して、空を見つめた。意識が朦朧としてきた。目の前が暗くなった。

　そのまま、底知れない闇の中へ吸い込まれるように意識を失った。

　私の選択はあやまっていたのではあるまいか。川へ入るべきではなかったのだ。学校の門を出て、どうしてまっすぐ土手に向ったのか。それは仕方がないとしても、土手道に沿って天満橋まで行くという選択をしなかったのは何故だろうか。天満橋を渡れば、観音町、福島町を抜けて己《こ》斐《い》町へと西の安全な町へ避難することができたはずである。天満橋が通行不能なら、それと併行して架かっている市内電車の鉄橋が残っていたと思う。そこもだめだったとき、川を選ぶべきだったのだ。いや、選択肢はまだあった。土手道を上流へ向うのだ。広瀬町まで行き、橋を渡れば、横川へ出る。そこからなら、祇園を通って可部まで避難することができる。それほど困難な道のりではない。

どうしてこういう結果になったのか。

大変なことになったと校門を走り出て、どちらへ行こうかとためらっているとき、ひとかたまりの人たちがよろよろとやってきた。救護所はどこかと聞く。彼らの顔を見て息を呑んだ。顔ではない。眉も目も鼻も無いのっぺらぼうなのだ。私は答えることができなかった。彼らは低い呻き声を発しながら遠ざかった。私は街が変ったのだと思った。世界が変ったのだと思った。私の顔も彼らと同じような変り方をしているに違いない。

自分の顔をゆっくり撫でてみた。繰り返し撫でてみた。感触が無い。不安が高まってきた。どんな顔になっているのだろうか。早く確かめたかった。思いついたのが川だった。川の水に映して見ればいい。まっすぐ土手へ向ったのだ。

川へ下りる石段には数人が腰をおろしている。横たわっている者もいる。どの顔も顔とはいえない。彼らは黙したまま、姿勢を崩そうとしない。

彼らの間をすり抜けるようにして石段を下り、水際に立った。潮は退きはじめていた。膝が浸かるところまで下りて、体を折り曲げ、顔を水面に近づけた。息を止めて見つめた。水面は小刻みに揺れていて、細かい様子を見定めることはできないが、とても自分の顔とは思えない。しばらく見つめている中に息苦しくなった。喉が渇いてきた。蹲《しゃが》み直して、掬った水を口にふくんだ。心地よい冷たさが奥深く入り込んでいく。同時に、いっそう強い渇きを覚えた。もう一度水を掬って口へもっていこうとしたとき、背後から女の声が云った。

「水を飲んではだめですよ」

女は石段に腰を下していた。顔とはいえない顔が丸く脹れ上がっている。着ている下着が引き裂かれ、乳房が露出している。女がまた云った。

「水を飲んだら死んでしまいます」

私は、あわてて掬った水を投げ出した。いたずらしているのを母親に見つかったときの気持だった。

女はさらにつけ加えた。

「水につかるのは構わないでしょう」

女の言葉に従うように、川へ入って行ったのだ。

やはり、私のとるべき方法はこれしかなかったのだ。

私が大きく揺れる。揺れた勢いで貝殻の壁に強くぶっつかる。反動で入口まで押し返され、そのまま外へ飛び出しそうになるのを、懸命に踏んばってこらえる。何ほどの効果があろうか。気持ばかりで、実際は、押し出そうとする力と外から入り込もうとする力に挟まれた形で、偶然に停止しているだけのことである。やがて、外からの力が勝ち、体が掬い上げられるように押し戻される。私は貝殻の中を回転しながら後退する。貝殻も揺れているので、前後左右に翻弄されるまま、なすすべがない。海もまた、いつになく大きく揺れているのが分る。地上を嵐が襲っているのだろう。海面のうねりが海中へ強い揺れを生じさせているが、この変化の中でも、満ち潮から引き潮に、潮の動きが変ってきている。それを、貝の微妙な動きで感じとることができる。

急に、全体の揺れがゆるやかになり、静寂が訪れる。周囲がぼんやり明るくなったと思うまもなく、海底がきらめくばかりに生き生きと甦る。貝殻が動きを止める。私はまだゆっくり揺れている。心地よい揺れ方である。落着いた気分になって耳を澄ます。規則的な響きが伝わってくる。いつも聞きなれているのとは違っている。女声合唱の高い音階に似た音がしばらく続き、急に男声低音に変るが、すぐに高音階に戻る。その繰り返しである。響きが遠くから徐々に近づいてくるさまは、列車が進行してくる様子を連想させる。近づくにつれて、多くの人が声高に叫びながら行進する風景に変ってくる。響きは、街のほうから川を伝わってきている。街で何かが始まっているようだ。その前触れらしい動きがあったのは嵐の前だった。

海面を行く船のエンジンの音が聞えた。草津港のほうからきて、太田川を遡行しはじめる数は一隻や二隻ではなかった。先を急ぐらしいエンジン音に混って、声高に話すのが聞えた。

「ほんまに、ひどいことをしやがる。わしらを人間のカスみたいに思うとるやり方じゃ」

「こんど何かやらかしたら、このままじゃ済むまいぞ」

激しい言葉が飛び交い、遠去かって行った。

もしかして相生橋へ向っているのではあるまいか。数日前、相生橋の上手の岸一帯で大火があった。その様子を、頭上の海面を通る小舟の男たちの話で知った。

「相生橋のそばの原爆スラムの火事は大きな火事じゃった。三分の二以上、千軒近い掘立小屋があっというまに焼けたというから大事じゃった」

「警察と消防の調べでは、火元は全然火の気のないところで、放火の疑いが強いそうな」

「その放火じゃが、小耳にはさんだ話によると、その筋の者に頼まれた者が火をつけたらしいということじゃが」

「そうかもしれん。原爆スラムはこのまま取り壊されてしまうじゃろう」

男たちの話の中の「原爆」という言葉が強く響いた。この言葉をはじめて聞いたわけではなかった。私がまだ辛うじて人間らしい形を保って海底に存在していたころから何度となく耳にしてきた。聞く度に戦慄を覚える言葉だった。

相生橋の小橋と繋がる平和公園の広場で祭が催されるようになったのは、私が死の世界の者になって間もなくのことだった。この街にあの出来事が降りかかった八月六日に催された。〝原爆死没者慰霊式並びに平和祈念式〟という長たらしい名称なので、〝原爆慰霊祭〟などと短くして呼ばれたりした。当日、市内の学校は休校になり、多くの職場では仕事を休んだ。会場の慰霊碑前には朝早くから市民がつめかけた。まず、その年の原爆死没者名簿の奉納があり、総理大臣や県知事などからの式辞があって、遺族代表が慰霊碑に献花をする。原爆が投下された八時十五分に、全員が黙禱し、平和の鐘が打ち鳴らされた。この時間、市内の寺院の鐘も鳴り、交通機関は停まり、道行く人は足を止め、死没者の霊に黙禱した。会場では、市長の平和宣言が朗読され、平和の使者といわれる鳩がいっせいに舞い上るという趣向であった。夜には、相生橋の岸辺で慰霊の灯籠流しが行なわれた。その日一日、市民は、亡き家族や知人の霊を慰める気持に浸って過した。

原爆慰霊碑には、つぎのように書かれている。

〝安らかに眠って下さい、過ちは繰返しませぬから〟

この言葉が死者に対する真摯な気持から出ていることは理解できるが、慰めて貰うことのできる死者に対してだけ当てはまるものではあるまいか。該当しない死者もいるのだ。

川を通して祭の賑わいが伝わってくると、私からそれほど離れていない海底に横たわっている死者が不機嫌な声で呟くのが聞えた。

「いまさら生き返らせてくれなどという気はないが、云い残したことがいっぱいある。祭をして死んだわれわれを慰めてくれるよりも、一言でもいいからこっちの云い分を聞いてほしいものじゃ」

カレはいっそう声を荒らげた。

「わしは死んでここにおる。それなのにまだ生きとることになっておる。何とも辛いことじゃ。一日も早う戸籍から抹消して貰わんと成仏できんのじゃ。頼みます。願いを聞いて下さらんか」

終りのほうは叫びに近かった。

私もカレとともに叫びたい衝動に駆られた。私はカレと同じ、戸籍の上でだけ生存している死者だった。死者でありながら、地上に片足かけたような存在の仕方をするのはやりきれないことだった。

昭和二十年八月六日の朝まで、私は、母と弟と三人、ひとつ屋根の下で暮していた。父は私が教師の職についた年に亡くなった。ガンだった。六日の朝、私が目覚めたとき、弟は出かけていた。弟は私立中学四年で、動員学徒として軍需工場で働いていた。玄関で靴をはいている私のところへ、母が来て云った。

「ゆうべ、お父さんの夢を見てね。洋服を着たお父さんが黙って立って、何も云わずにしきりに手招きするの。いつまでもいつまでも。目が覚めたら何だか恐ろしくなってきてね。しばらくお墓参りしなかったから、早くきてほしいのね。きょうお参りしてきますよ」

私は大して気にもとめずに出かけた。

それが最後になった。

弟は工場で被爆した。全身に火傷を負い、家に辿り着いた。倒壊を免れた家の中にいて助かった母の夜を徹しての看護も空しく、七日の朝、息を引き取った。弟の死の始末をすませて数日後、母は、帰ってこない私の捜索をはじめた。

毎朝早く家を出て、市内にできている死体収容所や救護所を端から訪ねて廻った。市内では見つからず、市外へと足をのばした。船で似島《にのしま》へも渡ってみた。島へ向う船が通る海の底に、すでに私は横たわっていた。

無傷で生き残った母の気持がどんなふうに変化していったのか、詳しい状況は分らない。発狂した母のことを、地方局のラジオニュースが伝えた。母は、原爆で失った二人の子供の名前を呼びながら、半裸で街を彷徨していたという。身寄りが無いことが分り、原爆病院へ収容されたとニュースは伝えた。不思議に、何の感情も湧いてこなかった。

弟と私を同時に失い、敗戦後の混乱の時代を生きていくことは、老いはじめている母にとって並大抵の困難ではなかったに違いない。生きている母の姿を確認できたのは収穫だった。母が生きている限り、私が真の死者として認定されるチャンスは残っている。わずかな望みが有難かった。その望みは意外に早く絶たれてしまった。

入院してからの母は、強く心に決めていることがあるのか、発狂のせいか、何ひとつ口にしなくなった。たったひとつの栄養源である点滴も受け入れようとしない。頑な人間になり、相変らず弟と私の名前を譫言《うわごと》のように呼び続けた。急速に衰弱が高まり、入院二か月目に命を閉じた。原爆後遺症による死と診断された。

母の名前は、原爆死没者名簿に書き加えられて、つぎの原爆慰霊祭で原爆慰霊碑に奉納されることになった。

母は一気に死の深みへ向って、真の死者になることができた。

それに比べて私は、宙ぶらりんの死者としてどこまでも存在し続けなければならないとは。いささか自嘲的な気持になってきた。

母の死を告げるニュースを聞いた日、近くの貝の中にいる死者が呟くのを聞いた。

「生きておるとき、本気で信じない者でも、死ねば仏の側へいかれると聞いた。はっきり聞いた。早く仏さんの側へいかせてくれェ」

カレは、同じことを呟き続けて止めなかった。

母の死で、生きている身寄りは誰もいないことになった。こうなると、これからの自分の在り方を真剣に考えなければならなくなった。死の世界に入ったばかりのころは、生きていたときの思い出がひっきりなしに浮かんできて、明けても暮れても地上の雰囲気に浸って過すことができた。一緒に海底に沈んだ死者の多くも同じ状態の中に置かれているらしく、あちこちで明るい呟き声が聞えていた。それもやがて間遠になってくるにつれて、いまの自分がどんな存在なのか、はっきり見定めておかなくてはならないと思うようになった。

海は独自の時間と秩序をもっていた。その時間を大きく区切っているのは満ち潮と引き潮なので、海に生きるものは決まって、満ち潮とともにめざめて活動をはじめ、引き潮に合わせて動きを止め、それぞれの棲み家へ引きこもる。魚や貝や海草などが、潮の動きに敏感に反応して、動き方を微妙に変えていくのが分った。

　海に存在している以上、私も海の時間と秩序に従って行動しなければならないはずだったが、思ったほど簡単にはいかなかった。死者は、死の世界の秩序と時間に従って存在していた。そのため、海の秩序と時間にどのように身を委せていけばいいものか、皆目見当がつかなかった。不安な日々のあと、やっと糸口が見つかった。人間の生死が月の引力と大きな関係をもっており、同じように潮の干満が月の引力に強く左右されているという事に気がついた。両方を絡ませて思考すると、人間は満ち潮の刻に生まれ、死は引き潮の刻に訪れるということになるから、死と海の秩序、時間の共通点を引き潮の刻に設定すればよいことが分った。その理窟にしたがって自分が海に存在しているのだと納得した。それも短い間のことで、新しい問題が降りかかってきた。市が消息不明者の公開捜査をはじめた名簿の中に私の名前があったのだ。私は、妙な云い方だが、生きている死者ということになるのだった。

　私は海底の砂の上にひっそり横たわっていた。天満川を下り、海へ出てまもなくのあたりで、江波の造船工場から五百メートルばかり沖合いといったところだろう。最初のうちは造船工場のすぐ側の海底にいたのだが、潮の流れに押されて、いつのまにか沖合へ出てきた。私にはもう肉のかけらも付着してはいなかったが、骨格はそれと判るぐらいの形を留めていたので、注意して観察すれば、生きていたころの体つきを想像することもそれほど難しいことではあるまいと、ささやかな自信を持っていた。もし何かの機会に発見されて引き揚げられるようなことがあった場合、私であることが確認され、戸籍から抹消されるのは困難ではないと考えた。結局は空しい願いに終りはしたが。

そのころ私は、自分が生きていたときのように、見るのは眼窩《がんか》で、聴くのは耳殻《じかく》で、嗅ぐのは鼻腔で目的を達しているものと思っていた。背中が海底の砂に触れるさわやかな感触が全身に伝わっていくさまや、手足の指先で潮の動きを感じとることができるという気がしていた。

海は微妙に動き続けていた。海底の砂の小刻みな揺れに合わせて私の体が動いた。揺れは不規則ながらリズムをもっていた。海のリズムなのだろうか。そのリズムを燃え立たせでもするように、地上からの光がきらめきながら射し込んでくる。光はいくつも屈折を繰り返し、やがて、長い旅を続けてきたあとのように、弱々しい彩光となって私の上に漂い下りてくる。それを、なつかしさをこめて抱きとめる。光の中に地上の香を嗅ぎ、音を聴きとろうとした。地面を走る電車やバスの音。空を飛ぶ飛行機の爆音。男の笑い声。女の泣き声。子供たちの叫び声。もっと多くの音が重なり合って作り出す街の響きが、ひとつの交響曲となって伝わってきた。

交響曲が遠のき、いつもの海のリズムに戻りかけたとき、不意に、子供の声が飛び込んできた。

「見てごらん、真上を……空がきらきら光ってずっと向うのほうまで続いている、そのもっと向うに銀河があるんだ……銀河星雲までは何億年もかかるんだって。人間は行けっこないよな」

「まあ、かわいい蟻……一匹、二匹、三匹、四匹、五匹もいる。行儀よく一列に並んで砂の上を、どこへいくんでしょ。食べものを探しにいくのかな。遊んでいるのかもしれないね。いや、蟻さんは働き者だから」

「見つけたよ、こんなきれいな石ころ。こんなに平たい貝殻。誰かが海で採ってきたのを捨てたんだ。家に持って帰って、机に飾っておこう」

「ねえ、縄とびしましょうよ」

大勢が喜び合う声。その中から湧き出てくるように、朗読の声が聞こえてくる。

「昭和二十年八月六日、私が満八歳のときのあの恐ろしい出来事を、僕は一生忘れないでしょう。町で子供が父母の名を呼ぶのを聞いたり、父母といっしょに歩いているのを見ると、寂しい気持になりますが、それを振り払うためにこんなことを考えます。世の中には僕のような〝みなし子〟がたくさんいるのだ。僕よりもっとかわいそうな子がいるのだ。親がいないからといって悲しんでばかりいないで、毎日を明るく楽しく過し、一生懸命に勉強することが、亡くなった父母への恩返しだと思います。学校を卒業したら、戦争の無い平和な世の中にするように努力しようと考えています」

少年の声に、少女の声が続く。

「広島は滅びませんでした。七つの川にはいつも、太田川の清い水が流れています。私はその水になりたいです。水は苦しみも悲しみも知らないからです。私の心の苦しみを、太田川の清い流れが洗ってくれるでしょう」

声がしだいに遠ざかっていく。

私は、声が聞えなくなるまで耳を澄ましていた。

沸然と湧き上ってくるものがあった。広島の七つの川の水は苦しみも悲しみも知らないのだろうか。そんなはずはない。いま相生橋の真下を流れている水は知らないとしても、その先を流れる流れ、さらにその前をいく水、その水に連なるさらに先なる流れというふうに辿り進んでいき、遥か彼方へとつながっている遠い遠い時間の中の水は、知りすぎるほど知っているはずである。その水が自分の目で確かに見たものを後からくる流れに伝えなかったとは思えない。ふと、先刻の少女の声に答えたくなった。

「少女よ、目の前の流れが清く映るのは見かけだけのことだ。その水になりたいという気など起さないほうが……」

私は思い直す。少女から水への憧れを奪い取れば、あとに何が残されるというのか。少女はそう思い込んでいることをこれからも信じ続ければよいのだ。

少女が清く美しい流れだと信じている川が私にどれだけのことを運び伝えてくれただろうか。街が不毛の地と化した日からしばらくの間、川は死者たちの呻き声で満ちていて、地上の音は何ひとつ聞えてこなかった。来る日も来る日も、流れが運んでくるのは、苦しみと悲しみの鎖のつながりばかりで、歎きと悶えの声が水面を蔽っていた。死者の多くは、あまりにもだしぬけに降りかかってきた死を死として受け止めることができず、生きているしるしを見つけ出そうと踠いていた。私も例外ではなかった。どうしてこんなことになったのか、順序立てて考えることができず、ぼんやりしたまま、脳裡を掠《かす》めるのは、地上での過ぎ去った日のことばかりだった。遠い昔の出来事が、いま目の前で起っているのだと見まがうほどの新鮮さで甦ってきたという驚きと同時に、云いしれぬなつかしさがこみ上げてくるのを覚えた。高ぶった気持が弛むと、すぐに、空しさがひろがった。ひどく落ち込んでしまい、やはり自分の死を認めるより他にはないのだと、諦めの気持になってきた。

死者たちのざわめきが弱まってくると、代って、地上からいろいろの音声が伝わってくるようになった。生きている人々の話し声。明るい笑い声。子供たちがはしゃぐ声。いくつもの音や声がハーモニーを奏でて、僅かの間に地上が大きく変化した様子が感じられた。この街の上空で爆発したのが原子爆弾であることを、そのころ知った。人々は、それをピカドンと呼んでいた。私は、自分が死んでいることをはっきり認めた。

私は、海底を少しずつ移動していた。海の入口まできた川の流れが急に速度を落すものの、余勢をかって沖へ向おうする。それに引きずられて動くようだった。移動している間に、見知らぬ死者と接近することがあった。カレも私と同じ川で死んだのだろうか。死んだ場所や潮の流れの具合で、これまで離れたところを流されてきて、海へ入ってから近づき合うことになったようだった。それまでカレの存在など知らなかったから、十センチとは離れていない距離まで近づいたところではじめて気がついたというわけだった。カレと私は、肩を並べて同じ方向へ移動することになった。だからといって、気安く挨拶を交したわけではない。カレは考え込んでいるらしく、ときどきか細い呟きを洩らすだけだった。

「生きている者の死への移行について」

とカレは呟いた。

「瞬間的に想像を絶するほどの飛躍を伴う急激な変化の発生に付随して行なわれる移行を、移行という言葉で表現するのは相応しくない。生が破壊されつくされる前に早くも死の様相があらわれるという現象は、あたかも、まったく相反する事実が同時発生しているかに見えるが、そうではない。あくまでも、一つの人体の中で、生と死のせめぎ合いが続いたあと、死が徐々に生を追いつめるという形をとる。急激に変動する場合、死が生を一気に崩壊に押しやってしまうので、いかにも同時発生したように受け取られる。生の秩序の破壊は瞬間的でさえある。生と死はまったく別の次元であるはずなのに、死がはじまっても、ごく短い間だが、生の思考が残っているように思う」

ひと区切りついたところで、フフフと含み笑いが洩れた。カレの呟きはそれで、終らなかった。

「いや、実にそれはまた」

声の調子ががらりと変った。

同時にカレが揺れはじめた。右へ左へと揺れ、何度目かの揺り返しのとき、こちらへ向き直ったふうに見えた。声が云った。

「見事なイモぶりですな。ろくに肥料もやらずにそれだけの出来とは。私なんぞ、気になって一日に一度は様子を見に行かんと気がおさまらんほどに丹精こめて育てたというのに、掘り出してみると、一つの蔓にちょろちょろと、申訳ほどのものがついておりました。ハッハッハ」

ぐるっと向きを変えて、私から離れはじめた。

カレの存在を知ってから、数えきれないほどの夜と昼が過ぎた。四つの季節が何度か繰り返し訪れた。心が安らいでいた私は、生きていたころのことに思い耽っていた。

この街は、かつてのような潮の香の漂うやわらかい雰囲気を無くしていた。戦いの空気がひたひたと押し寄せてきている市中は、中国大陸へ向う兵隊たちで溢れていた。日本各地で編成された部隊がこの広島に集結し、宇品港から出征していくのである。部隊は、輸送船に乗るまでの数日間を市内で過す。その宿泊施設を市が提供することになり、各町内、隣組に割当てがあった。私の町内に来たのは京都の部隊で、私の家には三名ほど割り当てられた。陸軍一等兵一名、二等兵二名、いずれも三十を過ぎた召集兵だった。

兵隊達は、朝早い食事を終えると町内の広場に集合して小学校へ向う。小学校の校庭で訓練を受けたあと、昼食をとりに戻ってくる。午後も小学校で訓練を続ける。夕方戻ってきた三人にはほっとした様子が見られた。

夕食後、談笑している三人を見ていると、これから戦地へ出かけていく兵隊とは思えなかった。寝床は、一等兵のを床の間の前に敷き、二等兵のは一等兵から少し離れた位置に、二人くっつくように敷かれた。

高山という二等兵が病を持っていることが、宿泊二日目の朝分った。まだ夜が明けきらない時間に部屋を抜け出して、洗面所で洗濯しているのを私の母に見つかった。洗っていたのはおしめとおしめカバーであった。高山二等兵は顔を赤らめ、夜尿症であることを告白した。これまで、いいと云われた治療法のほとんどを試みたが効き目がなく、特製のおしめとカバーを手離せなくなった。

「恥しいところを見られてしもて、アホな兵隊やと笑うておくれやっしゃ」

高山二等兵は自嘲気味に云った。

数日後、京都の部隊は宇品港から中国戦線へ向った。

高山二等兵からはたびたび便りが届いた。そのたびに差し出し地が違っていて、広い大陸を転戦している様子が窺えた。母が出す慰問袋には必ず礼状がきた。慰問袋を手にした写真といっしょに、中国のロバに乗った写真が入っていた。馬上の勇姿とは程遠いその顔には髯がのびていた。いつのころからか、高山二等兵から便りがこなくなった。慰問袋を出して何か月も経ったころ、一枚の軍事郵便が届いた。見知らぬ兵隊からのものだった。


はじめて便りを差し上げます。

自分は高山二等兵の戦友であります。

高山二等兵は、先日、某地における戦闘で果敢に戦い、惜しくも敵弾を受け、壮烈な戦死を遂げましたのでお知らせ致します。

昭和十六年十二月初めのある朝、ラジオがつぎのように伝えた。

〝帝国陸軍は、本八日未明、西太平洋において、米英軍と戦闘状態に入れり〟

もっと大きな戦争がはじまったのだった。

しばらく途絶えていた街の音が聞えてくるようになった。満ち潮から引き潮に変ったようだ。ひときわ高い響きは、天満川に架かった鉄橋の上で市内電車がすれ違って出るものだろう。

市内電車の運転台は客室の外にある。乗客は運転手の後の入口から箱型の客室へ入って行く。後部からお客の乗り降りを見きわめた車掌が天井から垂れている紐を軽く二度引くと、運転台でチンチンと発車合図の音が鳴る。運転手がハンドルを動かす。電車が走り出す。電車は徐々に速度を上げ、路面に埋め込まれた線路を、車体を左右に揺すりながら進んでいく。

市内電車が鉄橋ですれ違う光景が浮かんだ。鉄橋の近くの岸から川に向って投網を打つ男の姿を見かけることがあった。満ち潮に乗って、海から魚の群が上がってくる。それをめがけて網を打つのだ。引き揚げた網には何尾もの鯔《ぼら》がかかり、跳びはねている。投網の男の側に、早くも数人が集まってきている。獲れた魚を買うためである。近くの港の漁師たちが戦場へ出て行き、市民が魚を口にする機会が少くなった。網にかかった鰡はかなりの高値で売り買いされただろう。

戦争が終った今は、漁船に乗る男たちも毎日のように海へ出ているだろうし、鉄橋脇の岸で打網を使う者はいないだろう。まして、網にかかった魚を求めて集まる者もいはしまい。

では、あの笑い声は何だろう。大勢がいっせいに高い声を出している。笑っているのではなく、合唱しているふうにもとれる。合唱なら、どこで、どんな曲が歌われているのか。しばらく耳を澄ましていると、別の声が飛び込んできた。すぐ近くからだった。死者ひとりの呟きだ。

「『存在ノアヒダ、往生ノ行成就《じょうじゅ》セム人ハ、臨終ニカナラズ聖衆来迎《しょうじゅらいごう》ヲウベシ。来迎ヲウルトキ、タチマチニ正念《しょうねん》ニ住《じゅう》スベシトイフココロナリ』とは、『法然聖人御説法事』に述べてあることである。また、『正如房《しょうにょぼう》へつかわす御文』では、『モトヨリ仏ノ来迎ハ、臨終正念ノタメニテ候也《さふらふなり》。ソレヲ人ノ、ミナワガ臨終正念ニシテ、念仏申タルニ、仏ハムカヘタマフトノミココロエテ候ハ、仏ノ願ヲ信ゼズ、経ノ文ヲ信ゼヌニテ候也。タダノトキニヨク〱申オキタル念仏ニヨリテ、仏ハ来迎シタマフトキニ、正念ニハ住スト申ベキニテ候也』とある。これは、仏の来迎によって念仏行者はかならず臨終に住することができるというのであろう」

聞き慣れない言葉が並ぶのに気を取られた。仏教に関係していた者だろうか。広島は安芸門徒の街として知られている。

「これはつまり、念仏の効用ともいうべきものなのか。さすれば、時を分たず念仏に身を入れていささかの疑念も抱くことがなければ、臨終のときに必ず仏がわが前にあらわれ、正念に住することができるという意味だ。しかるに」

声が一瞬途絶えたかと思ったが、すぐ続いた。重々しい調子だった。

「いまここにこのように存在するこの自分にして、生前、一点の疑いも抱くこともなく念仏のみに時を費したにもかかわらず、死に際し、仏を見得ることなかりしは何故であろうか。自分は未来永劫にわたり正念に住することのできない身であろうか。そう、仏は現実の目の前にあらわれるのではなくて、真実、わが心にあらわれるものなることは解ってはいた。わが仏を見るのはわれしかない。ところが、わが仏を見ることなく今日に至っている。これはどうしたことなのか、ああ」

深い溜息と共に声は消えた。

生前、仏に僅かな疑問を抱きながら念仏を唱え続けて死を迎えたカレの苦悩が解るような気がする。カレは自分を見失いかけている。

私も自分の存在を疑った時期があった。

もはや教師も徴兵の対象から外されるという余裕はなく、病人以外は全て、いつ赤紙を貰っても不思議ではない事態になった。私の学校でも男子教師がつぎつぎに出征していった。私には令状が来なかった。はじめの中は安堵感が強かったが、しだいに不安になり、むしろ待ち望むようになった。

こうしていていいのか。国からも生まれて育ったこのふる里からも見離されたのではあるまいかという惨めな気持にたびたび襲われた。学校で、子供たちの前で、自分の本当の気持を打ち明けたいと決めて教壇に立ったことがあるが、出てくるのは別の言葉だった。

「みんな、毎日、新聞を読んで知っていると思うが、日本も本土決戦が避けられない情勢になってきた。敵が上陸してくるかもしれない。そうなれば、君たち少国民も銃を持って戦わなければならない。それまで、生命を大切にしておくように疎開することになった。疎開という言葉はもうよく知っているね」

話しながら、自分に問いかけてみる。

〝それでお前はどうする気なのだ。本土決戦に備えてお前は何をどういうふうに〟

自分で答えてみる。

〝召集令状を待っているのだ〟

令状がこないまま過ぎた。

堪らなくなり、ある日、自分の組の子供たちに問いかけた。

「いまから先生が質問することに正直に答えてほしい。いま、日本は国をあげて大変な戦争をしている。元気な男はみんな、兵隊になって戦場へ出かけて敵と戦っている。それなのに、男である先生は兵隊に行かずに学校に残っている。このことをみんなはどう思っているか、答えてほしいんだ。だれからでもいいから手をあげて」

どんな答えが飛び出すか、胸が高鳴った。

「はあい」

早速、手があがった。山田二郎という茶目っ気の多い子だった。いつも教室でおどけた振りをしてはみんなの注目を集めようとする。何かおどけたことを云うつもりだろうか。

「山田、答えてくれ」

名指しすると、山田二郎は勢いよく席を立った。直立不動の姿勢で私を見た目が光っている。いつもとは違っている。

「先生は兵隊に行かないほうがいいと思います」

とちょっと息を止め、あとは一気に吐き出すように云った。

「先生がいなくなったら、ぼくたちは先生に教えて貰えないし、会えなくなるのは寂しいから厭です。先生はずっと学校にいたほうがいいです」

思わずこみ上げてくるのをのみ込んだ。

「他にだれか」

と見渡した。

つぎに手をあげたのは池田良子だった。成績はいつも一、二を争うよくできる子だ。気立てもやさしく明るい。池田良子は立ち上り、はじめに答えた山田のほうを見て、

「私はいまの山田君の意見に賛成です。みんなもそうだと思います」

他の者を促すように教室を見渡した。

「そうです」

後の隅から秋山茂が応じた。

「私も賛成です」

いちばん前の先の島崎かおるが続いた。

「ぼくも賛成です」

「私も」

教室のあちこちで飛び交うのを目で追っている中に、子供たちの顔がかすんできた。おさえることができなくなり、嗚咽した。静まり切った教室の中で、四十何人かの子供の目が瞬《また》きもせずこちらを見つめている。その視線が顔に痛い。快い痛さである。

そのときは救われた気持になっても、一歩学校を出ると、ふたたび不安が戻ってきた。街に漂っている戦争の雰囲気はいっそう重苦しいものになり、立ち停まってひと息入れることさえはばかられる感じである。人々は何故か急いでいる。空を見上げるゆとりもなく、伏目がちの姿勢を硬直させた恰好で急いでいる。笑いが消えた顔に疲労が露わに出ている。みんな、それぞれの役割を担って戦争に立ち向っている。それなのに、私はどうなのか。戦争に備えての自分の役割は何も無い。私は悩む。悩みは不思議な夢になってあらわれた。

私はどこまでも続く一本の道を歩いている。荒野の中のようでもあり、沙漠の中のようでもある。景色らしい景色は無い。周囲が薄闇に包まれかけたかと思うと、不意に白光の中に入ったりして不安この上ない。どこまでも続く道をただ歩き続ける。歩きはじめたのがいつだったか、何のために歩いているのか、どこまで歩かなくてはならないのか、何ひとつ分らないまま歩いている。やりきれなくなって叫びたくなる。叫ぼうとするが声が出ない。無理矢理に声を出そうとすると、目の前が廻りはじめた。ぐるぐる廻転を速めていき、とても立っていられなくなり、その場に蹲み込んだ。廻転はさらに速くなった。蹲んだだけではだめで腹這いになった。地面をしっかりつかんでへばりついていようとするが、どうかすると浮き上りそうになる。助けを求めて叫ぶ。叫んだところで目が覚めた。首筋から胸や背中にかけてびっしょり汗をかいていた。

同じような夢が三日も四日も続くと、蒲団へ入るのが恐ろしくなった。恐れから逃れようと、夜の街へ足を向けた。

紙屋町交差点まで出た。そこから宇品港まで歩いて行くことにした。街は暗かった。商店街の人々が早々と店を閉め、空襲を避けて郊外に確保してある寝所へ引き揚げたあとで、人気《ひとけ》の無い通りを巡回する警防団の姿ばかりが目についた。

市内電車の線路に沿った通りを足早に歩いた。電車が一台、のろのろ走り過ぎていく。薄暗い車内に乗客は数えるほどしかない。電車は車体を左右に揺り、亡霊のように、夜の向うへ走り去った。闇がひろがった。

見上げた空は満天の星だった。星に似せて動く光はないかと探した。警報が鳴る心配はなさそうだった。星を眺めていると、いつか子供たちに読んでやった童話「星の王子さま」の物語りが浮かんできたりして、戦争をしている国に住んでいる気がしない。解放された気分になった。

市役所の前まできたとき、暗がりから男が二人現われて、呼び止めた。警防団の者だった。

「この時間にどこへ行きますか」

ひとりが聞いた。

私は咄嗟《とっさ》に嘘をついた。

「家へ帰るところです」

「住所は？」

「宇品三丁目八番地」

出鱈目に答えた。

「職業は？」

ともうひとりが聞いた。

「K小学校の教諭です」

「そうですか。どうぞ」

男たちは暗がりへ引き返した。

私はさらに足を速めた。先刻までの晴れやかな気分は消えてしまい、見上げる空に星は無く、夜ばかりが重苦しく垂れ込めている。

子供たちの姿が浮かんだ。私をぐるりと取り囲んだ形で、いっしょに歩いている。春先に遠足を兼ねて宇品港まで歩いたときとそっくりの構図である。いま、ほとんどの子供たちは、集団疎開先の中国山地で暮している。子供の一人から手紙が来た。女の子からだった。

「先生、お元気ですか。私たちは毎日元気で頑張っています。広島にいたときにくらべれば不自由なこともありますが、戦地でお国のために戦っていらっしゃる兵隊さんのことを思うと、何でもありません。早く戦争が終って、広島へ帰り、先生に会いたいです。それまで元気でいて下さい。いつまでも先生のままでいて下さい」

胸に迫るものがあった。子供は戦争を深く受け止めている。

私は戦地へ行くのを拒むつもりはない。むしろ、召集令状を心待ちにしているくらいだ。早く来て欲しいと願うほうがどれだけ気が楽かもしれない。といっても、無駄な死に方はしたくない。

さらに足を速めた。

宇品港は静かだ。岸を打つ波の音が静寂をいっそう深めている。潮の香が漂う岸辺に立って、海を眺めた。できるだけ遠くを見やりながら考えた。

この街でいつまで無事に過すことができるだろうか。戦線へ引っ張り出されることは無くなったとしても、平穏に終りそうにない。何かが起りそうだ。途轍もないことが起りそうだ。起ればいいと思う。そうでもなければ、いつまでも出口の見当らないトンネルの中を進んでいくより他にないではないか。

行き着く先は絶望という名の断崖である。

このまま海へ入っていきたい衝動に駆られた。気持がひどく高ぶっている。いままでたまっていた鬱屈した気持が一気にはじけてしまったのだ。頭が混乱している。

大きな波が打ち寄せてきて、しぶきがかかった。あわてて後退った。

揺れ続ける気持をどうしたらいいのだろうか。自分が情無い。これと信じるものをもっていないからだ。いまの自分には教師の資格など無い。

海の彼方を見つめた。

不意に思い浮かんできたものがある。

師範学校時代、仏教に詳しい先生がいて、話が面白かった。中でも道元の話が印象に残っている。そのとき、禅を勉強したいと本気で思ったがそのままになってしまった。禅を勉強しよう。道元の考えを知ることで何かつかむことができるかもしれない。

警報団に呼び止められる恐れがあるので、歩くのを止め、市内電車に乗った。広島駅行きの最終で、乗客は私ひとりだった。

翌日、道元の有名な「正法眼蔵」の解説書を買い求めた。机に向って開いてみた。

……衆生《しゆじよう》も時である。仏も時である。この時こそ、三頭八臂《さんとうはつぴ》となって全世界をさとり、一丈六尺の黄金仏となって全世界をさとるのである。

ところで、全世界をもって全世界を尽くすことを究尽《ぐうじん》するというのである。一丈六尺の黄金仏となって一丈六尺の黄金仏を尽くすことが、発心《ほつしん》・修行・菩薩・涅槃《ねはん》となって現われる。それこそ存在そのものであり、時そのものである。

声に出して読んだ。

「山も時であり、海も時である。時でなければ、山や海は存在することはできない。山や海の『いま〈而今〉』に、時はないと考えてはいけない。時がなくなれば、山や海もなくなる。時が不滅であれば山や海も不滅である。この道理のために、明星は出現したのであり、如来はこの世に現われたのであり、仏の眼の玉が現われたのであり、また、釈尊と迦葉《かしよう》の拈華微笑《ねんげみしよう》も出現したのである。まさしくそれが時である」

深く理解することもなく読みながら、何故か新鮮な空気が吹き込んできて、さわやかに吹き抜けていくのを感じた。

静止している海に変化が感じられる。しばらく前に発生した鼓動に似た音が、少しずつ高まりをみせてきた。満ち潮が終り、引き潮に移ろうとする一時の緊張感が伝わってきた。単調だった音に抑揚が加わった。大きな動きがはじまる兆しだ。海底にも変化があらわれだした。砂地のところどころが泡立っている。そこに眠っていたものが目覚めたしるしである。小魚の群れがあわただしく移っていくのが見える。いままで砂の上に全身をさらしていた貝が殻を巧みに操って中へ潜りにかかる。私の宿主の貝も、のっそりと体を揺する。

近くにいる死者の呟きが聞えてきた。

「善人なほもて往生をとぐ、いはんや悪人をや」

よく知られる経文を唱えている。

「しかるを世の人つねにいはく、悪人なほ往生す、いかにいはんや善人をやと……」

この前の引き潮のはじまりにも、その前のはじまりにも、カレは同じ経文を唱えていた。自分の往生を切に願っているのだ。カレの願いは、私たち死に至ることのできない死を漂っている死者に共通した願いなのだ。

カレの呟きが続く。

「……しかれども、自力のこころをひるがへして、他力をたのみたてまつれば、真実報土の往生をとぐるなり……」

呟きを街の音が打ち消した。

鳴りだしたサイレンがひとしきり音高く鳴り続け、それに覆い被さるように爆音が轟いた。ぎくりとした。すぐに、戦争の時代ではないと思い直した。空襲警報のサイレンでもなければ、敵機の襲来でもない。この海のすぐ近くにできた空港から飛び立った旅客機の爆音と正午を告げるサイレンが偶然重なったのだ。地方の空港だから離着陸する飛行機の数も少なく、滑走路も短い。爆音は急速に遠ざかった。すぐそのあとを追うように、鐘の音が伝わってきた。きれいな音色である。音を聞かせるためにわざわざ録音されたふうに細かい響き具合まで聞き分けられる。程よい間を置いて、二つ目が鳴る。澄み切っている。余韻と重なって、人のざわめきがひろがってくる。ラジオの番組のようだ。ざわめきの中から、男の声と女の声がゆっくり浮かび上ってきた。交互に、ひと区切りずつ朗唱する。

男声　ちちをかえせ　ははをかえせ　としよりをかえせ　こどもをかえせ
女声　わたしをかえせ　わたしにつながる　にんげんをかえせ
男声　にんげんの　にんげんのよのあるかぎり
女声　くずれぬへいわを
男声・女声　へいわをかえせ

背景を流れる音楽が高まって止んだ。

海底のあちこちで、死者たちが蠢くのが感じられる。ラジオ番組の朗唱を聞き、思い思いの感情を示しているのだ。この種のものに対する死者たちの反応は素早い。悲しみに打ちひしがれている死者、あきらめの境地にいる死者、怒りの拳を振り上げたまま下ろさないでいる死者など、重苦しい雰囲気に包まれはじめている。

夏だった。

毎年めぐってくる八月六日が、今年もすぐそこまで来ている。この時期になると、きまって、海にいる死者の動きが目立ってくる。いつもは海底の砂に身をもぐらせ、できるだけ潮の干満の影響を受けないように、蛤やあさりに身を寄せてひっそりと棲息しているのが、季節を敏感に感じ取って眠りから目覚めた虫のように、活発な動きを見せる。カレらの動きに刺戟されて、宿主である蛤やあさりなどの貝が忙しく移動をはじめる。それに釣られてカニやエビ、小魚までもあわただしく動き出し、海底は時ならぬ賑わいを見せてくる。毎年この時期になると、湾口を中心とした海面に海鳴りに似た音響現象が発生するとニュースが報じていたが、原因は明らかに死者たちである。

岸辺で歌っているらしい歌声が聞える。

〽ふるさとの街やかれ　身寄りの骨埋めし焼土《やけつち》に　いまは白い花咲く
ああ許すまじ原爆を　三たび許すまじ原爆を　われらの街に

この歌声を何度聞いたことか。聞く度に複雑な気持になる。云い知れぬ怒りがこみ上げてくるのはこういうときだ。

昭和二十年八月六日を中心に、それからの数日間にどれだけの人が死亡したか、正確な数字はいまだに判明していない。これからも判明することはないだろう。何も手がかりが残っていないからだ。市の戸籍簿が焼失してしまい、生き残った人たちの証言に頼るだけの調査では、とても真実に迫ることはできない。それほどに青天霹靂《へきれき》の出来事だったのだ。市が発表した死者の数から洩れているのは私ばかりではない。無数の死者が数に入らずにいる。そもそも、発表される死者の数が、市や県など発表する立場によってまちまちであり、発表時期によっても大きな違いがあるので、混乱するばかりだ。これからも、死亡者の数に入らない死者の推定数は増えるだろう。

死の世界の存在になって間のない私が、生への手がかりを懸命にまさぐっていた時分、地上から、男が事務的な口調でつぎのように報じるのが聞えた。

「広島県は人的被害を内務省に報告した。それによると、昭和二十年八月二十五日現在、死者四万六千百八十五人、行方不明一万七千四百二十九人、重傷一万九千六百六十一人、軽傷四万四千九百七十九人、罹災二十三万五千六百五十六人。これは軍関係を含まず。行方不明、重傷者は死亡せるもの多く、死亡総数は十一万人をこえるみこみ」

「GHQがプレス・コードを指令。一、報道は厳格に真実を守らねばならぬ。二、直接間接を問わず、公安を害する事項は一切掲載してはならぬ。三、連合国に対し、事実に反し又はその利益に反する批判をしてはならぬ。四、占領軍に対し破壊的な批判を加えたり、同軍に対し不振や怨恨を招くような事項を掲載してはならぬ。五、連合軍の動静は公表されぬ限り、これについて記述や論議をしてはならぬ」

やがて、この街の被害についてのどんなニュースも報じられなくなった。不思議なことだった。海に存在する死者の間に、広島が無くなったのではあるまいかという不安がひろがった。

街に何が起ったのか。

聞えてくる話し声やニュース、伝わってくる音や響きなどに耳を澄ましてみたが、とくに変ったことは無さそうだった。それなのに、崩壊した街の様子や、人々の思いがばったり、聞えなくなったのはどうしたことか。ときたま、それらしい会話が流れてくることがあるが、声をひそめた話し方なので、聞き取るのは難しかった。

そんなとき、私は、幼かったころを思い出して過した。

父は県庁の役人だった。毎年正月二日には、部下を家に招いて新年宴会を開くのが慣わしだった。

正月二日の朝、私はいつもより早く起された。食事もそこそこに、昼まで遊んでこいと云いふくめられて外へ追いやられた。歳末に買った独楽《こま》と凧を抱え、貰ったばかりのお年玉袋をシャツの胸深く押し込んで家を飛び出した。

近所の遊び友達の家を何軒か覗いて誘い出した。一緒に露地で独楽をまわして遊び、飽きると小学校の校庭で凧揚げをした。

昼になって家へ帰った。

奥の客間から父たちが楽しく飲み食いしている声が聞える。母がひとり、忙しく料理や酒を運んでいるのを見ると、わがままも云えず、朝食がまだ片付かないままになっている膳に向い、残りものを食べて、また家を出た。

午後からの遊びの誘いに応じてくれる友達はいなかった。ひとりで小学校へ行ってみた。つまらなくなり、小学校を出た。駅へ行ってみようと思った。駅の周りは賑かだから、遊び相手がいなくてもひとりで過すことができる。途中で同じクラスの友達に出会った。両親と一緒に八幡神社へ初詣でに行くところだと云った。父母の間に挟まれて行く友達の後姿を見ると、悲しくなった。父や母を恨みたくなった。一月二日という日が無ければいいと思った。

夕方、帰ると、父たちの宴は終っていた。

父が私を抱きかかえるようにして云った。

「ひとりで寂しかったろう。悪かった悪かった」

その言葉で、父への恨みは吹き飛んだ。

潮の干満が数えきれぬほど繰り返された。いつのころからか、街の様子について語る声が聞えてくるようになった。私たち海底の死者は、期待をこめて耳を欹《そばだ》てた。

よく通る女の声が、水の中を突き抜けてきた。

「〝ズロースもつけず、黒焦の人は　女か　乳房たらして　泣きわめき行く〟〝石炭にあらず　黒焦の人間なり　うずとつみあげ　トラック過ぎぬ〟〝子と母が繋ぐ手の指　離れざる　二つの死骸　水槽より出ず〟〝背負われて　急設治療所に　来てみれば　死骸の側に　臨終の人〟。

いま紹介しましたのは、被爆した歌人正田篠枝《しょうだしのえ》さんの歌集『耳鳴り』の中から拾い出したものです。歌集のはじめのほうで、正田さんは、つぎのように書いておられます。

『この頃、私達は、広島へ投下された爆弾には毒ガスが含まれていたということを、聞かされました。毒ガスは、如何なる戦争にも使っちゃあ、いけないんじゃあなかったんですかっ、と、それなのに、アメリカは酷いと思いました。それに、この爆弾は特別の毒ガスで、一ヶ月以内には死ぬるとか、草も木もみんな枯れて、七十年は人間も動物も住めないという噂がとんでいました。怖れおののきながら、次から次と死んで逝かれるので、すべての人がそれを信ぜずにはおれなくなりました。原子爆弾という名前を知らされました。このため即死され、またあとから亡くなられたひとをとむらうつもり、生き残って歎き悲しみ、苦しんでいる人を慰めるつもりで歌集を作りました。その当時は、ＧＨＱの検閲が厳しく、見つかりましたなら、必ず死刑になるといわれました。死刑になってもよいという決心で、身内の者が止めるのに、やむにやまれぬ気持で、秘密出版いたしました』

正田さんは自分の命と引きかえるつもりで、歌集を……」

それまで淡々と読み進んでいた声が、調子を変え、震えを帯びてきた。声にならなくなった。

説明口調の男の声。

「市内の比治山の頂上に建てられている七棟のカマボコ型の建物は、原爆傷害調査委員会、英語の頭文字をとって、〝ＡＢＣＣ〟と呼ばれています。ここでは、原爆から出た放射線による人体への影響を調査研究しています。発足当初は、建物の形やＡＢＣＣという略称が、被爆地市民の感情を高ぶらせました」

この街に落された新型爆弾の性能や被害の様子がわずかずつながら伝えられてくるにつれて、ますます混乱してきた。崩壊の街を想像することができない。人々の姿を思い浮かべることもできない。

広島という街は、一度無くなってしまったのだ。

「原爆による死者二十四万七千人、と広島市原爆調査委員会では推測しています。そのうち軍関係が十二万五千八百二十人と見られます」

死者の数は増え続ける。

私たち海底に存在する死者は、この中には入っていない。

広島は息を吹き返したというが、蘇生したのではないだろう。まったく違った街ができ上ったのではあるまいか。

そう、私は、相生橋際の土手一帯にひろがっている、原爆スラムと呼ばれる町の火事について語ろうとしていたのだ。

相生橋。この町の市民にとって、軍都と共に水の都といわれた広島を象徴しているのがこの橋だった。橋の中央から出ている小橋が、市内でいちばん小さい洲の先端に位置する中島町につながっていた。小橋の下で二つの流れが合流して、倍近くの川幅になった太田川は、上流に向けてゆるやかな屈曲を見せている。

右岸一帯は陸軍の用地で、第五師団司令部、第十一連隊、幼年学校、陸軍病院などの建物が建ち並んでいた。土手際には弾薬庫があり、着剣した兵士が休みなく警戒に当る姿を橋の上から見ることができた。

この陸軍用地も崩壊し、あとに新しい町ができた。

「広島を訪れる観光客は、爆心地に残る原爆ドームに足を運ぶ。その人々に目にはふれない、原爆ドームから平和記念公園へのコースとは真反対の、相生橋たもとから上流へ約二キロ、太田川の東側土手に二千近い掘立小屋がつらなる。そこに住みついた人々は通称『相生通り』という町をつくりだし、市民にも通用している。さいきんは『原爆スラム』とも呼ばれている。」

相生通りの人たちの声は、たびたび海底にいる私たちのところへも伝わってきた。笑い声、泣き声、云い争う声、子供たちの喚声、犬の激しい吠え声が混っていることもあった。

夜、サイレンの音が引き潮に乗って伝わってきた。消防自動車が鳴らすサイレンと鐘の乱打。音は東から南から西から集まってきて、錯綜しながらひとつの方向へ向っている。それが相生橋辺だと見当をつけるのに長くはかからなかった。街の音が一段と高くなった。騒ぎがひろがる。男が喚く声、女のひきつった声、子供の泣き叫ぶ声、物と物がぶっつかる音。あらゆる音が入り混って押し寄せてきた。音の間を縫って声が流れてきた。「北のほうへ移ったぞ」「家財道具なんぞどうなってもええから早う逃げよう。煙に巻かれたら助かりゃせんぞ」「東のほうへも燃えひろがってきたぞ」「火元は六丁目の川村荘というアパートの裏じゃそうな」「消防車が来るのが遅いわい。間にも拍子にも合やせん」。怒りの声が飛び交う。

火は長時間にわたって猛威をふるった。消防車が鎮火を告げる鐘を打ち鳴らして引き揚げていく時分には、夜が白々と明けそめていた。街にいつもの気配が戻り、海底にも静寂が訪れた。

ひと息つくと、私は、これまで繰り返し考えてきた自分の存在について、久しぶりに確かめてみる気になった。

私は、戸籍簿の上では生存している。実際は、死者としてこの海底に存在している。幻の生存者である。戸籍簿から名前が抹消されない限り、私は幻の死者にしかすぎなくなる。こんな矛盾したことがあるだろうか。いや、市の戸籍簿が焼失してしまったいま、生存者としても認められないという事態が起るかもしれない。私は、生存してさえいなかった。まして、死者として確認される機会は永遠に訪れない。

現実の問題として、死のつぎに私が向うのは無の領域だろうと思う。果して、私のような死者にそれが可能なのだろうか。矛盾が矛盾を生んでいきそうな怖れを覚えて、私は身を震わせる。だからといって、海は、同情のかけらも示そうとはしない。期待するほうが愚かなのだ。

昂奮がおさまり、疲労がやってくる。夢ともうつつともつかぬ時間が過ぎていく。

体を激しく揺さぶられて、われに返った。海が荒れている。嵐のようだ。私の宿主の貝が呟いている。

「何かが海にちょっかいを出したのかもしれんな。奴がこれほど怒ったのは久しぶりだ。このぶんだと、わしらは、かなりな範囲の場所の移動が望めそうだわい。いまより居心地のよいところへ運んで貰えるかどうか、楽しみになってきたわい」

私の周りはいまと大して変ることはあるまいが、これまで届くことのなかった方角の街からの音や響きを混えた様子が伝わってくるかもしれないという期待がある。また、新しい死者に出会う楽しみも残っている。

海は、まだ荒れている。


嵐が止んだ。私の宿主の貝が新しい場所に移動したのが分った。これまで聞えなかった方角から、街の人々の声が流れてきた。相生通りの火事の噂だった。

「もともと、あそこへ原爆スラムをつくったのは、というよりも、つくり易いように裏で工作したのは、市の有力者じゃったということじゃ。理由は至って簡単。国からの援助を貰うためよ。スラムが出来上ったところで、東京から国会議員の調査団を呼んで、相生通りを端から端まで案内して廻ったわけよ。あそこには、新しい広島の街づくりから外された者ばっかりが住んでおって、無一物になった被爆者のような生活をしておるから、東京から来た者には、なるほどこれが原爆の生々しい爪あとかと納得がいき、当然援助をせにゃならんということに一決するという寸法よ。有力者の思惑が当って、世界の平和都市をめざす広島に、すんなり復興援助費が支給されたというからおめでたいことじゃった」

「それで広島の復興が予定より早まったということでしょうね。あの急速な復興ぶりには目を瞠らせるものがありましたからね。七十年は草も生えんと云われた土地に、以前とは見違えるような街があらわれたんですから」

「その先が大事なところじゃ。復興が進んで街がどんどんきれいになっていくにつれて、まことに具合の悪いことが起ってきよりましたわい。つまり、広島を完全に復興するということは、当然ながら、あの原爆スラムも除去せにゃならんのは至極の道理じゃろう」

「そりゃそういうことになりましょう。それにしても、あのスラムに住んどる者は三千人はくだらんという話ですし、あれだけの人間を立ち退かせるのに、代りの住居が用意できるものでしょうかね」

「民主主義の世の中じゃから、強制的に立ち退かせるわけにゃいかん。市としては穏便に事を進めようと住民の代表を呼んで話し合いに入りはしたが、これがすんなりまとまる話じゃない。もともと、人が住んではならんところに住むのを黙認してきたのじゃから、法律上は、立退きの補償をするわけにゃいかん。それじゃ住民が黙っちゃおらんということで、こじれにこじれてしもうた」

「なるほど、そのころの新聞に、毎日のように、スラムの喧嘩沙汰や刃傷沙汰が書き立てられたのを覚えとります。市が強硬手段に出るかもしれんという噂が出はじめたのは、それからまもなくじゃったですな」

「強制執行の腹をかためたのじゃろう。理由は住民による不法占拠を解くというんじゃが、そこへいくまでにはひと波瀾もふた波瀾もありそうじゃと思うとった」

「勿論、住民のほうでも対決する構えで、準備をしておったはずでしょう。その折も折の、あの火事ですからね。火元は平常火の気のないところだったということですし、火が出た時刻に、見かけぬ怪しい男が現場付近をうろついておるのを何人もの住民が見ておるということですし、もしそうなら、放火事件ということになりますよね」

「やけくそになった住民の一人が火をつけたという噂も出てきておるし、どうやら真相は藪の中ということになりそうじゃ。永久に分りゃせんじゃろう」

「困ったことですが、とにかく、原爆スラムが消えて無くなることは確かな事実です。市の予てからの計画通り、焼けあとに高層住宅が建設されるのは時間の問題になりましたね」

「広島にとって、それがええことかどうかのう」

私にもようやく街の様子が分ってきた。

広島は急速に変貌してきた。さらに変化しようとしている。

今年の原爆慰霊祭が行なわれている。

朝から、原爆慰霊碑前での祭の様子が伝わってきた。去年までと同じ儀式が同じ順序で進行しているようだ。だが、会場を訪れる人は年毎に変ってきているはずである。時代も移り変ってきた。

海底に存在している死者の多くは、いまでは、祭に関心を示さなくなった。カレらは、それぞれ、自分の殻に閉じこもり、自分の死に意味を持たせるための存在の仕方に思いを馳せている。

祭が過ぎると、街は新しい姿を見せるようになるだろう。あの日のことが生きている人々の記憶から遠ざかっていくのをはっきり感じとることができる。

私たちは相変らず、死を死ぬことのできない死者のままでいる。

まったくだしぬけに襲ってきた。激しく揺れる。思わず悲鳴をあげた。いままで経験したことのない揺れ方だった。宿主の貝にしがみつく暇もなかった。凄い勢いで放り出された。海へ飛び出たのを直感した。どうしたのだ⁉　急いで振り向いてみた。いままで私がそこに棲んでいた貝は無数の泡に包まれて姿を見ることができない。後戻りもできない。しだいに離されていく。長年慣れ親しんだ宿主と別れの言葉を交すことも叶わない。

満ち潮で、川上のほうへ流されていく。

聞き覚えのある呟きがすぐ近くで聞える。一メートルとは離れていない海底に、あの死者が居ついている貝が口を開いているのが見える。そちらへ流されていく。思い切って話しかけた。

「突然お邪魔します。私はあなたのすぐ近くにいた貝に棲んでいた死者です。お目にかかるのはきょうがはじめてですが、これまで度々、あなたの呟きを聞いて心強く思っておりました。と云いますのも、あなたの呟きから察しますと、私共はあの八月六日の同じ時刻に同じ川を流れ下ってきたに違いありません。だからよけいになつかしさを覚えていたようなしだいです」

「それはまた」

カレが答えた。

「奇遇ですな。いや、なにしろ、あのような大きな出来事でしたから、奇遇の中には入らぬかもしらんが。それで、あなたが自分の貝を出られたというのは、何か覚悟でもあってのことですかな」

「いいえ、そんな、私の一存でやったことではありません。まったく偶然の出来事が私を海へ放り出すことになってしまいまして、宿主はすでに泡に包まれていました」

　奇遇とか偶然という言葉が当り前のように出てくるのに苦笑しながら続けた。

「これで自由な死者になったといえば聞えはいいですが、とてもそんな心境じゃありません。これからどう身を処していけばいいか、困惑しているところです」

「まことにうらやましい」

　カレが応じた。

「うらやましい限りですわ。できることならあなたのようになりたい。わしは、自分の死をかみしめるにはまだ若いと思うております。いまのこの自分の死を最後の死に終らせとうはありません。いまの死を抜け出すためにはどのようなことでもしようと思うておりますわい。あなたのそのやり方もすばらしい試みですな。だからよけいにうらやましい」

　私は戸惑う。

「私のような死者は、どうしてももうひとつの死を経なければ、真の死へ到達できないのではないでしょうか。目前の死を乗り越えるためにはどのような冒険も厭《いと》うつもりはないのですが、そのきっかけが見つからず、思い悩んでばかりきたのです。それに、街も変ってきていますし」

「あなた、街に期待してはいかんです」

　カレは強く云った。

「生きている者を当てにしてはいかん。生きている者はじきに忘れてしまう。いや、変っていくんです」
大きな揺れがきた。
私は流される。
カレの声が追ってきた。
「いまの街は、あなたが考えているような街じゃありませんぞ」
あとは聞えなかった。
川上へ押しやられていく。

私は自由になったのだろうか。解放されたと云えるのか。先刻までその中に組み込まれていた秩序と時から放り出されたあと、私を受け入れてくれる秩序と時があるのか。宙ぶらりんの死者だったとはいえ、貝に身を寄せていたときには、生から死へと比較的順序よく経過してきた時を遡って、地上へのつながりをなつかしむことができた。いまは違う。

いきなり海へ投げ出され、それまでの秩序と時から引き離されたいま、自由とか解放とか呼ぶ状態とは、どうやら死から無へ向う道程をいうようだ。時も定まらぬ、秩序も定まらない混沌の中に私は存在しているのだと思う。〝死者〟と呼ぶことさえはばかられる、意味を失った存在である。もはや、期待されることも無い。ましてや、歎きや悲しみを呼び起すことも無い。やがて存在しなくなるのか、と問うことさえいかなる意味も有してはいない。いまという偶然の時に、ただここに在るだけの、意味をもたない存在である。

これから、何故に、どこへなどと問わないほうがいい。進んでは漂い、漂っては進むばかりだ。満ち潮に押しやられて、私が回転する。地上からの日差しを受けて、私が浮かび上る。街の響きに、私が顔を上げる。

相生橋が見えてきた。

参考文献
「広島の記録」1・2・3（中国新聞社）
歌集「耳鳴り」正田篠枝（平凡社）
「原爆詩集」峠三吉（青木書店）
日本の名著「道元」正法眼蔵（抄）玉城康四郎（中央公論社）
「原爆の子」長田新編（岩波書店）

流れと叫び

——罹災《りさい》当時、此《こ》の玄関（S銀行広島支店玄関）の石段に誰か腰をかけていたものらしく、その影だけ残され……原爆記念物の中

その場所、すなわち、銀行の玄関の、石段の表面が柵で小さく囲われている部分は、現在では、横の立札が注意を促さない限り、誰もその異状に気づく者はないかもしれない。立札には、囲われた表面に人影が焼きつけられているという意味の言葉が書かれてあり、よく見れば、澱《よど》んだ色合いを感じはする。この僅かな部分は、十年以上にわたり、踏みつけられることはなかった。それにもかかわらず、時は、残された記憶のかけらまでも消すことの出来る力を、ここではっきり証明してみせた。かつて、その眼で、もっとはっきりした輪郭をとどめていた影を見た者たちでさえ、今は、自分の記憶さえ信じかねる眼差しで、伝説の場所を覗き見る顔になる。彼らもまた、時の力の前に、容易に屈伏したというほかはない。

すぐ眼の前に停まった車から降り立った、派手な首飾りの中年女は、料金を払うと、足早に銀行の玄関の石段を上った。白いハイヒールが軽やかに鳴り、ドレスの裾が揺れ、その後姿が躍るように滑って入ると、ドアがこころよく前後にはずみ、その硝子《ガラス》に、電車通りを隔てた町並みと、白い雲の浮かぶ空が映って動いた。女を降ろした車が、新しい客をつかまえて、向うの交差点へ走り去ったのを見届けると、彼は、逆の方から地響きをたててやって来る市内電車の方へ眼を移した。車輪が急に浮き上って進むのではないかと思われるあたりで、ゆるいカーブに差しかかり車体が左右に揺れた。運転台にしがみついた帽子の男が、あわてて制動をかけた。電車は「銀行前」と標識の出ている停留所へ停まった。前後のドアから数人の客が降り、入れかわりに数人が乗ると、車は、また、ゆっくり動き出した。今、停留所に降りた若い男が、急ぎ足にこちらへ来るのに注意し、彼は、居ずまいを正した。男は、彼の足下あたりへ向けた視線をそらさずに、まっすぐ近づいて来、立ち止まって、立礼の字を読んだ。横書きの文字を追う眼が忙しく左右に走り、口が僅かに動いた。男は、彼の坐っている小さな囲いの中を覗き込み、囲いの外の石段の面と見比べて、フンと鼻で笑うと、なんだというふうに肩をすぼめ、小脇にした書類入れをかかえ直して、石段を駈け上った。男が滑り込むと、ドアは、また、前後にこころよくはずみ、硝子に映った町並みが、先刻と同じように揺れ動いた。彼は、自分を好奇の眼で見、期待を外された気持を強く背に表わして石段を駈け上った男を見送ると、立ち上って、囲いの外へ出、若い男がしたように、自分の坐っていた石面と別の石面を見比べ、ほとんど見分けがつかなくなっているのを確かめた。彼は、ふと、自分の存在が少しずつ失われてゆくような心細さを覚えた。自分の影が完全に消えた瞬間から始まる新しい世界について深く考えたことのない彼には、未知の体験のはじまりは、かならず、苦痛を伴うもののような気がした。その不安感も、すぐ前をスピードをだして走ってゆく車の音に消されたかのように、彼は、照りつける陽射しを顔一杯に受け、眉を寄せて、あたりを見廻した。真昼の街は濃い澱みに似て、動いているという感じはなかった。電車通りを隔てた向うに軒を連ねている商店はどれも開け放され、店の間には二、三人ずつの人影がへばりついているように見えた。まだ若木にまでも伸びきってはいないが、季節らしく数枚ばかりの緑葉をつけている並木に沿った歩道を、右へ行く者があれば、左へ戻る姿も見られた。彼らは、動かぬ時間の中で、何かにあやつられてぐるぐる廻りしているように、生気はなかった。彼は、背後を振り向き、銀行の建物を仰いだ。五階建てのビルの表面は最近塗り変えられたばかりで、特有のにおいがした。ここも、昼のけだるい感じを見せて動かない。彼は、危うく、街の澱みに誘われたような眠気を覚えた。しかし、眼を大きく見開き、気を取り直して、石段を上った。

彼が近づいたからと云って、石段の上に濃い影が落ちるわけではなく、硝子に映った景色が突然遮られるわけでもなかった。まして、ドアの側に立っている案内係が、急いで招じ入れるはずはなかった。彼は、硝子越しに案内係へ笑いかけた。禿げ上った額のツヤが年齢を感じさせる、人の善《よ》さそうな顔が、彼の存在には気づかずに、ジッとこちらを見ている。眼尻にできた皺をいっそう深くし、男は、何か云いたそうな表情になった。

「ごらんのように、毎日がほとんど同じ動作の繰り返しでしてねえ。案内係という役ですが、これでいて、案外神経を使う仕事なんです。しかし今では、結構、働いているという充足感がありますがね」

「はあ?」

と、彼は、心地よさそうに閉じた男の瞼が、静かに開くのに見入った。呟くような調子の声が、その眼から洩れたように思われた。しかし、黒眼の中には小さな景色があり、男は、向うの町並みと空をぼんやり眺めているらしかった。彼は、男を見ながら、無駄なことかもしれないと、話しかけるのをためらった。その時、男の表情が緊張し、黒眼の部分に別の景色が映った。彼は、後を振り向き、急いで身をかわした。初老に近い小太りの紳士が石段を上って来、案内係の男が素早くドアを開けて、深く一礼した。紳士が中へ入ると、ドアは先刻よりも大きくはずみ、硝子に新しい景色が映った。それは向うの交差点を車の列が一方へ流れる瞬間であった。硝子戸が再び快くはずんで、案内係の方へはね返り、景色が消えようとする時、彼は、それを追って、むしろ、景色の中の流れに吸いこまれる形で前へのめった。ドアがきしって止まり硝子が元通りの町並みを映じ出した時、彼は、銀行の中にドアを背にして、案内係の男と向い合って立っていた。

「突然飛び込んだりして、驚いたのではありませんか」

彼は、息をはずませて、男へ話しかけた。

「どうかしてこの中へ入って見ようと、随分前から考えていたのですが、なかなか決心がつかず、今日、ようやく、ちょっとした機会をとらえて、思いきって飛び込んだというわけです」

彼は、男の肩越しに銀行の内部を見渡し、なつかしむ表情になった。

「いきなりこんなことを話して、聞いて貰えるかどうか、ひどく不安に思っているのですが」

男の顔色を窺ってみて、彼は、物足りない気がした。男は、先刻からの姿勢を崩さずに、低声に唄の節を口ずさみながら、外を見ている。

「実は、私は」

と彼は、幾分声を大きくし、男と肩を並べる恰好になって、外の景色に眼をやった。

「私は、古い時代に、この銀行へ勤めていたことのある者です。ある日、だしぬけに、大量退職者の一人に数え上げられるという憂目《うきめ》をみたのですが、例の死亡退職というヤツです」

案内係の男は、彼が話しかけている方の耳たぶをつまんで軽くもんだ。彼は、男にすり寄った。肩が触れ合った。

「私の場合は特別なのです。あなたが絶えず見ておられる、そこの囲いの中の」

彼は、石段を指差した。男は、驚いたように彼を見、微かに触れ合った肩口のあたりを片手で振り払うと、彼に背を向けた。彼は、諦めの表情になって電車通りの方を眺めた。停留所を出た電車がのろのろ進んでおり、それを追い抜いた小型タクシーが交差点の方へ消えた。彼は、気を取り直して、案内係の男に話しかけた。

「今も、私は、退職した日にいたのと同じ場所に坐っているんです。これはなにも、自分の意志だけではないのです」

男は、また、唄い始め、靴の踵で拍子をとっている。

「責任の一端はこの市にもあると思うのですが。いや、私の死をひとつの形にして保存しようと考えた市当局に、今のような結果を予想できる者がいなかったということなんです。つまり、現在に至っても、なお、私があそこに腰を下していることを無理矢理に認めようとする市当局のこだわり方が堪らないんです。それに」

彼は、口を閉じ、ムッとして、案内係の男を見据えた。

「聞いて貰えないんですか?」

しかし、まったく無理な話だと、彼は、唇を噛み、向き直って、あらためて銀行の中の様子を眺めやった。白壁は塗り替えられて、明るくなっており、昔の面影は消えている。高い天井からぶら下っていた旧式のシャンデリアは、今は無く、壁や事務机に取りつけられた蛍光灯が落着いた雰囲気を漂わせている。客の名を呼ぶ声がし、ソファから立ち上った一人が、急いで支払口の方へ行くのをぼんやり見ながら、彼は、「預金課」と標札の出ている窓口の方へ歩いた。だが、彼は、あわてて一方を振り向いた。女の声が彼の名を呼んだ。彼は、驚きの表情を消さずに、出納支払口へ足を向けた。突然、名前を呼ばれるなんて、不思議なことだった。その若い女は、自分が生きていた頃知人だった誰かの娘で、忘れずに顔を覚えていてくれたのかもしれないと、彼は、笑顔で女を見つめた。女はもう一度客の方に向って彼の名前を呼んだ。

「私です」

彼は、相手のえくぼの消えない頬のあたりへ眼をやりながら云った。

「私ですよ。あなたの前にこうして」

と自分を指差して見せたが、明らかに失望に変った表情を硬《こわ》ばらせて、後を振り返った。今、ソファから急いで立ち上った中年の派手な首飾りの女が、小走りに窓口へ近づいた。まったく偶然のことだったな、と吐息をつき、金を受け取った女がドアの外へ去るのを見送ると、彼は、気を取り直し、あらためて銀行の中を見渡した。

見違えるほど美しくなったなと、彼は、目を瞠った。天井からぶら下った古風な電灯は取り払われてしまい、広い屋内をやわらかく包み込むように、蛍光灯が輝いている。

「あなた方は本当に仕合わせですよ。仕事の時間をどうして楽しく過すか、残りの自由な時をどんなことに使うか、というような思いを存分にめぐらすことが出来るんですからねえ」

と、彼は、話しかけようとして向けた視線の先に先刻の女子行員がいないのに気づき、浮かべた笑いを消した。やはり、自分のいる場所はここではない、と彼は思った。

影は石段の上にしか残されてはいず、今、彼を取り囲んでいる雰囲気は、汚れた空気ほどにも人々の関心を惹かなかった。だから、広い銀行の中で考え込みながら突っ立っていた彼が、期待を取り戻した時の微笑を目許《めもと》に浮かべ、案内係の方へ引き返す姿に、人々はもちろん気がつかなかった。

　彼は目を瞠り、大手を振る歩き方で、案内係の男のところへ戻って来た。地上のざわめきをかいくぐるように遠雷が鳴った。街にはまだ陽が輝き、地上に落ちた影は、静かに自分の存在を守り続けていた。外へ向けていた目を戻し、案内係と向い合う恰好で立ち止まると、彼は、傍の柱に背をもたせ、明るい色に変った高い天井を見上げた。雷鳴が、今度は周囲の窓を震わせた。彼は、首を縮めて、天井の壁に見入った。白く塗り変えられてある壁がはげ落ち、古い下塗りの一部がのぞいたのかと彼は思った。彼は息をのみ、もたれていた柱を離れると、天井を振り仰いだまま、預金課の窓口の方へ、よろよろと歩き出した。忘れはしないぞと、彼は歯ぎしりした。

　彼の記憶が正しければ、不意に落ちこんだ深い眠りからさめて、あたりの変化した様子に気づいたのは、あの日の午後遅くであった。やわらかい夕陽はいつもと変らず建物の壁面に鈍い光を投げかけていた。響き合う音もなく、この市が何処かで触れ合って生ずる近代的な雰囲気も影をひそめ、空白が支配していた。空白が次第に薄れる、兆しは何もなかったから、市がまず意識を取り戻したときにも、人々はまだ自分を見失ったままだった。この場合、人々は、それぞれが本能的に、自己を誘導する力を探し求めていたにもかかわらず、新しい怖れと戸惑いの結果、自らを崩していったらしい節がある。それが如実に現われたのは、あの瞬間から市民の多くが洩れなく示した身振りであった。彼らは、何をおいても、声の方へ走り寄るという傾向を見せた。最初の声は極めて小さなものであったのを、彼らは敏感に聞き分けて集まった、という感じである。

つまり、声は、彼らに方向を示す、一種の命令であったとしか説明できないものがある。だから、はっきりと命令する者があれば、市民の多くは、より危険な場へもためらうことなく自らを投げ出したのではあるまいかという憶測もできる。

彼の場合も、行動を命じたのはひとつの声であった。声がはっきりと彼を呼んだかどうかは極めて疑わしい。それは奇妙な形で現われた。僅かに抑揚を伴った唸りが彼を包み、渦を作ると、中心のあたりからかすれた声が云った。声は、元へ戻れ、と命じたように思われた。元へ戻れ、と響きともつかぬ声が再び云った。彼は石段へ向って進んだ。石段には影が落ちていた。彼は直感的にそれが自分のものであると気づきつくづくと眺めやった。影は冷たく石面に溶け込み、もはや、彼のかけらほどの意思にも従うことを拒むように、沈んでいた。彼は緊張した顔で、新しいひとつの意思に変った自分の影に合わせて、静かに腰を下した。それを見届けたかのように、彼に命令した声は去った。

鋭い光が眼前を横切ったように思い、彼は首をすくめて立ち止まった。稲妻であった。間を置いて、近い雷鳴が空気を震わせて轟いた。しかし、窓越しに見える町には、まだ、明るい陽射しがあった。彼は安堵の溜息を洩らし、額ににじみ出る汗を拭った。ドアの横にいる案内係の男は、後手を組み、外を見つめている。男は、得意の民謡でも口ずさんでいるらしく、頭を小刻みに振り、踵で小さく拍子をとり、その度に手首が浮かれたように上下した。男の楽しそうな様子を見ていた彼は、あらためてこの銀行をなつかしむ眼になった。

預金係の受附にいる若い男。その隣で伝票に書き込んでいる娘。その向うの若い男が立ち上って一方へ行く。係長らしいのが、差し出された伝票へ目を通して捺印する。伝票を持った娘が係の間を往復する。この社会では、人々は金を中心に動いた。彼は、今、古い時代にこの銀行の係長の席で働いていた時を楽しく思い出す。自分の場所ははっきりとあの机にあって、そこでは、銀行機能の一部が自分を中心に動いたという気がする。それは時と共に失われてゆくという代物ではなかった。周りを大きな流れが取り囲み、その外では更に別の流れが輪を描いた。そこには明るい青春があり、控え目な愛があり、優しい生活があった。それらは重なり合い触れ合って、軽やかなリズムを作った。リズムが急テンポに変り、突然暗転した時のことを、彼は苦々しく思い出した。戦争、戦争、戦争……。

稲妻が光った。彼は、また、高い天井を振り仰いだ。明るい白壁が薄暗いヴェールを被った。雷雨が急速度でこの街へ差しかかったらしく、闇が素早く浸透した。それがあまりにもだしぬけだったから、周囲の柱に備えつけてあった蛍光灯の明りが突然輝きを増し、人々の顔を浮かび上らせた。あたりの空気を突きぬくように、次の稲妻がひらめき、雷鳴がおおい被さった。降り始めた雨が硝子戸を烈しく叩いた。彼は窓へ寄って行って外を見た。強い雨足が地上を打ち、勢いよくはね上った。それを一陣の風がさらって吹き抜けて行き、水の帯が電車道を横切って、ビルの壁にぶっつかった。彼は不安そうに窓へ顔をすりつけ、玄関の石段の方を窺った。

確かあの時にも烈しい嵐がこの市を襲っていたな、と彼は思いだした。市は一月《ひとつき》も前の混乱の日から立ち直っておらず、あちこちに生と死が鼻を突き合わせていた廃墟の街を、嵐は存分に駆け廻ったが、その痕跡を残すに至らず、苛立ちに似た唸りをまき散らしたにすぎなかった。彼は、自分を濡らしつくした嵐が石面を掘り崩す勢《いきおい》で荒れ狂う瞬間に、そこに刻みつけられた影を抱く恰好で身を横たえた。眼の前を死者たちが走り過ぎ、幾人かは石段へ腰を下して疲れを休めた。

「このまま荒れ続けるのかもしれない」

「そうなると困るのだ。おれたちはどこへ行けばいいか見当がつかなくなる」

「結構なことだ。だってあれだけ欲しがった水が天から降ってくるんだから」

「水なら、おれたちはもう厭《いや》というほど飲んだはずだ。今でもあの川岸へ戻れば、おれたちは水の中へ顔を突っ込んだままの姿勢じゃないか」

「だから、降り続いても構わないわけだ」

「しかし、今のままでは済まない気がする。水嵩《みずかさ》が増せば、体ごと流れの中へめり込んでしまう。揚句には、海へ押し流されるかもしれない」

「それでは困る」

「早く止んでほしいものだ」

死者たちは空を見上げ、口を大きく開けて、吹きつける雨を飲みながら話し合った。生きて走る人々は手頃な休み場所を利用するのを怖れる眼差しを石段へ向けるだけで、体を前曲させ、交差点の方へ急いだ。走りながら、人々は、一人きりの場合には余計に、大きな掛け声を出した。

彼らは声と連れだっていることで自らを勇気づけている様子であった。自分の影のことばかり考えて石面にしがみついている彼は、名前を呼ばれても、すぐには気がつかなかった。近づいて来たのは細い影であった。彼はあわてて起き上り、自分の影に合わせて坐った。

「おやすみのところをお邪魔します」

細い影は彼と並んで腰を下すと、溜息をつき、

「もう一月にもなりますねえ」

彼は隣の影が前後に揺れるのに注意しながら、気のない返事をした。

「今日、命令というヤツが届きましてねえ」

と、細い影が彼を見つめ、次に、石面へ眼を落した。

「いや、あなた方の事情はよく解っており、そりゃあ考えられないほど大変なことだったと思っているんです。それでわざわざお伝えに来たわけですが、実は……」

細い影はあらためて坐り直し、体の揺れを懸命に防いだ。

「われわれ、つまり、あなたやわたしたちでこの市を建て直そうという話が進んでおりましてねえ。これは大変難しい問題なんです」

その時、強い風が通り過ぎ、細い影が大きく揺れて、石段を転げ落ちたが、すぐに、笑い声を立てて這い上って来た。

「これはひどい嵐ですねえ。ここまで来るのに半日もかかりました。わたくしはすぐ向いの商事

会社跡にいるんです。生きている時分には、銀行であなたとよくお目にかかりました」

「そうでしたか、それとは知らず……」

彼は石面の自分の影に気を配り、細い影を覗き込んだ。

「それで、お話と云うのは？」

「それなんです」

細い影は体を縮めて、嵐に抵抗しながら云った。

「ひとつの流れを起そうというんです」

「流れ？」

「ええ、われわれの流れですよ。われわれだけの力で起す流れですよ。現にもう、わずかずつ動き始めているんです。この市の東から西へ、北から南へというふうにね」

「それで、わたしは？」

と、彼は腰を浮かした。細い影は石面を注意深く観察する姿勢になって、

「動いて貰わなければならんのです」

「ここを離れるんですか？」

「そうです」

「駄目です。お断りします」

と、彼は石面に気を配りながら坐り直した。細い影が素早く立ち上った。

「よく考えて下さい。あなただけの問題ではありませんよ。この市全体に関することじゃありませんか。そりゃあ、あなたは自分の影が大事かもしれない。しかし、われわれはたったひとつの影なんぞにかかわってはおれない」

「何を云うんです！」

彼は細い影を睨み上げた。その時、突然烈しくなった雨足を掬《すく》い上げるように、強い風が襲って来、彼を見下して不満の様子を示していた細い影が大きな唸りの中へ吸い込まれるように飛び去った。幅広い水の帯がその後を追って走った。

雷鳴が轟き、彼はわれに返って、今、ひどい雨の中を通りすぎて行く電車を見送った。彼が一昔も前の嵐の日のことを寂しく思い返している間にも、生きている人々は小刻みに変化していった。彼らはそれぞれが止まることなく動揺し合うのだから、お互いの変り様にそれほど気がつかない。それというのも、生きることに比べれば、さして気に病むほどのものでなかったからかもしれない。それでも、時折、生は皮肉にも静かに死へと方向を変える権利を主張する。生きている間中、人々は生が明らかに示して見せる偶然を思い知らされると、歎き悲しむ風習に染まっているので、誰彼の死に接したりすると、自分たちが思いつく限りの過去を喜ばしそうに遡りながら、死の予感のいくつかを数え上げて驚く。

予感のひとつだと直感したかどうか知らないが、案内係の男の表情が急に硬ばったことは確かだった。窓際にいた彼は逸早《いちはや》くそれを見て、急ぎ足にドアのところへ引き返すと、男の横顔を覗き込んだ。男は眉を寄せ、苦い息遣いで、雨の町を眺めていた。

「多分、夕立のせいだろうな。雷が鳴ると、きまって体の調子が変になる」

「でも、わたくしの見るところでは……」

「年のせいかもしれないし」

「もっと大事なことだと思うんですが」

男の眼が燃えて、前方を睨み据えた。

「どうしてあんなに大きく揺れているんだ？」

「何も揺れてはいませんよ」

「ああ、気のせいだったのか。これだから雷が鳴るのは厭なんだ」

案内係の男はホッとしたように眼を閉じ、首筋をもんだ。

「山村さん」

硝子に映った人影が背後で案内係を呼んだ。男はあわてて振り向き、守衛風の小柄な男に頬笑んだ。

「お宅から電話です」

「電話？」

「さあ、僕が代りますから」

背を押されて、案内係の男は両肩を落して、奥へ姿を消した。彼は男が去った方をぼんやり眺め、何かを思い出そうとして小首をかしげた。その名前はどこかで度々耳にしたことがあった。それも、自分で口に出して呼んだ覚えがある。彼は苛立ってきて、足を踏み鳴らした。雷雨は過ぎ去り、濡れた路面が澄んだ陽射しを爽かに反射していた。街はまた動き始め、車が往来し、人々は解放感に溢れた表情で行き交った。空は深味を加え、この市を清めようとしていた。銀行の中も一時に明るさを取り戻した。あちこちの卓上電話が鳴り響き、人声が錯綜した。そんな瞬間に、彼は突然思い出した。

「山村さん」

と、彼は回転椅子から体を乗り出して云った。

「気分でも悪いんじゃないですか?」

掌で額を押さえ、考え込んでいた山村さんはうろたえ気味に姿勢を直し、

「いいえ」

「無理をしないようにね。なにしろ、馬鹿陽気が続くし、扇風機も禁じられているんですからねえ」

彼も流れ出る汗を拭いた。

「係長さん」

山村さんが立ち上った。

「ひとつお願いがあるんですが」

「はい」

彼は椅子に坐り直し、寄って来た山村さんを見上げた。

「実は、明日……」

と、山村さんは云いよどんだ。ゲートルを不器用に巻いた足が小刻みに震えた。

「一日だけ休暇をとりたいんです。動員で工場へ行っている娘が明日休みを貰ったので、それに留守番させておいて、墓参に……」

「構いませんよ」

「お願いします」

山村さんは眉を寄せた顔に力ない笑いを浮かべた。

「空襲もだんだんひどくなってきますし、家族で墓参りするのもなかなか……」

「そうです。出来る時にしておかないと」

彼は、ふと、死んだ妻のことを思い出した。二人は一篇の詩によって結ばれたのだ、と彼は考えた。「一人の男と一人の女が結ばれて、ひとつの新しく小さな世界を作った。その世界は他の世界と決して溶け合わず、人里離れて、二人きりのままごと遊びに似た日々が続いた。そして、ある日、病身の女が死んで、男に残されたものといえば、少年時代の記憶と、妻と一緒だった時の夢のような思い出だけであった」という意味の詩が彼と妻の口をついて出ない日はなかった。

この市から出た薄倖《はっこう》の詩人がうたった運命が二人の上にも降りかかってきたことを、病床の妻は誇らかに語った。

「私たち、ひょっとしたら本当の詩人ね」

しかし、妻は彼に許しを乞うこともなく地上を去った。あの詩人は、また、妻が死んで後の一年間、生きようと決めたのだが、彼がそれにならうとすれば、期限はやがてやって来る秋の暮れになるはずであった。

「仕事の方はこんなに暇なんだから、遠慮せずに行ってらっしゃい」

「お願いします」

眼と眼がぶっつかり、彼と山村さんは暫く見合った。

「山村さん」と、彼は呟いてみた。それは確かになつかしいリズムを持っていた。彼は、また、ドアの側の柱に背を凭《もた》せて、元の明るさに返った天井の白壁を見上げた。過ぎ去った日々がそれぞれの色合いをとって押し寄せてきた。どの日の終りにも、彼が考えあぐんだのは死への疑いであった。

死の日常は縦に深く掘られた穴の底に身を縮めて蹲っているようなものだった。そこは時を軸にして回転する静寂に囲まれてはいず、底流から比較的規則正しく聞こえてくる音が高低を伴って、この世界も揺れ動いていることを示した。

彼は死と共に起《た》ち上り、進むのだったが、決して肩を連ねて行くのではなく、彼が死を背負う恰好で、むしろ、死が彼の背にしがみついて離さないといった調子であった。

「何故、そう頑固にしがみつくのだ？」

「お前が逃げるからだ」

「死より他に逃げ場所があるというのか？」

「あるとも」

「どこだ？」

「無駄なことを聞くな、悲しむだけだ」

「無駄なら、離れていてもいいだろう」

「お前が逃げるからだ」

「逃げるところなぞ無い」

「ある」

「どこだ？」

「地上だ」

「地上？」

「そうだ、お前が残しておいた影だ」

彼は死に背後からしがみつかれ、石段の石面の影に形を合わせて坐っていた。ある日、考え込んでいた頭を上げて見廻すと、周りに小さな囲いが出来、側には立札が立っていた。彼は札の字を繰り返し読み、自分が地上にとどまる権利をはっきり認められたことに誇りを覚えた。死はそれに抗することもなく、静かに背中で眠っていた。

この市は目覚ましい復興の途上にあり、生と死の緊密度は次第に薄れ始めていた。それでも、この市の人々は死の雰囲気からまだ完全に隔離されてはおらず、ひっそりと裏通りを行く葬列があちこちで見られた。その頃になっても、彼は、死者の群が眼の前の電車道に沿って行くのを度々目にした。彼らは礼儀を心得た団体旅行者のように、語り合うこともなく、車を避けながら、細い列を作って進んだ。彼らは時折立ち止まり、驚きの眼で空を見上げた。そして、声を揃えて叫んだ。

「流れを起そう、止まらない流れを起そう！」

叫びを聞くと、彼は思わず立ち上るのだった。しかし、彼は、真上からこちらを覗き込んでいる生きた眼にぶっつかり、あわてて坐り直さねばならなかった。彼は、自分の体だけの大きさをはっきり縁取った石面の影に奇異の眼差しを投げかける人々に向って、誇らかな頷きを返し、幾度となく繰り返した言葉をあらためて云い直した。

「私の場合はほんの一例にしかすぎませんが、これによって、あの日の惨状のごく一部を思い出して貰えれば、いや、想像して貰えるなら、私が或る種の運動へ加われという要求を拒否して、今もなお此の場にとどまっている意義があるというものです」

それが今へ連なる苦悩の始まりであったと、彼は、山村さんの代りにドアの前に立ち、ぼんやり外景に見入っている男の無表情な顔を窺った。

「山村さんにしても、あなたにしても」

と、彼は男へ近づいて行きながら話しかけた。

「生きようということより生きてきたことの方がずっと大事だと考えておられるふうですねえ」

「山村君に何かあったに違いないぞ。病気の娘のことかもしれない。今度続けて休むようなことがあれば、噂されている彼の退職問題が起ってくる。そうすると、臨時職員の中から誰かが本職員に採用されることになるのだから、こっちにもチャンスがある訳だ」

男の眼が輝いているのは、今までになく素晴らしい期待を持ち始めたからであった。

「すると、あなたは、まだ、生きようとなさる側なんですね。つまり、この市に何か強い未練があるという訳ですか？」

男の眼が突然緊張した。ドアの硝子に映った山村さんの顔が、職業的な笑いを浮かべた。

「どうもすみませんでした」

「何か変ったことでも？」

と、男は暗い表情を作った。

「いいえ、別に大したことじゃないんです」

小さく首を振って、山村さんはいつもの位置に心持ち足を開いて立ち、ドアの外へ眼をやった。

「山村さん」

守衛風の男が軽い足取りで去って行くと、彼は、幾分くすぐったい気持で呼びかけた。

「今まで生きぬいてきた君も辛かったでしょうが、死んだままの姿を地上へ残したことに不安を感じながら、じっと耐え続けてきた僕も、何かと辛いことだらけでしたよ。何よりも、あの石段の影が大きく変ってきたことで」

山村さんの眼に涙が滲み、筋張った咽喉仏《のどぼとけ》がひくひく痙攣した。こめかみのあたりが小刻みに震えているのは歯をかみしめた山村さんが、隠しようのない感情を殺そうと苦しんでいるしるしであった。

「山村さん」

と、彼は、もう一度呼んだ。それに応じようとするふうに、悲しく歪んだ顔が、怪訝そうに彼を見た。

「僕ですよ、分りますか?」

彼は昂奮して、下から覗きこんだ。

「石塚ですよ」

山村さんの墓参の日を最後に、最早、相見ることの出来なくなった二人の、この奇妙な会見において、科学を無視して、お互いの間に、一筋通ずるものが閃《ひら》めいたかのように、一瞬、生きている山村さんの顔に薄笑いが浮かび、死んだ彼もまた、思いがけない喜びに酔い始めた時の硬ばった笑いを作って激しく見つめ、忙《せわ》しい交感がもっとはっきりした形を取ったかのように、山村さんの目尻に優しく深い小皺が現われたが、それらは全て、一場の錯覚にすぎなかった。把手にかかった手が、ドアを力一杯手前に引き、山村さんは、あの笑顔を崩さずに、静かに頭を下げた。二、三人の客が続いて出て行った。ドアがまた、こころよく前後にはずんだ。山村さんはすぐに笑顔を消し、姿勢を直すと、ふと視線を変えて、石段を見る様子であった。ぼんやり突っ立っていた彼は、石面の影を探しているらしい山村さんの表情を窺っている中に、胸がこみ上げてきた。

「そんなに見つめないで下さいよ」

と、彼はすすり上げた。

「僕の影をそんなに哀れっぽい眼で見るなんて、君もまた、もっと生きていこうとするんですか?」

しかし、山村さんは、石段の彼の影のあたりを見ながら、嗚咽《おえつ》していた。

「どうしよう?」

と、山村さんは呟いた。

「あの娘は死ぬんだ。どうしよう?」

山村さんは、人目をはばかり、素手で涙を拭った。

「或いはその方が仕合せかもしれませんよ」

彼も嗚咽をこらえながら云った。

「そりゃあ、生きている方がずっと素晴しいには違いないんです。僕だって、だから、あの自分の影が消えてしまう瞬間を、どんなに辛く思い描いているかしれやしませんよ。しかし、ある特殊の苦痛というものは、死が案外簡単に取り除いてくれるものです。それは、ひょっとすると、生きているというだけで味わわねばならないといった苦しみ」

「死なねばならないっていうのは、一体、どういうことなんだ？」

山村さんは、一層強く歯をかみしめた。

「それはこういうことなんですよ」

と彼は、握りこぶしを振り上げて、ドアの硝子を思いきり撲りつけた。硝子は大きな音を立てて割れた。仕事中の行員の視線が驚きの輝きを備えて、一斉にドアの方を向き、誰かが奇妙な叫び声を上げて立ち上るのが見えた。うろたえた山村さんが、肩のあたりに飛び散った硝子片を払い落し、顔をひきつらせたが、石面へ向けた視線を変えず、深い思いに沈んでいた。

彼は、今、硝子に出来た穴を潜《くぐ》りぬけると、落着いた足取りで石段を下り、囲いの中へ入ると、影に合わせでもするように、石面へ気を配り、蹲った。

「畜生！」

と、彼は全身を痙攣させた。怒りと悲しみともつかぬものが突き上げてきた。

立札の下の囲いが大きく揺れた。

「畜生！」

と歯を食いしばり、彼は、振り返って石段の上のドアを見上げた。枠だけになったドアの奥に、白い天井が見えたが、山村さんの直立不動に近い姿はなかった。彼は頭を抱えた。

　生がそれほど多様な感情を展開して、ささやかな死の存在に迫って来ようとは思わなかったので、山村さんの複雑な表情を読み取ってみると、彼には、単純な死の日常の中で、影という、自分が地上に残した唯ひとつの存在証明のようなものにかじりつこうとしてきた長い間の努力が、いかにも空々しい身振りに思われた。その影が、一瞬の笑いに吹き飛ばされるほど存在価値を失った今、彼は、自分を規定する小さな囲いと、それを説明する立札が、辛うじて人々の興味を惹くだけになった石面に、なお静かに坐り続けていなければならない責めを、自分だけで負うことになったのをはっきり認めた。

「あの時分……」

と、彼は、過去をたぐり寄せた。まだ、彼の影が、地上の陽射しとは無関係に、むしろ、陽射しを受けて新しい影を生むのではないかと思うほどふくらみきっている時分、この市は、ただ装いを変えた中都市ではなく、国際的な都市となり、歴史的、伝説的都市への礎《いしずえ》を作りつつあった。それは、世紀を画する破壊力が人類に験された最初の都市であるという、単純で偉大な理由によるものであった。

　ヒロシマは、つつましく生き始めようとする街から、きらびやかに体を張る、ある階級の女のように、荒い息遣いの街に、急速度に発展していった。そこでは、死は、まだ、存在を主張し続けてはいたが、すでに、市の一角へ追いやられ、ゆるやかな渦を作って停滞していた。その渦が、時折、ひよわい流れを作って、市の中央へ進んでくるのを、彼は度々目撃した。死者たちは、真新しい衣に身を包み、規則正しい列となって、いかにも苦しそうに行進していた。この銀行の前にさしかかると、彼らは、一様に、奇異の眼をむいて、石段の上の囲いの中を凝視するのだった。誰かが喚き罵る声が聞こえた。

「どこの世界にもハナモチならぬ裏切者がいやがるんだな。だから、相応な規律が必要になる」

すると、行進を続けている死者たちは、低く唸るような声を揃えて、ゆるやかな叫びをあげた。

「そうだそうだ、たった一人のウヌボレ野郎の勝手気儘な気持が、この街をみすぼらしくしてしまう。だから、強く大きな流れを起し、ヤツも一緒に押し流そう」

「違うぞ！」

と、彼は、囲いの中から叫び返した。

「君たちはひどい思い違いをしているんだ。僕には、云っておかねばならない特別の義務があるんだ。見ても分るだろう。君たちだけでなく、生きて、ひそかに歩み続けている人々のために、はっきりと証明しておかねばならないことがあるじゃないか。所詮、僕は犠牲者でしかないんだぞ。それを、裏切者呼ばわりするなんて！」

突然、金属のきしむ音が起ったのは、銀行玄関の鉄扉が下り始めたからであった。

地上に関するあわただしい数時間の後で、死の日常へ戻ろうと、膝の間へ頭を埋めようとした彼は、眼の前へ急停車した車に、再び、地上のざわめきの中に連れ戻された。

停まったのは、黒塗りの高級車であった。すぐ後から新聞社旗をつけた車が停まり、急いで降りた新聞記者らしい男が、あわて気味に、前の車のドアへ走り寄った。そのドアから悠然と降り立った小太りの男は、流し目をし、鼻でフンと笑って云った。

「君はどこまで追って来る積りなんだ。公式会見はちゃんと済ませたじゃないか。これ以上、質問に答える義務はないはずだ」

新聞記者は笑って受け流し、

「いや、大臣が原爆記念物を視察されるというので、急いで追って来たまでですよ」

彼は、驚いて立ち上り、囲いを飛び出ると、大臣と呼ばれた男の方へ歩いた。

「早速ですが」

と、記者は、物慣れた態度で質問に移った。

「この石段の影についての感想などを……」

「感想？」

大臣と呼ばれた男は、片足を石段へかけて、囲いの中を覗き込み、何かを確かめようとして眼を細めた。

「影なぞ見えやせんよ」

大臣はぶっきらぼうに云って、もっと腰をかがめて、石面を覗き込んだ。覗き込んだ方の影が揺れた。

「わしの影しか見えやせんよ」

大臣は体を起し、ポケットから煙草を取り出した。秘書らしい若い男が、素早くライターに点火して、大臣へ差し出しながら、うるさそうな視線を記者に向けて云った。

「もういいだろう」

「大臣」

と記者は次の質問に移った。

「これは、恐らく、自然の法則といいますか、時というものが、被害の傷跡《きずあと》を削り取ったということなんでして、ある意味では、非常に残念であり、また反面、喜ばしいことだと思うのですが、大臣のお考えは？」

「君の云う通りだよ」

と、大臣は、うまそうに煙草をふかした。

「すると、この石段の影のアトも、このまま記念物として残すのは、すでに無意味になったと云えるわけですか？」

「うん」

と、大臣は頷いた。

「いつまでも古い感傷に浸っているだけでは女の子と変りはせんよ、君。世界の情勢は刻々と動いとる。同じように、日本も大きく動いとる。人工衛星が飛び交おうという時代にだなあ、ひと昔前の戦争のだよ、しかも、誰だか分らん人間の影が焼きついていたという石段へ囲いなどしてみても、どだいがおかしな話で」

と、何か口をはさもうとした記者を鋭く見つめると、

「だから、君たちは困るんだ、最後まで聞かずに、都合のいい報道をしてしまう」

「そんなことはありませんよ」

記者は苦笑した。

「では、大臣の具体的なお考えは?」

「わしは建設大臣じゃないよ」

大臣は、また、石段へ足をかけ、立札の字を、声を出して読むと、投げ捨てた煙草を靴先で踏み消した。その時、近くで、硝子の割れる音がした。人々の眼が一斉に車の方を見た。大臣が乗っていた車の後部ドアの窓硝子が吹き飛ばされ、硝子片が座席へ飛び散っていた。

彼は拳を握ったまま、肩を怒らして、大臣を睨み据えた。

「いつか、誰かに云っておきたいと思っていましたが」

車の後から、ゆっくりと大臣の方へ歩み寄りながら、彼は、ハッとして立ち止まった。バックミラーに、自分の歪んだ姿がチラッと映ったのを見たように思ったからであった。しかし、それは錯覚にすぎず、凸面鏡の中には、この街の一部が、変形して、鏡の焦点に向って吸収されている以外、どこにも、彼らしい姿はなかった。彼は、あらためて、大臣を正視し直した。

「本当は、私が石段の上に残した影なぞ、できるだけ早く消えてしまった方がいいのです。影の主である私は、今までずっと、そのことで悩み通してきました。大臣、私が云っているのは、戦争の傷痕としての影のことです。私の影が、今、もうほとんど見えないくらいに薄くなってきたことは、この市のためにも、非常に喜ばしいことなのです。しかし、大臣、かつての日の記憶がこの市から消える速度が、人類の新しい欲望へ向って動き始める速度を生む契機になるとすれば、それは絶対に許せないことです」

しかし、彼は失望した。サイレンを鳴らしながら駈けつけたパトロール・カーから飛び降りた数人の武装警官の護衛で素早く新しい車の中へ入った大臣は、不安の眼で、前後左右を注意深く見渡した。

「おれは狙われてるな」

その眼が幾分満足そうに光った。

先導のパトロール・カーが再びサイレンを奏し始め、大臣の車がその後に続き、一瞬の椿事《ちんじ》をスクープ出来た記者を乗せた車が、すぐ後を追って走り去った。

彼は、ひどく疲れたように、よろめきながら、石面の囲いの中へ転げ込み、荒い息遣いで起き上ると、歯を喰いしばって坐り直した。或いは、今もなお、この市を走り続けている流れがあるのではないかと、彼は耳をすましました。死者たちの足音も叫びもなく、死の日常は深く眠っていた。

突然、彼の中に古い記憶が甦った。それは、生きていたある日、珍しく深い霧がこの市を襲った夜のこと。

市の中央を流れる川に架かったI橋を東に向って渡り、左へ折れる土手道を、彼は、肩をすぼめ、眼を地上へ落し、T公園の方へ歩いていた。彼は、ふと数日前から書き始めた遺書の、最初の文句がひどく不安定だったのを思い出した。

「昭和二十年三月十九日、午後九時、警戒警報のサイレンが鳴り止んだばかりの今、私は、奇《く》しくも、今日が三十二回目の誕生日であることを思い出した」

彼は、警戒警報のサイレンという言葉を消したい気持になった。自分の死を取り囲むものの中に、戦争のにおいのするものを混らせるのは、不純な気がしたからであった。彼の死は、妻のそれとだけ、深くつながっていた。しかし、彼はためらわずにはおれなかった。遺書を残そうとする行為が、異状な空気の中でなされているのだとすると、或いは、まったくだしぬけに、平和と呼び得る現象が訪れてきた場合に、彼は、自分がなお、妻の死に従うという確信が持てない気がしたからである。

「思えば、去年の秋の初め」

と、彼は、顔を上げ、次の文句を呟いた。

「遊びに出かけたまま帰って来ない子供のように、妻は、私一人を残して、手の届かぬところへ行ってしまった……」

霧が流れ、彼の顔に冷たく触れた。土手下の、川が岸辺を洗うあたりで、霧は、急に渦状に変るらしく、薄れて来る部分を通して、向う岸の灯がぼんやり見られた。彼の中に、突然、新しい文句がひらめいた。

「私は、次のような方法で死に赴きたいと考えます」

彼は立ち止まり、もう一度、その文句をかみしめた。

「それはどんな方法なんだ？」

彼は歩き出し、足を早めた。しかし、文章が急に飛躍したことに気づき、最初の方を思い返した。

「妻と二人でようやく一人前であった私は」

と、彼はちょっと戸惑った。死の理由となる部分がいかにも弱い気がした。彼は眉を寄せ、近づいてきたT公園の林が、霧の奥に黒く塊《かた》まっているのを、首を突き出すようにして見つめた。しかし、彼は、ギクッとして立ち止まり、反射的に振り向いた。すぐ側の土手を這い上った影が立ち上り、

「助けて下さい」

と、女の細い声が苦しそうに呼んだ。

「お願いします。苦しいんです」

抱き起こしてやると、女は、何か云おうとして激しく咳《せ》き込み、彼をはねのけると、蹲《しゃが》み直して吐いた。

「すみません」

吐き終ると、女は、差しのべた彼の手を摑んで立ち上ろうとし、踏んばりされずに、彼の胸に倒れかかった。

「死のうと思いましたの」

女は、肩で大きく息づいた。

「何故って、理由は聞かないで下さい」

と女は泣いた。警報を告げるサイレンが鳴り始め、僅かに明るかった街に闇が訪れた。彼は、女を抱きかかえ、道をI橋の方へ引き返しながら、自分の遺書の、死の理由の部分を除こうと決めた。

不思議な女だったと、彼は苦笑した。そして、理由のない死が襲いかかった日のことを苦々しく思い返した。

陽射しが途切れ、あたりに宵が漂い始めた。満員の市内電車が何度か行き交った。やがて、東の方から、聞き慣れた行進の音が近づいてきた。

死者たちは、いつものように、規則正しい隊伍を組んでやって来た。車の列を避け、生きている人々と触れ合わないように、しかし、歩調を合わせ、電車通りに沿って進んで来た。

「おーい」

行進する列の中から、誰かが石段へ向って呼び、嘲笑のこもった声が続いた。

「裏切者めが！」

「あの男を流れの中へ捲《ま》きこもう！」

市内電車の停留所へ差しかかった死者の列は、石段の方へ向きを変え、大きな半円を次第に縮めて、石段を取り囲んだ。

彼は立ち上り、自分を囲んだ死者たちになつかしそうに頬笑みかけた。

「お前は」

彼と向い合った死者が云った。

「そろそろ、特権を失う時がやってきたようだな。この石の上の影も、もうお前の存在を証明する力がなくなったとなると、さあ、お前は、おれたちとまったく同じ、平凡な死者の一人になり下ってしまった訳だ」

彼は頷き、大声で云った。

「その通りだ。私は、ようやく、忘れられる死者になれる日がきたのを喜んでいる」

「ヒーッ」

と、死者の間から、からかいの声が起った。

「それで、お前は決心できるか？」

向い合った死者が、彼を覗き込んだ。

「われわれは、もっと大きな流れを作って、この市が抱き始めた新しい欲望を、極力阻止せねばならん義務があるのだ。今まで、お前が一人で頑張って、生きている人々へ訴え続けてきたものは、影の消失と共に、ひどく無意味になる。これからのお前の義務は、われわれと行《こう》を共にして、この市を建て直す力となることだ。その決心くらいはできるだろうな。いや、して貰わねばならんのだ」

「そうだ」

と、死者たちが叫んだ。

「今すぐ、せねばならぬのだ」

彼は頷き、ふと、石段へ眼を落し、ひと昔も前から坐り続けてきた石面を、なつかしそうに眺めた。頬を伝った涙が石面に落ち、小さく拡がると、溶けこんでしまった影が再び浮き上って来、濃い輪郭を見せ始めたように思われた。だが、涙はすぐに消え、埃っぽい石面が囲われているだけであった。彼は、今、すべての感傷を捨てて、もっと大事な行動へ移ろうと決めると、勢いよく囲いを飛び出しざま、立札を蹴上げた。薄板は宙に舞い、やがて石面に降りかかると、囲いを倒して落ちた。

隊伍を組み直した死者たちは、元気よく進み始め、繁華街へ突入した。その最後列にピッタリくっついた彼は、列に歩調を合せようとして両手を左右に大きく振り、足を高く上げて進んだ。よく見ると、彼の姿は、列の中の誰よりもかすんでいた。

死者たちが去った後の石段下に穏やかな空気をついて、突然、小さなつむじ風が発生し、砂の渦柱が素早い回転を伴って、交差点の方へ走り去るという変化を生じたが、人々は、それに目を瞠ることもなく、夕立の後の赤く染まった雲に気をとられ、生きている幸福をしみじみと味わう表情を空に向け、深く息づく者も交えて、この市と共に、夜へ向っていた。

不意に立ち止まったからといって、彼は、流れに従うことを断念したわけではなかった。この市の西の外れまで行って引き返してきた死者の列が、軽い唸りを立てて、賑やかな街並みへ入って間もなく、最後列を走っていた彼は、山村さんの姿が一軒の薬局へ入ったのを見かけて、立ち止まった。彼を残した死者の列が電車通りの方へ曲って消えると、唸りが遠のき、小さなつむじ風が道を吹き過ぎた。驚いた人々が、悲鳴をあげて、近くの店の中へ駈け込む姿が見られた。

薬局の前に立って、彼は、山村さんを待った。山村さんは、小さな薬罎《くすりびん》を抱えて出て来ると、すぐに、視線を落し、街の灯を拒む表情になって、急ぎ足になった。その靴音に合わせて、影が寂しそうに進んだ。近くの遊戯場から流行歌のメロディが聞こえて来、突然、高い笑い声が起ったが、山村さんは、顔を上げようともせず、薬罎を抱え直し、一層俯き加減に歩いた。彼は、まだおさまりきらぬ胸苦しさのために息をはずませて、山村さんと肩を並べると、語りかけた。

「本当に久し振りじゃないですか、こうして一緒に歩くのは」

彼がはずんだ声を出したのを、ふと気づいたのか、山村さんは、眉を寄せて、彼を見た。

「僕が分りますか？」

と、彼は笑った。

「もう、どうなっても構わないとさえ思うよ。昨日まで頑張り通していたものが、僅かな風の吹き廻しで、根こそぎ駄目になったような気がする」

「君はまた、いつもの悲観癖が出て来たようですね」

と、彼は、山村さんに肩をすり寄せた。

「娘さんのことでしょう。黙っていたって、君の顔を見れば分りますよ。たった一人の助かるはずのない病いの娘を、今、君は、いてくれなければよかったのにと考えているようですね、可愛いからそれだけ、後になって、君たち夫婦の生活が真暗になってしまうというふうに」

「ああ」

山村さんは、溜息をついて、顔を上げた。

「その方がいいのかもしれない」

「何がです?」

山村さんの顔に、笑いらしいものが浮かんだ。

「親の後から死ぬよりも、あの娘には少しばかり仕合わせが与えられているのかもしれん」

「それは違いますよ、山村さん」

と、彼は、ムキになった。

「ある場合には、死が真実、すべてを解決してくれることだってありますよ。娘さんの場合だって、或いは、その一つかも知れません。しかし、善良な市民の一人である君が、死を最善の解決場所と考えておられるところをみると、この市の人々もまた、死を、この上なく美しい風景かなんぞのように想像しているのではないでしょうか。それはとんでもないことですよ」

街並みが途切れ、急に暗い道へ入った。山村さんは、ホッとしたように顔を上げ、胸をそらした。すぐ横を流れる小さな川の縁を、迷いこんで来たらしい蛍が、弱い光の尾を引いて飛んだ。

「君が毎日見ておられる石段の上の影が僕だと分ったら、そりゃあ、驚くでしょうね」

彼は、山村さんの眼が、闇の向うの明りを追っているのを見ながら、呟くように云った。

「十年以上にもなると、もう、こんな話は聞きあきてしまって、むしろ、厭気《いやけ》がさしてくるでしょうが、まあ聞いて下さい。死者の仲間入りこそしていても、あの石段の上の影が僅かでも形をとどめている限り、僕は、この市の市民としての権利を主張できるはずですし、あることを思いきって主張する義務さえあるような気がします。ある朝、僕は、いつものように、銀行の通用門から入ろうとして、急にあることに思い当って、表玄関の方へ廻りました。或いは、石段の下から、僕の席が見えるのではないかと、不安に思ったからです。誰かがふと中を覗いた時、差し迫った死のことを思い描いている僕の姿を盗み見でもしてはと、ひどく気になったからです。その時から、僕と石段とは、深い関係を結ぶことになりました。カレが僕に働きかけ、僕はカレを見守り続けて、お互い主張を援護し合ってきました。しかし、僕だけに許された仕合せがあるように、カレにもカレだけの仕合せがあったのです。その仕合せのために、カレは、長年にわたって支え続けてきた僕の影を、これ以上守り抜く力のないことを明らかにしました。その時になって、僕は、黙って耐えてきたあることを強く証明するために、ひとつの流れに加わろうと決めました。それがつまり、死者たちの」

と、彼は、足元を見ながら、云いよどんだ。全身に寒気を覚えたのは、夕立の残した水溜りへ踏み込んだからであった。

木の橋を渡り、ゆるい坂道を下ると、場末を思わせる商店街が続いていた。薬壜を抱えた山村さんは、相変らず伏眼勝ちに、明るい道を足早に歩いた。

「死んでしまえば、何《なに》も彼《か》も終りだ」

再び暗がりの道へ入った山村さんの眼が、悲しそうに云った。

「神も仏もありゃしない」

「山村さん、死んでいるからといって、あまり僕をバカにしないで下さい」

と、彼は、息苦しくなった胸のあたりをしきりに撫で廻し、不服そうに云った。

「今に、この市に新しい事態が起りますよ。その時になって驚いても、もう遅すぎるんですからねえ。市の一部はひどい混乱に陥るかも知れません。何故と云って、耐えられなくなった死者たちが、こぞって立ち上ることになるからですよ、生きている人々の目をさまさせるためにね」

「畜生!」

不意に激しい怒りを覚えたらしい山村さんが、大事に抱えていた薬壜を、力一杯地面へ叩きつ

けた。壜が割れ、入っていた水薬が飛び散った。振り上げた手をゆっくり下しながら、山村さんは、肩で大きく息づき、

「こんな水を飲むだけで治ってたまるもんか。どうにでもなれ！」

と、震え声で罵った。

「何を云うんです、勝手に怒ってしまって」

彼は、歩き出した山村さんの肩のあたりへ、昂奮した声を投げかけた。

「生きていることにそれほど腹を立てるなんて、贅沢すぎますよ」

しかし、山村さんは、怒らせた肩を左右に振りながら、近くの露地へ入って行った。その後を追おうとして、彼は、ひどくためらった。何気なく握りしめてみた自分の腕が意外に細いのに驚いたからである。彼は、腕の肌を凝視した。だぶついた皮膚が不規則な折り目を作り、みにくく重なり合っている。筋肉が痙攣する度に皮膚の重なりが気味悪く摺《す》れ合った。彼は、自分の体がもっと縮んでゆき、やがて、消えるときのことを考えた。そのときに、彼は無くなるのだった。そして、最早、どこにも存在しない。堪らない寂しさを覚え、彼は、夜の道の真中へ蹲った。

あの夜、死の世界は、珍しく活気を呈していた。上空から吼《ほ》え降りる風に、粉雪が舞い狂った。この市が深く沈み込んだ代りに、死は、あちこちで、喜びとも苦しみともつかぬ怒号を、冬の夜へ溶けこませた。死者たちのある者は、目標もなく猛《たけ》り走り、ぶっつかり合い、罵り合い、取っ組み合って、激しい表現の仕方で喜んでいた。別の一団は、たゆみない行進の列をくり展《ひろ》げ、市

の中を行き来しながら、革命の始まる前夜を謳歌していた。街には輝きのない光が交錯し、死者の歌が響き渡った。銀行の石段の、立札と囲いを押し倒した吹雪に抵抗して、彼は、歯をくいしばって、石面にしがみついていた。

最初にその声が呼んだのを、彼は、遠い汽笛と聞いた。あまりに異質な声音《こわね》が、再び彼を促し、全身を揺さぶった。キンキンする響きが云った。石面の影の部分からであった。

「君は、一体、何を信じて、このおれを守り通そうとしているんだ？」

彼は、目を丸くして、影を見つめた。

「おれは、お前の守護神なぞにされるのはまっぴらだよ」

彼は驚き、体を起こし、吹雪に抵抗しながら、影を覗き込んだ。

「誰だ、君は？」

「見れば分るだろう」

「まさか、僕の影では？」

「〝僕の〟は余計だよ。おれだって、今ではもう、一個の存在になってるんだからね」

「何？ 今、何と云ったんだ？」

と、彼は、息をはずませた。影は、大きな笑い声を立てた。

「おれは、お前が厭になってきた。これ以上、お前の世話なぞ受けたくないのだ」

「君は、僕の……」

「違うぞ！」

石面の影の部分が微かに震えたように思われた。

「こういう石面へ生み落されたのも仕方がないと思っている。だから、おれは、出来るだけ我慢してきたのだ。そのおれの肌合いも消え始めて、この窮屈な場所から、自由の身になれる日が近づいてきているというのに、お前は、何故、おれの邪魔ばかりするのだ？」

「それはひどい、君は、いや、君ではない。その影は、本来は僕のものだった。今でも、僕のものに変りはない」

「フン、お前は、どうやら、神というおえら方の存在を信じているらしいな」

と、影は、哀れむ調子で云った。

「神なるものは、あの世界にもこの世界にも、その座を持たぬ流れ者の謂《い》いではないか。考えてもみろ、神が人間に何をしてくれたというのだ。われわれが勝手に作り上げた、罪をなすりつける壁にすぎないじゃないか」

彼は、怒りさえ覚えずに、静かに聞いていた。彼もまた、死の日常の中に神があろうとは想像もしていなかったので、今、生の世界では、生きるということは、かけがえのないことであった。

死へ向って生きるとは何と空《むな》しいことであろうかと、彼は、頭を抱えて立ち上った。その時、彼方で、死者たちの叫び声がした。彼は、街の方へ走りだした。

朝が、真上から一様な速さで、地上へ到来するのに比べて、夜は、暮れきった後も、ある方向へ、少しずつ移動しているような錯覚に襲われさえする。それと同じ意味で、死の日常では、時間が、ある方向を持っているかに見えた。少くとも、彼は、今日まで歩んで来た死の中の時間に、振り返ることの出来る、はっきりした方向があるような気がした。

街は、しばらく動きを止めた夜の中で、落着いた雰囲気を漂わせていた。いつか、地上にすら接することの出来なくなる日を寂しく思い描きながら、彼は、走るのを止め、乾いたアスファルト道を踏みしめて歩いた。

今、彼は、死の深みへ向う方法を考えた。地上から拒まれる時、快く死へ没入出来るとは考えられなかった。死は、それ自体、まったく別の秩序を持っており、強固に拒もうとするに違いなかった。その時こそ、彼は、無の領域へ押しやられねばならなかった。無とは、いかなる意味においても、存在しないということなのだ。

電車通りへ出ると、彼は、交差点の方へ歩いた。死者たちの行進がやって来、交差点の真中で止まり、車座に坐るのが見えた。彼は、背後には低い唸りを起しながら、死者たちのところへ急いだ。

彼らは地面へ腰を下し、この市の交通巡査が使用する低い台の上に立って演説している死者を見上げていた。台の上の死者は、空を仰ぎ、叫びに似た声で云った。

「思い出してもみるがいい。あの頃は、生きている人々も、われわれと同じ気持で、恐るべき破壊力を生んだ人類を、すなわち、われわれ生や死を受けている者自身を心底から憎んだものだ。とりわけ、生きる側の人々は、われわれ死者を大いなる犠牲の徒とみなして、あやまちは二度と繰返さないから、安らかに眠れとまで慰めてもくれた。われわれは、この市の人々の心を美しいものと見た。つまり、われわれは、この市を信じきり、疑うことを知らなかった」

その時、一方の信号が青に変り、停まっていた車の列が一斉に動き出し、台の上の死者は、話すのを止め、眼の前を過ぎてゆく車をうさんくさそうに眺めていたが、一息大きく吸い込むと、再び夜空を仰ぎ、言葉を続けた。

「ところがどうだ。諸君も承知の如《ごと》くに、この市は、余りにも見事に、われわれを裏切った。そればかりか、われわれを消滅させようと計っている節もあるのだ。当然、われわれの一員となるべき新たな死者の資格を剝奪することを決定したこの市の処置が何よりの証拠だ。更に驚くべきことは」

と、台の上の死者は、ちょっと考え込んだが、

「いや、これは仕方のないことかも知れないと思う。つまり、故意にではなく、あの恐怖と憤りを忘れ去っている例が、この市の諸処に生じているが、これは、より新たな市民であって……」

「おい、それは間違っているぞ」

怒りの声を上げて立ち上った死者の一人が、一同を見渡した。

「その考えには絶対賛成出来ない。われわれは、今や、生きている人間の誰彼を区別している場

合ではないのだ。われわれの目下の敵は、生きている人間の全てではないか。奴らにわれわれの流れをぶっつける以外に、この市を建て直す方法はないのだ」

「まあ待て、待て」

台の上の男が懸命に制した。

「分った。諸君の気持は十分承知している。勿論、われわれは、所期の目的完遂に全力を傾注するのだ。だが、ここに、耳よりな話があるのだ。それは、生きている人々の流れなのだ」

死者たちは、一様に眼を輝かせた。

「明日、この市へ、数多くの行進が到着する。〝平和行進〟と云う名の、生きている人間ばかりのものだ。この国のあちこちから、足だけを便りに歩き続けて来た人々だ」

死者たちは立ち上り、輪を縮めて、台へ迫った。台の上の死者はいっそう声を張り上げた。

「どうだ、われわれと同じ目的を持った、生きた人々と一緒に、この市の中を行進しようじゃないか。何年目かのあの日も明後日に近づいた今日、われわれは、生きている人々の中に多くの同志を見出し得たことを意とせねばならないと思う」

「そうだ！」

と、誰かが叫んだ。すると、死者たちは、一様に声を揃えて、ゆるやかに呶鳴《どな》った。

「流れを起そう。ひとつの、止まらぬ流れを起そう！」

この時、鋭い閃光《せんこう》が、死者たちの頭上へ降り注いだ。

「おお！」

と、彼らは呻《うめ》き声を上げて、四方へ飛び散った。

地面へ身を伏せていた彼は、顔を上げて、あたりを見廻した。車輪が走り過ぎ、地面が小刻みに震動した。停車していた市内電車が動き出すと、地上の揺れは大きくなった。しかし、この市は、いつものように、なめらかな音を響かせているだけで、大きな変化は見当らなかった。台の上に、死者たちの唸りも聞こえなかった。歩道を、この市の人々が行き交う姿が見えた。彼は、立ち上ろうとし、また、あわてて身を伏せようとした。閃光を感じたからであった。しかし、それは、カーブに差しかかった電車のパンタグラフのスパークであった。彼は、立ち上り、緊張した体をほぐすために肩を上下させながら、星の空を見上げ、ふと、孤独を感じた。死での孤独は、それほど力みかえるようなものではなく、打ち沈むほどのものでもなかった。それは、むしろ、さわやかな情感さえ漂わせた、すべてを死へ定着させる媒体に見えた。彼は、瞬間、死の深みへ向う方向を、僅かに感じ取った。それが、全身を素早く駈けめぐり、やがて、熱いものが押し上げてきた。交差点の真中へ突っ立ち、彼は、はじめて、心から泣いた。

「おじちゃん！」

その声を、電車の響きが掻《か》き消した。

「おじちゃん、泣いてるね？」

「うん、泣いてるよ」

と、彼は、突然、強く握りしめてきた男の子の手を握り返した。信号が青に変り、一方から走って来て急停車した車から顔を出した男が、こちらへ怒鳴った。

「バカヤロウ、危いじゃないか！」

男の子は、舌をペロリと出し、彼の手を引いて歩道へ上った。

「おじちゃん」

男の子は、彼を見上げた。

「寂しいの？」

「うん、そうだよ、坊や」

と、二人はI橋の方へ歩き出した。

「ボクねえ、寂しくっても泣かないよ」

「おじさんと違って、坊やは生きているから、すぐに寂しさを忘れてしまうんだよ」

「だって、ボク、父ちゃんも母ちゃんも死んでいないんだよ」

「じゃあ、坊やひとりかい？」

「うん、でも、父ちゃんと母ちゃんは、どこかに生きてるんだ」

「どこに？」

「ボク、知らないよ。だけど、どこかでボクのこと見てるんだって。星だよ。そうだ、星になったんだ。死んだら、みんな、星になるんだよ。そうだろ？」

彼は、男の子を見下して、やさしく頷いた。

「おじちゃんの星、どれ？」

男の子は、立ち止まって、空を仰ぎ、背伸びをしようとして、爪先立った。その時、交差点の方で、死者たちの声がしたように思い、彼は、男の子の手を引っ張った。

「坊や、おじさんは、そろそろ行かなきゃならないんだよ」

「だめだよ」

と、男の子は、彼の腕にぶら下り、

「だめよ、おじちゃん」

と、今度は、彼の腰のあたりを抱きかかえるようにして云った。

「おじちゃんを連れて帰らなくちゃ、ボク、叱られるんだ」

「誰に？」

彼は、男の子を覗き込んだ。

「みんなにだよ」

男の子は、彼を見上げて笑った。

「みんなで、おじちゃんを待ってるんだ」

そう云うと、男の子は、彼の手を引いて、走り出した。

I橋が中央で分れた小橋を渡ると、平和公園であった。男の子は、急に生き生きした眼になって、川向うのドームを指差した。

「ボクたち、皆、子供なんだよ。原爆の子なんだ。あのドームの下で生まれたんだもの」

「坊やが?!」

「うん」

と、男の子は、はずむような歩き方になって、橋の手すりに載せた手を滑らせた。

「ボクたち、皆、新しく生まれた子ばかりなんだ」

「生まれた?」

男の子は、彼を見ると、大きな口を開けて笑ったが、すぐに、先に立って走り出した。彼は、ドームを黒く浮き上らせている街の灯を眺めながら、或いは、再び、生まれ出ることが出来るかもしれないという錯覚に襲われた。それがまったく意味のないことを思い返し、公園の入口の方へ歩いた。

子供たちは、あちこちで輪を作り、歌いながら踊っていた。彼を連れて来た男の子が、輪から輪へ飛び廻り、何か叫んでは、彼の方を指差した。子供たちは、踊りを止めて、輪を解き、互いに手をつないで、長い列を作り、彼の方へやって来た。彼と子供たちは、芝生の上で出会い、挨拶を交した。すぐに、一人の少女が進み出て来て、彼を見上げた。

「わたしたち、前から、一度おじさんに会いたいと思っていました。それは、おじさんが自分の影を無くした人だからです。わたしたち、みんなでおじさんを慰めてあげ、おじさんが消えてしまうことから守って上げようと、一生懸命探していたのです」

　続いて進み出た少女が、彼を見上げて頬笑んだ。

「今日から、おじさんは、ここで、わたしたちと一緒に住んで下さい」

「そうだよ」

　男の子の声が叫ぶと、列を崩した子供たちが、歓声を上げて押し寄せ、彼を取り囲んだ。

　それは、妻が生きていたある日。あり得たことさえ疑わしいのだが。彼と妻は、晴れた午後の川岸の道を散歩していた。彼は、遥か彼方のデパートの屋上で、メリーゴーランドがゆっくり回転するのを、目を細めて眺め、妻は、川の流れを見ながら、童謡を口ずさんでいた。

「私ねえ」

　と、妻が云った。

「まだ、こんなに小さかったころ」

　と、手で地面からの高さを示して見せ、

「赤ちゃんが神さまみたいな人の手で連れて来られるのだと聞かされても、本当に出来なかったわ。皆が寝静まった夜、家の門の前とか、草原とか、猫の子がいるのと同じようなところへ、こっそり置かれていくのだとばかり考えていたの。その赤ちゃん、誰が運んで来ると思って？」

「鳥だろう」

「違うの、死んだ人よ」

「え?!」

と、彼は、妻を見つめた。

「厭なこと云うんじゃないよ」

「だって、私、そう思ったんだもの。どこかで人が死ぬでしょ。それと同じ時間に、別のところで、一人の赤ちゃんが生まれるのよ。赤ちゃんが生まれるのは、どこかで人が死んだ証拠よ」

妻は、首をすくめて笑った。

「じゃあ、お前が死んだら?」

「ずっと美しい女の子が生まれるわ、きっと」

「僕はその女の子に恋をする」

「可愛い奥さんになるわ」

「おじさん」

彼は、自分を呼んで、じっとこちらを見つめて、まばたきさえしない少女に見入った。

「君もドームの下で生まれたの?」

「ううん」

少女は強く否定して、

「わたし、川のほとりよ。ここにいるお友達、大抵そうよ、皆、同い年なの」

「君も?」

彼は、隣の少女へ問いかけた。

「そうよ。でも、わたし、土手の上の道よ」

「おじさん、ボクはねえ」

と、割り込んで来た男の子は、しきりに顔を痙攣させて、

「I橋の上だよ、電車の下」

子供たちがゲラゲラ笑いだした。彼らは、その男の子が、焼けた電車の下で生まれたから〝チンチン〟をぶら下げているのだと、笑いこけながら説明した。彼は、苦笑した。

「でもねえ、おじさん」

最初の少女が、彼の手をとった。

「わたしたち、ちっとも寂しくなんかないのよ。こんなに多勢いるんですもの。さあ、おじさんも一緒に歌って頂戴ね」

誰かが拍子をとり、子供たちは、一斉に歌い出した。古い童謡であった。彼も、また、子たちの仕種《しぐさ》を真似て、調子の狂った声を出し、片足をポンと上げる踊りを踊った。

低い唸りが聞こえたように思い、彼は、踊りを止め、川岸の方へ歩いた。唸りは、I橋のあたりから、川縁に沿って、次第に近づいてきた。彼は、首を突き出して、声の方を凝視した。死者たちは、今、I橋の上から、川を目掛けて飛び込むと、てんでに喚きちらして、四方へ散り始めた。その時、両岸のあちこちから、これに和する声が重なり合って響くと、川縁一帯に無数の水

柱が立った。それらは、左右から近づき、激しくぶっつかり合って爆発音を立てた。死者たちが発し続けている唸りは、突然、響きに変り、遂にひとつの轟《とどろ》きになり、それが頂点に達した時、ドームの上に閃光がひらめき、川面を鋭く照らし出した。死者たちは、互に摑み合い、抱き合って岸へ辿りつくと、素早く這い上った。

「ウオー」

と、死者たちは吼え、たちまち、幾つも列を作って公園の中へ走り込んだ。輪を作り、歌いながら踊っていた子供たちは、悲鳴を上げて逃げまどった。その情景をぼんやり眺めていた彼は、思い出して、死者の列の後から進み始めた。

「おじさん！」

彼は立ち止まり、芝生の上を見た。

「助けて」

彼は、倒れている少女を抱き上げ、血まみれになった顔を拭いてやった。

「どうしたんだ？」

「わたし、殺される」

少女は彼の首にしがみついて、身を震わせた。これは、一体、どうしたことかと、彼は、歩き出した。

「おじさん」

と、少女が頬をすり寄せてきた。

「わたしたち、バラバラになってしまって、二度と会えやしないわ。みんな、生まれたところへ帰って行ったのよ。みんな、子供ではなくなって、街の方へ走って行ったわ。わたしは駄目、わたしは街へ帰るのが厭なの。でも、多分、どこかで、わたしの代りに、赤ちゃんが一人生まれるわ」

「え?!」

驚いた彼は、少女をかかえていた手を離した。少女は砂利道の上に落ちた。硝子の割れる音がして、少女の体が粉々になって飛び散った。流れ出た白い血が、すぐに、砂利の間へ吸い込まれた。彼は、また、ふと、孤独を覚えた。いつか、ひとり、この世界から取り残される時が来るに違いなかった。それが今であってもいいと、彼は思った。この市の、南の方が僅かに明るく、地上には、新しい日が訪れ始めていた。彼は、砂利を踏んで歩き出した。公園を出ると、彼は、I橋の小橋の手すりから身を乗り出すようにして、流れを見下した。明けそめた空が静かに流れていて、それは、河口あたりまで下って行くはずであった。流れのどこからか、彼は、ゆるやかな唸りが重なって響いてくるのを聞いた。それは、不意に、叫びにもなったが、自ら動き始めたふうではなく、微かな風に身を任せて、川面を漂っているようであった。

彼は、歩き始め、I橋の大橋へ入ると、交差点の方へ向った。この市が目覚めた時の、快い音が聞こえてきた。それは、多分、南から北へ移動を始めたように思われた。あるいは、今時分、死者たちの列は、遥か南の町々を行進し、この市の一部を驚きに捲《ま》き込んでいるかもしれなかった。生きている人々は目覚め、今日が、いつもと違った、まったく別の日であることに気がつくだろう。その時こそ、死者たちは、われを争って、人々の肩に飛びつき、腕を引っ張り、腰にしがみついて、叫ぶはずであった。

「思い出してくれ、はっきり思い出してくれ。そして、われわれの流れに加わってくれ」

人々は、家を走り出、同じように飛び出した人々と腕を組み叫びながら、流れ出すに違いない。その響きが、もうすぐ聞こえてくるのではないかと思うと、なつかしさがこみ上げて来、彼は、目を瞠って進んだ。その時になって、彼も、この市を深く愛していたことに気がついた。人影はなく、朝のきざしが、電車道にやわらかく反射した。彼は、胸をそらし、南の方を見つめる恰好で、足早に歩いた。

ヒロシマは、新しい日を生き始めた。

靴

雨は降りしきった。西の空には時ならぬ夕闇がただよい、天と地を結びつけるような稲妻が垂直に走った。地上が照らし出され雨足が気味悪く浮き上るとき、広い倉庫の内部は隅々まで甦り、コンクリート床の上を動いていた人影が横倒しに押しつけられたような錯覚を印したすぐその後で、轟音が一気になだれ込み、倉庫ははげしく揺れた。雨はさらに音を立てて降った。

稲妻が屋内を照らし出すごく僅かな時間に、ぼくは、積み重ねられた牛皮の上で甲高く喚いている片耳の男を盗み見ながら、握っていたスコップを塩の山へ突きさして置いて雷鳴を待った。感電を恐れてのことであったが、実際は遅かったのだ。隻眼を開いて戸口の方を見た。その一角は妙に歪み、歪みをますように風をはらんだ雨が吹き込んだ。そして、雨足が急激に退いてゆく僅かな隙を縫って、響きとも怒りともつかぬものがにわかに膨張しながらあたりを掻き廻すのが解った。雷鳴を待つあいだ、ぼくはとめどない思考を働かせることができた。生きてきたことの不思議について、それもぼくを地上から奪おうとかかった二、三にはとどまらぬ事件が、どれも鮮かな印象を伴って甦り、まったく脈絡のない流れがひとつのエピソードを作って、それがあやしく浮き上って迫った。それは音を立てて入口から入りこみ、すぐに内部を揺り動かすと、また脈絡もなく消えた。離していたスコップを握り直すと、ぼくはそれに体を託して怖れに耐えた。

「塩!」

片耳の男がこちらを向いて呶鳴った。一盛りの塩をすくい上げると力一杯飛ばした。暗がりを白い塊りが低く飛んで、いま拡げられた牛皮の上に散った。皮の上に立った片耳の男がまた叫んだ。待ち構えていた男たちが駈け寄って新しい牛皮を拡げる。ぼくは把手から手を離して雷鳴を待つ。

雨は怒りを増し、稲妻はそれをからかうようにせり合った。

そのとき、慣れきった響音の間へくいこむように別のざわめきが聞こえた。最初は竹叢が風に鳴るように、やがて皮膚のすれ合いのように、次には激しい息遣いの交わりに変ったと思うと牛の悲鳴の重なりとなった。

さらに新しい稲妻が光った。

それとほとんど同時に、ぼくは悲鳴の重なりよりもっと近いところから響く調子の違った足音をはっきり聞いた。

靴音は硝煙の向うからやって来、四列縦隊で歩調を取って近づくのが解った。それがなんとも子供らしい軽量感に満ちていると直観したとき、薄くなった煙の中から先頭をやって来た顔が覗きにっこり笑った。行進の前をすぐに新しい硝煙が蔽い、笑顔は消え、また靴音だけになった。

「先生」

と若々しい声が呼んだ。いま顔が搔き消えた煙の向うからであった。声は二度三度呼びかけておいて次第に低くなり、遠ざかるようであった。自分の耳を半ば疑いながら煙の中へ入った。煙は渦巻いていて、足先から絡むように捲き上って来、ひどく冷たかった。ぼくは首をすくめ、歯ぐきを震わせながら先程の声を追った。

「先生」

新しい声が背後で呼んだ。あわてて振り向き踵を返した。

「先生」

横からであった。腰をかがめ、煙をすかして周囲を見廻した。声はそんなぼくをからかうように、右から左から楽しそうに呼んでおいてはふわふわと後ずさった。

「先生」

今度ははっきりと聞いた。一間とは離れていないところからであった。

「ボクデスヨ」

その声を見失ってはならないという風に、のめるように突き出した日の前に古びた軍靴が転がっていた。

「誰だ？」

靴に向って訊いた。

「ボクデス」

庭の方から声があった。

「なんだって！」

手を伸ばしてその靴を摑もうとして、ぼくはなにか巨大な力に押しのけられて倒れた。頭上を閃光が走った。

牛たちのあしが頭上で激しく地を蹴った。蹴った前肢で空を抱きこむようにして立つと長い尾を引く悲鳴をあげ、ふたたび地を叩いた。泥塊が背後へ飛んだ。その横を斑点牛の腹が眼前を過ぎ、しぼんだ乳房が息づくように揺れて消えた。稲妻が光った。ぼくは身を縮め、鼻先を泥へ摺り寄せた。すぐに地上が大きく震えた。牛たちはまた狂おしく頭上を駆け抜けながら悲鳴をあげる。微かに人の声がしたように思い、顔を起こしたが、こちらを目掛けて突進して来る気配を感じてまた伏せた。その上を一頭の大きな影が掠めた。ふたたび声を聞いて、ぼくは素早く立ち上った。荒れ狂っている牛の向うで片耳の男が手を振っていた。それに応えようとして片手を上げかけたとき、牛たちの顔が同時にこちらを向いたように思い、あわてて泥土に身を伏せた。牛たちはぼくの体を飛び越え、不思議に踏みつけずに乱れ走った。恐怖は消え、死というものは案外はかないものだと思った。それは悔いも諦めもなくやがて襲ってくるものだという気がした。全身の所在がはっきり解らなかった。そのうち、牛たちの足音も聞えなくなった。

「先生」

隣に横たわっている生徒が呼んだ。云いようのないけだるい声であった。ぼくはゆっくり頭を上げた。生徒たちは四列縦隊そのままで倒れていた。上から見ると、ぼくの率いるひと組は美しい菱形をなしていた。暫くそれに見とれ、先頭から後部へ向って歩きながら嫌な気持に襲われた。かれらのうちの誰ひとりとしてこの規則正しく出来上った菱形を崩した者はないのだ。そんな余裕もないほど、かれらの死は突然のことであった。しかも死体を蔽っているのは軍靴であり、戦闘帽であり、ゲートルであった。それらはひとつの稜線を作り、崩れることはなかった。一つ一つの屍《しかばね》に挙手の礼を続けて祈りながら、その度にぼくは、自分の靴の音が戦争のひびきを持っていることに不安を感じた。

「先生」

死体のひとつがむっくり起き上って云った。

「随分ひどい目にあわせましたね」

そしてすぐ元の位置に横たわった。

「先生」

次の屍がそれに続き、

「もう少し優しくして貰えばよかったと思います」

そしてこれもまた元の形に戻った。

「戦争だったんだぞ!」

ぼくは堪らなくなって叫んだ。それに応ずるように、生徒たちは軍靴を鳴らした。

「そうなんです、先生」

音はそう云っているように聞こえた。そのとき、軍靴だけがひょこひょことかれらの体を離れてちょっとざわついたが、美しい四列縦隊を作ると、歩調をとって硝煙の彼方へ進み始めた。また煙が濃く立ち昇った。よく見ると、目の前にあった筈の生徒たちの死体も消えていた。

「おい」

ぼくは全身が浮くような悪寒を覚えて目を開けた。片耳の男が覗きこんでいた。

「気がついたぞ」

男は後を振り向いて云った。嵐は去り、夏の太陽はぎらぎらと輝いていた。牛舎を壊して狂い出た牛たちは、いま急ごしらえの杙《くい》に鼻先をきつく縛りつけられ、後肢で地を蹴立てながら悲鳴をあげていた。

「大丈夫か?」

片耳の男が訊いた。調子をためすように頭を二、三度左右に傾けながら起き上ったぼくは、あらためて地上を見た。耳元をかすめるあたりに大きな爪の跡が深く入っていた。爪の跡は乱れ、交錯し合い、広場を掘り返していた。その泥土の上を波打つような光が這い廻った。

「大丈夫か?」

誰かが近寄って来て訊いた。ぼくは笑いながら大きく頷いてみせた。

仕事が終ると倉庫の裏手に出て見た。工場のすぐ横を流れる川は褐色に濁っていた。その日も一日中行われたらしいしるしに、処理室から通じている土管の口からは牛の血が音を立てて流れ落ちていた。血はひとつの澱みを作り、やがて深傷《ふかで》を受けた大水母《くらげ》のように水面を漂いながら、引き潮にのって色を拡げていた。

崩れかかった煉瓦塀に体をもたせて目を閉じた。あの幻覚に誘われて狂乱する牛の群の中へ躍り出てからの自分の存在が不思議であった。

突然ぼくをおびき出した生徒たちの幻影はそのときに始まったのではなかった。折にふれて、かれらの幻はぼくを突飛《とっぴ》な行為へ追いやった。それは教師であったぼくの罪を責めるように、それも生きていること自体が矛盾であるかのように、必ず死へと向かわせる方向をとった。戦争だったんだぞ、ときまってそう叫んでみるのだが、後には何か空漠とした罪悪感が暫くのあいだまといついて苦しんだ。そんなことで殺されてたまるもんか、今もぼくはそう呟きながら唾を吐いた。唾はすぐ赤い濁りの中へ没した。鳶《とび》が数羽、血の色を確かめるように舞い降りてはケンのある鳴声をあげて急上昇した。橋の上を乗合バスが通った。その彼方にこの街の空が深かった。その空の一点がきらりと光った。思わず首をすくめた。キーンという鋭い音が南方へ走った。ジェット機らしかった。川岸へ坐り直すと、夕色に変りはじめた西の空を見ながら両足をぶらつかせた。久し振りに工場の匂いが鼻をついた。

少年のころ、ぼくはこの工場の前の道を呼吸を続けては通ることが出来なかった。工場の門が見えてくると、息づまるほどの臭いが鼻をつき、胸にこみ上げてくるものがあった。それがすぐに胃の腑を掻きまぜて戻ってくるように吐き気を伴い、抑えようとして力むと涙が眼前をかすませて歩行を苦しくした。工場の手前で大きく一息吸いこんで懸命に走ったものだが、遂に走りきれずに息せきながら吐いた。そんなある日、ぼくははじめて片耳の男を見た。男は門の中から車を押して出て来たが、ふとこちらを見た顔が歪んだ。男はそのまま行き過ぎた。ぼくはほっとして、あらためて橋の上まで走った。その男と口をきくようなことがあろうとは思わなかった。まして、あれほど耐え難かった臭いの中で働くことになろうとは考えもしなかった。

あらかた引き終った潮が動きを止め、現われた洲は鳶の独占場となった。赤煉瓦の工場は燃えつきたようなくすぶりの色合いを見せて静まり返っていた。死に絶えたあとの廃墟の中のそれのような工場の煙突を見上げながら、生徒だった子らのことを考えた。生きているなら、かれらはこぞって社会へ踏み出す年であった。ぼくというちっぽけな存在など踏み越えて、若々しい力で新しい社会へ乗り入れてゆく筈であった。それが「県立中学一年二組生徒之霊」の石碑の中で、今になっても静かに抱き合って暖をとっているように思われる。幾度目かの冬を越し、碑だけが古びてきているのに、かれらはいつまでもひっそりと息を殺したままなのだ。あるいは、かれらはあの日の一瞬だけを今もなお見つめているのかも知れない。時折、かれらがたえきれずに怒りを投げつけるときに、ぼくは誘いにおどらされてふらふらと生徒たちの世界へ歩み寄ってゆくのだという気がする。かれらがぼくに求めているのは、生き残っていること自体の罪の釈明なのだ。生徒たちの霊の前に踞《しゃが》むと、ちょうどはすかいにドームの鉄骨が見られる。それがひどく気になる。かれらは一体どちらを向いて横たわっているのだろうか。まさか、様にドームの方へ目を向けているのではあるまい。

この工場の川岸からも夕景の奥の方にドームの影が見られた。その傘状の鉄骨の一つ一つには激しく揺れ動いたこの街の歴史が刻まれていくように見える。かれは全てを見ていたに違いないのだから、かれが云えばいいのだ。見てきたことをそのまま云えばいいのだ、とまじめに考えたものだ。しかし、その影もすでに彼方に没し、眼の下を上げ潮に変った流れが音をたてて拡がっていた。今日も何とか生き延びた。身震いしながら、軽い溜息をついて立ち上った。

半ば開きかけた戸口から体をねじ入れると、ぼくはいつもするように、心持ち肩をすぼめ、首を前方へ突き出す恰好で部屋の中を窺う。ただいま、と低声でつぶやき四畳半へ駆け上ると素早く電気を点《つ》ける。突然部屋の一角が光った。

「ただいま」

おびえながら靴へ向って叫ぶ。「お帰り」と返事をするように靴の輝きが消える。ほっとして作業衣を脱ぐ。血糊の着いた作業衣を脱ぎ捨てるときほど楽しいことはなかった。丸めて部屋の隅へ叩きつけると、敷きっぱなしの蒲団の上にあぐらをかいて煙草へ火をつけた。そして、その日片耳の男がはじめて連れて来た女のことを考えた。

　朝、処理室から牛皮を積んで来た一番車の後について片耳の男と一緒にやって来た女を見て驚いた。戸惑ったぼくは一盛りの塩をすくい上げて投げた。白い塊りが床の上へ散った。鮮かな色合いを印した顔が幻ならば、そこらあたりの壁に深く彫りつけられることを願った。それが現実ならば一閃の火花を残して砕け散ればいいとも思った。振り向いた眼前に女のきつい視線があった。

「今日から働くことになったのでよろしく願いますぞ」

　片耳の男が云った。女は頰被《ほおかむ》りしていた手拭いをはずして僅かに頭を下げた。薄化粧の下に頰は赤味を帯びて若々しかった。女は飛白《かすり》のモンぺをはいていた。これほど妻にそっくりの女が二人といようとは信じられなかったので、死体を確認できなかったぼくは、まだ彼女が死んではいなかったのかも知れないという気になった。しかし、気を取り直した。女はぼくを見て表情さえ変えなかった。ぼくの顔がそんなにひどく変化している訳ではなかった。隻眼とは云え、失っているのは視力だけだから、妻ならばいち早く気づく筈であった。やはり違っているのだとあきらめた。もし、妻が生きて眼の前にいるのなら、運命はあまりにも皮肉すぎたのだ。もうすぐ新しい墓石が完成しようというときに、妻はその美しい夢をぶち壊すばかりか、あれほどおびえつづけてきた片耳の男の女となって現われたことになる。それではぼくがひどくみじめな気持に突き落されて耐えられなくなる。

女は、片耳の男の後に従って処理室の方へ姿を消したままやっては来なかった。

われに返った。誰かが呼んだようであった。

「あなたったら」

九文半の黒のハイヒール。毎夜のように磨き上げて黒光りするようになった靴の、高い踵がぴょんと飛び上って、すぐに横へ倒れた。そして、今度は忙しくこちらへ転がり始めた。ギュッギュッと快い音がした。摺り減っていない踵の革の積み重ねを示す筋が軟かいふくらみを帯びて、スポンジ状の光源のように、強く弱く揺れながら光った。軽快なテンポでぼくの膝元まで転がって来たハイヒールは、くるりと一回転して止まると、急に小さくなった。輝いていた光も消えた。

妻は、地上では好みの靴をはいたことがなかった。女学生風のいろどりの少い赤靴も、背の低い彼女のひけ目を償うことはできなかった。女らしいささやかな期待さえも許されぬ時代に生きた妻は、訪問着をモンペにつくり変えたりした。そのように自分の美を殺して時代に溶けこむことに慣れていた彼女にも、ひそかに願っていたことがあった。それは、美しい顔の女の子を生もうということであった。それもかなわず、彼女は土の中へ帰って行ったのだ。せめてもの気慰みに買い求めて毎夜眺めてきた黒いハイヒールを新しい墓へ埋めてやる積もりでいる。妻は喜んではき、歩き廻るだろう。

彼女は、はじめて足にしたハイヒールで歩き悩んだらしかった。恐る恐る手をついて立ち上って見て、急に遠くなった地面に不安を覚え、一歩を踏み出さないうちに倒れた。期待に輝いてい

た顔がさびしく歪んだ。だが、妻はぼくの方を見ると、表情をやわらげて、

「よいしょ」

と元気よく立ち上った。踵が揺れ、彼女の体はふたたび崩れた。

「あなた」

と妻は這いながらぼくの側まで来た。

「わたし、嬉しいのよ」

そういう眼から涙がにじんでいた。やがて立ち上った妻は昔のままのモンぺをはいていた。

「京子」

宙を摑もうとして激しく息づいた。気がつくと、蒲団の上に煙草の灰が散っていた。部屋の隅に揃えて並べた靴の中の、黒いハイヒールは昨夜と同じ位置に小さく縮まっていた。

「はっはっはっは」

ひとつの細い笑いが起り、続いてもっと多くの音色の笑いが始まった。

「ひっひっひっひ」

「へっへっへっへ」

それらは微妙に錯綜し、右から左へ揺れながら動いた。生徒たちの皮肉な笑いであった。

「はっはっはっは、へっへっへっへ」

「ひっひっひっひ、ハッハッハッハ」

笑いの交響曲は、しばらくの間、狭い部屋の一隅でおさえつけるような音調となって流れた。そのすぐ横で、ぼくが放り出したままの作業衣に着いている血が鮮かに光った。すくい上げた塩を拡げられた牛皮の上へ投げていると、入口のところで声がした。広い戸口の端に伏目がちに立っているのは妻であった。

「京子じゃないか」

握っていたスコップを抛《ほう》り出すと、戸口へ駆け寄った。その時、倉庫の中の暗がりの方でげらげらと笑いが起った。じっと佇《たたず》んでいた妻が少しずつ後ずさりを始めた。ぼくが足を速めるにつれて、その影は次第に薄く小さくなってゆく。それとは逆に、後からぼくを取り囲むように追ってきた笑いは大きくなった。

「先生、こっちですったら」

「いや、あちらですよ、ほら」

声はてんでにそう叫んで笑い続けた。

工場の広場の中央まで追って走ったとき、妻の姿が点ほどになり、弱々しく光って消えた。そして、すぐ目の前に、昼間片耳の男とやって来た女が立ちはだかって邪魔をした。

「君は!」

思わず身を退いた。女は笑顔を作って近づいた。

「わたくしよ」

「君は?」

「わたくしよ」

妻の声であった。

「先生、うまくやって下さいよ」

背後の声がはやしたてた。

「じゃあ、君は?……」

女は頷きもせずに含み笑いを繰返した。飛白のモンペには新しい牛の血が光っていた。女は、後手にして持っていたらしいコップを差し出すと、優しい声を出した。

「飲まない、牛の血?」

驚いて一歩さがった。

「まあ」

女はあきれたように口を大きく開けた。

「臆病ねえ」

そう云ってコップを引っ込めると、女は、今度は自分の口先へ持って行って、一気に傾けた。咽喉許が大きく波打って、コップの血が流れこんだ。

「ヒョウ、ヒョウ」

と、風のように生徒たちのからかいの声が響いた。コップの血を一気に飲み干すと、女は最初の笑顔を崩さずにこちらを見た。口のまわりは赤く染まっていた。女は頬被りしていた手拭いを取って口許を拭った。妻にそっくりの顔があやしく歪んだ。その表情は、ずっと昔、妻がぼくの唇を受けとめるときに見せたのと同じだった。

「君は……」

そう呟くように云いながら画面のそれに似た顔を摑もうと、思わず伸ばした両手を素早く振りほどいて、女は小さくかぶりをふった。

「違うのよ、勘違いよ」

そのとき、牛が最後の瞬間に出す悲鳴を背後に聞いて、ぼくはわれを失った。そこは、最早、働いている工場の中ではなく、妻とそっくりの女の姿は消え去っていた。幻覚から置き去りにされたぼくは、しばらく、たちこめる霧の中で困惑していた。

外は暁闇《ぎょうあん》であった。

「きみたちは毎日どこを見ているんだ。あのドームの赤錆びた鉄骨かい?」

「違いまあす」

「そうだよ、あんなところは見ない方がいい。この街はすっかり変ったのだから。じゃあ、空を見ているのかい?」

「見たくありません」

「そうかい、またこっぴどい目にあうというのかい。それもいいだろう。でも、最近の空はひどく美しいんだよ。じゃあ、まさかきみたちは、土の匂いばかり嗅いでいるわけでもあるまいな。あんなに暗くてじめじめしていては」

「はァい、先生。ぼくたちはいつも先生の後ばかり追っているんでェす」

「え！」

生徒たちは、そこここで、数人ずつで肩を組み、顔を寄せ合って歌っていた。その周りを、かれらの胸のあたりまで硝煙が蔽っていた。歌は古い軍歌であったり、母校の校歌であったりした。古い組織が根こそぎ失くなって、今は母校の名さえ消え去ったのも知らずに、かれらは心地よさそうに合唱を続けた。かれらはいつまでも一年二組の生徒であった。

きみたちは、時折、ふっとあのときの一年生の姿に後戻りすることがある。だが、ここ数年来は、総じてぼくと一緒にあの狭いバラックの中へ住居を移して住みついてきた。あの四畳半へ来いと呼びにやって来たときに殆どの者が賛成してくれたのに、ただ二人ほどどうしても行かないと云い張ったのがいた。一人は、ぼくがひどく叱ったことのあるのを恨みに思っていたらしく、もう一人は、ぼくの生活が苦しくなるのではないか、という理由からであった。かれは、「先生の奥さんが大へんですよ」とニヤリと笑った。ませた奴だった。結局は、我《が》を張っていた二人ともやって来ることになったのだが。発育ざかりのきみたちは、よく食いよく喋った。何よりも困ったのは衣類だった。本当に済まなかったけれど、あの日のままの身なりで我慢して貰った。白いシャツは焼け落ち、ズボンは裂けてぶら下り、きみたちの顔はそれこそ風船玉のように脹《は》れ上っていた。しかし、そのままで我慢して貰ったのだ。たったひとつ、ぼくが約束したのは靴を買ってやることであった。不思議に、まったく同じように成長していったきみたちは、生きていた時分には思いもよらなかった型の靴を見て驚いた。それを、きみたちの中の一人ずつが交替ではいた。残った連中は、あのときの軍靴のままで、ぞろぞろぼくの後へついて歩いた。ときどき、きみたちの方からぼくを誘いこもうとすることがあった。生きているぼくは苦しんだ。誘いから逃れようとすると、きみたちはこぞってぼくを罵り、嘲罵のまとにした。それでも、やがてはぼくの気持を察してくれて、新しい靴を交替ではいては出掛けて、狭いバラックで雑魚寝《ざこね》する生活を楽しんだ。まだ行方不明のままの妻が、時折ちらりと影を見せるとき、きみたちはぼくを胴上げにしてはしゃいだものだ。こうして十年近くも一緒に暮してきたのだから、きみたちも少しはぼくの立場を理解してくれたろう。片眼になって生き残ったことを一番先に冷やかしたのは誰だったか。いや、いいのだよ。ぼくは決してそんなことを根に持ったりはしない。そろそろ心配になってきたことについて、今日はゆっくり相談してみようと思っていたのだが、きみたちの様子を全身に感じ取って見ると、また今度の機会にゆずった方が良さそうだ。

墓石の奥の方から生徒たちの不服そうな声が聞えてきそうな気がする。目を上げると、彼方にドームの丸屋根が見えた。碑の前に踞《しゃが》むと、風呂敷包みをひろげ、買ったばかりの靴を取り出して置いた。エナメル革でも、上質のものであったから、掘り返された焼土の上ではひどく不釣合いな飾り物に見えた。一枚革の表の、紐穴の部分だけ純白に造られている靴は十文七分であった。先端を砂地にのめりこませようとしながら、伝わってくるもの軟い抵抗を覚えると、ぼくは濡れ始めた胸のうちへ意識を閉じこめて、ひと昔前の青春の古傷がうずくのを感じた。ぼくが引きつれていた生徒たちは、生きるはずだった彼らの未来に魂を揺さぶり乱すものがあろうなどとは思いもしなかったろう。冷酷にもぼくをおびき寄せようとするのはその無慈悲さのためかも知れない。もし、彼らがひとかけらの青春の息吹きに触れていたならば、あるいは、死んだことをもっと切実に悔いたろう。そして、ぼくのような隻眼の男をそれほど強引に誘うようなことはしなかったろう。

すれ違いざまの目交《めま》ぜには、ほたの燃える焔のような色があった。青い眸の、澄んで涼しい目許に愛らしさが深く刻みこまれ、ぼくを狂おしい夜へ追いやった少女は、あるとき、苦もなげに微笑を見せた。その一瞬の心のうずきを知らされたときだけ生の歓びを感じていたぼくは、その少女のなかへ溶けこみたいと願いながら、日毎に絶望を繰返した、それだけのぼくの青春であった。妻が顔を赤らめて受胎を告げたときに青春は終った。そのとき、妻の体から彼女の短い青春が消え去ったように、ぼくの内部からも、煙のようにゆらめき去ったものがあるに違いない。深い傷口は閉じられた筈であった。

隻眼を瞠ると、声をたてて碑名を読んだ。彼らはこんな所で死ぬ筈はなかったような気がする。戦争はあったのだけれど、何処か遠い砂漠の外れの街でではなかったのか。しかし、あの澄んだ流れが下っている川岸のすぐ側に痛ましく残されたドームはどうしたのだ。石碑に顔を摺りつけるようにして窺うと、新築された家屋の屋根すれすれに鉄骨の頂きが見えた。

ひと握りのあか土を掬い上げてみた。硬さも湿り気もない瓦礫の崩れのような感触であった。掌を拡げると、土はさらさらと流れ落ちて小さな盛り上りを作った。再び掬い上げると、新しい靴の中へ落した。土は音もなく靴底を埋め、盛り上りはすぐに形を崩した。

「さあ、皆も早くやって来ないと駄目だぞ。ジャンケンをして、勝った者から喧嘩をしないように、この靴を順番にはくんだぞ」

子供の頃から好きだった夕映えがきざし始めていた。ぼくは西へ向って、顔を上げて歩いた。

橋の上から見ると、畜産牛処理工場は住み主のいない外国の旧邸の廃墟にみえた。同じような外形の煉瓦造りの美邸が山かげに沿って沈むようにひそんでいる異国の絵をどこかで見かけたことがあった。凄惨で哀調を帯びた物語が語り伝えられてきた。王子と王女の悲恋もそのひとつであった。そんな夢物語も、この工場から牛の悲しい鳴き声のひとつでも聞えてくると、泡のように飛び散った。そこは、決して王女が悲しみに泣きくれているような場所ではなかった。そこでは、何よりも先ず斧を振り下すというのっぴきならぬ仕事から始められた。

ぼくは、その中で、死の音を聞き、死のしるしを見た。死の前触れが列を作って門をくぐる姿を見た。その工場の全景が、今、冷たい月の光を受けて浮き上って見える。中央部から、一本の煙突が夜空に向ってほっそりと伸びていた。

朝、異様な光景を見た。

一群れの牛が工場の横の橋の中ほどまで来ると、先頭の牛が前肢を踏ん張って止まった。後を歩いていた男があわてて駆けて来ると、握っていた木枝で一打を加えた。牛は一打を振り払うように、泥まみれになって固まった尾を円形に廻した。男は顔を赤らめ、激しく罵りながら再び木枝を振り上げた。新しい一打が腹部に当った。黒い腹部がびくっと反応した。牛は前肢をのけぞらすように踏み出しながら、のろいまたたきをした。赤く濁った眼の有様は、隙があれば逃げ出そうとするずるさにも見えたが、また、本能的ににおってくる死の香りに酔っているようでもあった。先頭が進み始め、続く牛たちはぞろぞろと動いた。

橋を渡りきったころ、先頭がまた止まった。そして、今度は鼻を空に向けて、吠えるように鳴いた。列は止まり、ひどく乱れた。牛たちはてんでに勝手な方向へ進もうとしながら鳴く。その時、二、三頭後にいた痩せ牛が猛々しく進み出ると、先頭の牛の尻についた。男が喚きながら駆け寄って来たときにはすでに、大地を抱きかかえた形で後部を低くした牝の背に前肢をかけて飛び乗っていた。やがて、牡は下腹部を相手にすりつけながら、一声、空を切るように叫んだ。

牝牛が全身で耐えているのが解った。低く喘ぐような息遣いで鳴いた。全く非情な顔つきの男が折り重なった二つを分けようとして振り上げるムチを、牡はその度に後肢を蹴上げるようにして脅し、平然として巨体を揺すった。

どぎつい茜色をして突如ぼくたちを襲ったのは途方もなく大きなムチであった。音を立てて崩れかかって来た家屋のかげに這いつくばったまま、立ち上る砂塵の中に、微かにふくらみの分る妻の腹が閃いて消えたのもその時であった。美しく可愛い女の子であってほしいと願ったものは形とはならなかったのであろうか。

力つきたように地上へ下りた牡牛の全身は黒く光っていた。烈しい衝動のもたらした発汗が黒い皮膚をやさしく包み、ムチのうずきのあとを洗い流したようでもあった。牝牛は満足したような一歩を踏み出した。牛たちはまた列を作り、坂を下って、処理工場の門へ近づいて行った。男は列を前後へ走りながら吸鳴り散らしていた。

きつい臭いが鼻をついて、片耳の男の幻影が目の前を走った。

血のしたたっている牛皮を下すと、女は、ぼくの視線を避けるように、空車の後部へ手をかけて顔をうつ向け、前を行く男を待っていた。まだ新しい飛白のモンペには赤い色が光っていた。女は、じっとその汚れを見つめているようでもあった。鉢巻をしめた男が車の前にまわり、

「こらしょ」

と掛け声をかけた。荷車が動き出した。女は、やって来たときと同じように、背を丸め足を踏みしめるようにして後を押した。

ひとつの物語が浮かんだ。

意識を取り戻した女は、刺すような痛みに思わず体をくねらせて夫の名を呼んだ。部屋は暗く、白い天井はばかに高かった。明りをつけて、と云いかけて、彼女は耳を澄ました。何かが聞えるようである。それまで気がつかなかったが、微かに人のうごめく気配がする。それも一人や二人ではない。不気味な呻吟声が最後に耳たぶを揺すった。

「電気……」

女は呟きながら顔を上げた。一体、どこなのだろう。そしてここまで来た道のことを思い出した。死人を踏みつけ、救いの声を拒んで辿り着いたこの場所は地獄だったのだと思った。これほどはっきりした感覚で地獄というものを感じようとは想像していなかったので、女は、自分を取り巻いている闇と呻吟に果していつまでも耐えられるものだろうかと考える余裕ができると、恐る恐る体を起し、あたりを窺いながら立ち上って歩き出した。

冷えびえとした白い建物の外へ出ると、そこでも死人の体臭が強く鼻をついた。空にはきらめくばかりの星があった。こんな極悪の世界にも星が輝くのかと、女は不思議に思った。かつて生きているときに何か善行をしたことがあったのだろうか。それは少女の頃、もっと心の美しかったある日のことかも知れない、と女は思った。これほど耐え難い苦しみを背負わされたなかで、憧れに似た澄み切った空を与えられるのは、昔の小さな善が神に通じていたのだという気がした。女は、目的もなく歩きながら、新しい世界の星を仰いで傷の痛みを忘れた。すべてのことを忘れた。そして、次の日に、女は、この世界にも太陽が昇ることを知った。

それから幾年か、女は、最早かつて生きたことのある息苦しい世界のことを思い出すことはなかった。その代りに、女は感情を失った。その冷やかな顔には二度と笑いが浮かばないように、ひどく固い表情の硬ばりが出来た。

顔を上げて耳を澄ました。重苦しい荷車の音が近づいてきた。妻とそっくりの女の気配がまた身近に迫って来たのだと思うと堪らなかった。一盛りの塩を掬い上げると、力任せに投げ上げた。

「よいしょ」

前を引いて来た男が威勢のよい声で車を止めた。

「来たぞ」

倉庫の中から素早く二、三人が駆け出した。続いて走り出しながら、ぼくは女へ目を移して様子を窺った。女は車の横に立ち、顔を歪めて着物の袖で汗を拭き、ちょっと上方を見て小さな溜息をついた、はいている男物の地下足袋が不似合いな大きさで地面に吸いついていた。女の視線が不意にこちらを向いた。ぼくはあわてて目をそらし、牛皮の方へ近づいて行った。まだ流れている血が作業衣にこぼれかかり、はじめは真紅に、やがて黒く色あせて縫い日へ浸み込んだ。重い生皮を動かしながら、神経を背後に集中させた。車から少し離れたところで、女は男たちの仕事振りを眺めていた。女は時々両足を交叉させて足先で地面を掃いた。牛皮を担ぎ上げたぼくは、腕の隙間から女を覗いた。皮の毛の手触りはまだ冷えきってはおらず、重みに圧されてよろめき歩きながら、軽い衝動を覚えた。今担いでいるのは牛皮ではなく、あの女の体なのだと。その体はこんな温みしかないだろうという気がした。

空になった車の周囲の地面は赤く染まっていた。車を引く男は鼻歌を歌いながら赤い地面を踏みにじっていた。女は、交錯させた足先を元へ戻し、肩で大きな息をし、着物の袖で汗を拭うと、また地上へ眼を落して何かを見つめていた。

再び視線が合ったとき、ぼくは隻眼を瞠るようにして女を見た。女は戸惑って体を縮めてこちらを見返したが、すぐに顔をそらし、体の向きを変えて、処理室の方へ向いた。その肩が震えているように思われた。

「何杯目かね」

ぼくは首をすくめて声の方を見た。処理室からやって来ていた片耳の男がぼくへ鋭い眼差しを投げかけておいて、車の男へ問いかけて、後向きになった女の方へゆっくり歩いた。

「暑くてやりきれないねえ」

車の男は手拭いを首に結びつけると、また掛け声を出して柄を持ち上げた。

「後三杯も運べばいいだろう」

車の男は動き出しながら片耳の男へ云った。

「そんなもんだろう」

片耳の男が答えた。ぼくは素早く倉庫の中へ走り込んだ。片耳の男と女が並んで歩き出したのが見えた。

空車の音が遠くなっていくにつれて、ぼくは塩の山へ突きさしたスコップの柄を見ながら、摑みどころのない怖れを感じた。片耳の男の存在であった。

「よく決心しなさったね」

片耳の男は口を歪めて云った。

「眼をどうしなさった、右の眼を、戦争ですかい？」

そう云うと、彼は口へくわえていたマッチ棒をはき捨てて、

「チェッ！　まともな野郎が来ねえじゃねえか」

と肩を怒らして振った。そのとき、満足な方の耳がぴくりと動いたように見えた。この工場へ通い始めた日から、ぼくは、片耳の男を牛への嫌悪感と切り離して考えることが出来なくなった。

片耳の男は笑いともつかぬ表情を作って云ったのだ。

「そのツラなら畜生もおとなしくなるぞ」

片耳の男の代りに牛皮の上に立ちはだかった男が怒鳴った。ぼくは盛り上った塩を放り投げた。

荷車のきしむような音が聞えた。

女は次第に記憶を取り戻して来て、妻であったことを思い出したかも知れない。車の後を押しながら、わだちの跡を牛の爪の揺れの乱れが無造作に行き交っている地面を見つめているうちに、此処は地獄の一角ではなく、自分が生まれた地上であることをはっきり知ったかもしれない。そのとき、彼女は驚きの顔を上げて空を見つめたであろう。それよりも早く、隻眼の男の視線が頭

をかき乱し、女ははじめて頰笑んだに違いない。

「生きていたのだわ」

女は、ぼくに最初の頰笑を浮かべて近づいて来る。

「あなただったのね」

ぼくは無駄になった墓石のことを話してやろう。妻は声をたてて笑うだろう。

車の音が止んだ。

溢れてくる喜びを感じながら塩の山へスコップを突きさしておいて入口へ歩いた。

「よおう」

車の男が呼んだ。笑顔を作り、ひょいと首を外へ出して荷車の後部を見た。

「終りだ」

片耳の男がこちらを見て顔をしかめた。

「アッ！」

と、ぼくは笑顔を崩しながら、血の気がひくのを覚えた。

「終りだとよ」

男たちが車のまわりへ駆け寄った。ぼくはためらいながら片耳の男の方へ近づいて行った。男は、先ほどぼくが投げかけた微笑をかんぐるように、眉をひそめた後で、

「じゃあ頼みますぞ」

軽く手を上げると、足早に処理室の方へ帰って行った。牛はもう鳴いてはいなかった。やはり妻ではなかったのだ、とぼくは微かに溜息をついた。

ひょろひょろと門を出て橋の方へ歩きかけると女に会った。女は工場の塀の川縁のところで塀へ体を凭せるように立って、川を見下していた。その両肩は落ち、小刻みに揺れていた。女は、できるだけ身を縮めて自分の存在を隠そうとしながら、片耳の男を待っている様子であった。胸が高鳴り始め、ぼくは猫背をもっとかがめて、砂利道を見つめるようにして真っ直ぐ歩いた。まったく気がつかないという風に女の横を通り抜けようと思った。そのとき、すぐ背後に迫ってきた警笛を聞いて、あわてて横へ走った。乗合バスであった。バスはエンジンの音を高め、石油臭い煙を出しながら短い坂を上ると、急に速度を落して橋へ入った。砂埃が上った。無意識に顔を上げた砂煙の向うに女の白い顔がこちらを向いていた。ぼくと目が合うと、女はそれまでしていた暗い表情をほころばして、心持ち腰をかがめた。あわてて頭を下げて素早く通りすぎた。女は血潮の着いたモンペをはき、手拭いで頬被りをしていた。

橋の中ほどまで来て振り向いて見た。女は始めの姿勢のまま川を見下していた。その川はいつもより赤く濁っていた。

めずらしく舞いこんでいたハガキは郷里の知人からであった。頼んでおいた妻の墓石が思ったよりも美しく出来上ったという知らせであった。これで何も彼も終ったのだと考えると、急に拍子抜けがして、作業衣を脱ぎ捨てるとすぐに蒲団へもぐった。

時と方法を考えねばならなかった。場所は北の果てにきめていた。やはり雪の時期がいい。とある小駅で汽車を下りると、安オーバーの襟を立てて、小さなネオンの出ている酒場へ飛び込もう。入口で硬質の粉雪を払いながら、薄暗い色電灯を見つめよう。

「お客さん」

カウンターの女が声をかける。ぼくはわざと大仰に寒さを訴えて丸椅子に腰を下し、肘杖をして一息つこう。

「何になさいます？」

女の顔をひょっと見上げて、

「何がある？」

「ジョニイウォーカー、キングスコッチ、駄目かしら。ウォッカ？　ジン、ブランデー、それともカクテルかしら」

小さな唇がこまめに動いて近寄って来る。

「ねえ、何になさる？」

その顔が子供っぽく愛らしい。

「ブランデーにしよう」

女はさっと後を向いて棚へ手を伸ばす。その指にエンゲエジリングがはまっている、ひとつの青春が近々消える。土地の常連の一人であろうか。もっと堅気なサラリーマンか。あるいは内地にいる恋人なのか。しかし、この女はいつまでも可愛がられるだろう。幸いであることを祈ろう。

妻はぼくの申し出を断って、そんな贅沢は止しましょうと云った。彼女の指に輝いたのはよく磨かれた硝子《ガラス》のリングであった。

それでもお前はこの上なく幸福そうな顔をしてぼくを見上げた。本当の仕合わせはもっと他にあると云ったお前は、何を思っていたのだ。そして、お前はそれを見たか。ぼくは何も見なかった。

ぼくは続けて荒っぽく飲み干す。

「あなた、無茶をしたら駄目よ。見かけない方だけど、何処からおいでになったの。内地でしょう？」

と女は目を輝かせる。

「うん、今日はじめて」

「こんなに遅く何処へいらっしゃるの？」

ぼくはハッとして酔眼を開く。

「うん？」

「雪がひどくなるんだって予報よ。この降りじゃ知らない土地は危いわよ。宿屋のあるとこ知ってらっしゃるかしら？」

女は心配そうに覗き込む。

「探すさ」

酔い潰れないうちに酒場を出よう。

「こっちよ、駅の向うの通りよ」

戸口まで送ってくれた女が吹雪の中へ手を差し出して教えてくれる。

「有難う。また来るよ」

「待ってるわ」

オーバーの襟を立てて駆け出そう。四、五間走って振り向こう。女の姿はなく、古風な名の読みとれるネオンだけが冷たく照っている。ぼくは店の方の道へ引き返そう。出来るだけ足を早めて、それも道に靴の跡が大きく残らぬように注意して。こんなひどい降りなら、すぐに消してしまうだろう。

歩こう。人家の灯は避けて、道が細くなっていく方へ進もう。北の果てに連なる雄大な山々の黒い影が見えるまで行こう。そして、その中へ入って行こう。意外に明るい夜であるかもしれない。足が冷えきり、手は感触を失う。顔が痛い。足首まで埋まる靴跡がぽっかり穴をあけて残るだろうか。誰かが追って来るような気がする。声が呼ぶ。酒場の女の声のように思いハッとして振り向く。目の前は凄い雪だ。幻覚だったのかも知れない。ぼくはまた、息づまるほどの雪の中を進んでいこう。ゆっくりとぼくの歴史を思い返そう。呆気なかった束の間の喜びの二、三を思い出そう。眠くなるだろう。眠りながら歩こう。そこは最早現実ではなく、新しい世界なのだ。ぼくはこれと寸分の違いもないやり方で地上を離れよう。そうすれば、ぼくは何も悔いはしない。

「ヒョウ、ヒョウ」

また生徒たちが集まって来た。こうして思いに耽っているぼくをからかいに来たのだ。

「先生、いよいよ来るんですか?」

彼らはわざと地団駄を踏む。馬蹄形の鉄を打ちつけた軍靴が鳴る。

「先生、今日はぼくの番です」

ひとりが新しい靴を両手に差し上げて見せる。

「でも先生、本当に来るんですか?」

彼らはてんで手を上げて、ぼくの両腕にしがみつこうとする。冷気が伝わって来る。あわてて手を振り払って云った。

「行くかも知れない」

「なあんだ」

彼らは一様に失望の溜息を洩らした。

「ひどすぎるなあ。じゃあ、もう一足素晴しいのを買って欲しいな」

「とびきり上等のやつをね」

そう云いながら、彼らはぼくの周りに輪を作って手をつないだ。そしてぐるぐる廻りながら歌い出した。歌は校歌のようでもあった。軍靴の音がする。そのなかでところどころきらっと光るのは短靴らしい。ぼくが買ってやった短靴をはいた生徒は誰よりも高く足を振り上げた。

「先生おいで、はやくおいで」

彼らの合唱はそう変った。ぼくは輪の真ン中へ蹲ると、両掌で顔を蔽った。

誰かが肩を叩いた。耳許でかぼそい声が呼ぶ。ゆっくりと体を起こした。

「お水よ」

振り返ると妻であった。コップを受け取ると、急いで口先へ持っていこうとして驚いた。真っ赤に濁っていた。

「お水よ。川の水。元気になるんですって」

妻の顔を見上げた。

「赤いよ！」

叫ぶとコップを地へ叩きつけた。

「じゃあ、わたしはあの隅で見ていますからね」

妻は部屋の隅へ行って立った。黒いハイヒールをはいている。

生徒たちの合唱は続いた。

「先生おいで、早くおいで」

そして、一際高く叫んだ声が、

「早く夫婦になあれ」

と節をつけて云った。生徒たちはどっと笑った。

「ヒョウ、ヒョウ」

やがて靴音が乱れ始めた。彼らは退散してゆくらしい。ひやかしの声が次第に遠くなった。

「ひょうひょう」

強い風がこのバラックを揺すっていた。

夜半、子守歌を聞いた。弱まった風がまだコトコトと板壁を打つ音に混って、よくとおる女の声が歌う外国の子守歌が土手の方から風に乗って聞えてきた。ぼくは蒲団の中で体を縮めて耳を澄ました。歌声の主は枯草の上を歩きながら海へ向って歌っているようで声は次第に遠ざかり、やがて掻き消えた。だが、またすぐにゆっくりと戻ってきて、はっきり聞きとれた。寝つきの悪い子を背負っているらしい女のほつれ毛が風に揺れているだろうと思った。

頭を起して部屋の隅を見た。一列に並べられた靴が小さく揺れていた。光りこそせず、音もなかったが、子守歌のリズムに合わせて、楽しそうに揺れていた。

さあ、ぼくも靴の中でぐっすり眠れる日がやってくるぞ。

朝、工場の入口のところで、ぼくは、横合いから出て来た片耳の男と危うく突き当りそうになってギョッとした。すぐ後から、表情のない女の顔がうつ向いて歩いて来たが、面を上げてこちらを見ると、軽い会釈をしようとしてちょっと立ち止まった。その眼は何かを云おうとしているように見え、唇が震えるように動くのが解った。すぐ後で、女は突然微かに頬笑んだ。ぼくは驚いた。この女のこんな表情のかけらでもそれまで見たことがなかったので、ぼくは橋のところでのときと同じように僅かに頭を下げると、地上を探すように視線を落して過ぎた。

「早く来い」

片耳の男が振り向いて、ぼくを一瞥した。ぼくは男へ向ってもっと深く頭を下げた。

「やあ」

そう云うとすぐに、男は、開いた口を女の方へ向けて、

「早く」

と手で合図した。女は小走りに男へ追いついて、処理室へ姿を消した。

工場の煙突からは久しぶりに煙が出ていた。この煉瓦塀の中はこれでも生きて動いているのだ、という風に、煙は暫くのあいだ真ッ直ぐに立ち昇ったあとで、東の方へたなびいていた。

処理室からは、一定の時間を置いて、あたりを圧し潰すような牛の悲鳴が流れた。牛皮を積んだ荷車が処理室と処理工場のあいだをあわただしく往復した。荷車から投げ下ろされた黒い牛皮は血に染まり、まだ湯気が昇っていた。車が通った地面には、わだちの跡に沿って血の滴で出来た筋がいく筋もついていた。新しくやって来た牛たちは、仲間の変り果てた姿には目もくれず、のんびりした鳴き声を出しながら、赤煉瓦の門を入って行った。

車の後部を押して来たのはあの女であった。女はいつものように目を落し、足を踏みしめるよ

うにして押した。車が揺れ、牛皮から飛び散る血が首筋へかかった。女は、それでもかすかに首をすぼめるだけで、顔を上げようとはしなかった。倉庫の入口のところで車を待ちながら、ぼくは女の様子を注意した。あの女には空がないのかも知れないと思った。

事件は午後になって起った。

県からの視察官を乗せた乗用車が工場事務所へ向うために後退していたとき、処理室から牛皮を積んで出て来た荷車が姿を現わし、乗用車が荷車の横ッ腹へ突き当った。荷車は横転し、牛皮の束が重々しい音を立てて崩れ落ちた。ほんの一瞬のあいだのことであった。車を引いていた男は宙を一回転して倒れ、顔面を強打して気を失った。後を押して来た女の姿がなかった。あわてた男たちが大声で呶鳴り合いながら、崩れ落ちた牛皮の山を取り除きにかかった。女がその下敷きになった、と云うのだ。

「横ッ飛びに倒れた。見たぞ」

男の一人は青ざめた顔を振り廻して云った。あの女は死にはしない、と強く自分に云いきかせながら、ぼくは黙って牛皮を取り除いていった。死ぬる筈がない。だが、驚きはどんな言葉ともならなかった。

全身が現われたとき、女の顔面は蒼白となっていた。薄化粧は落ち、白い皮膚には先刻まで脈打っていた筈の牛の黒血が濃淡をつくって塗りつけられていた。ぼくは自分を失って女に駆け寄り、胸をはだけ、両腕を伸ばしてやりながら手首を握った。ほっそりとやわらかい手ざわりの底の方で、弱い脈膊が間遠に打っていた。それは、彼女の心臓を出た血が辛うじて全身を廻ろうとする時の音であった。胸のふくらみへ耳をくっつけた。押し返すほどに打ってくる筈の音は疲れきって、動きを止めるのではないかと思うほど小さかった。女の体はどんなわずかな反応も示さなかった。

「水！」

怒ったようにあたりに向って叫ぶと、ぼくは両腕で女をかかえ上げて立った。女の体についていた牛の血糊がぼくの作業衣を濡らした。女を抱き上げたままの姿勢で背筋を伸ばし、胸をそらしてひとつ深呼吸すると、色を失った小さな唇を見つめ、やがて隻眼を閉じて祈った。この女がきっと助かるように。それにかけらほどの疑いもないと信じると、ぼくは、胸で女の背を押し上げるようにして事務所の入口へよろめき歩いた。

たわむれに妻を抱き上げて部屋の中を走り廻ったことがあった。妻の体は意外に軽かった。抱かれて揺れながら、彼女は、痩せてはいても熱いほどに火照ったやわらかい腕をぼくの首にまきつけて楽しく笑った。そのとき、やはり妻の心臓が嬉しさに乱打しているのが解った。ぼくの胸は強く圧し返されて息苦しくさえなった。あのとき、ぼくは、まだよく見える両の眼を持っていたのだ。

今、抱きかかえている女の体は異常に固く、重かった。そのどこからか、静かに低く、コッコッと間遠に打つものが胸に響いた。意識をまったく失った女は骨ばった腕の中で表情を失って揺れていた。

ぼくはよろめく足を踏みしめて進んだ。

事務所の一隅に筵が敷かれ、前を引いていた男が口を開いたまま、半裸になって寝かされていた。抱いて来た女を男の隣へ横たえると、

「水！」

と大きな声を出した。

口にふくんだ水を顔面に吹きかけると、女は目許をひくひく痙攣させて応じた。顔にへばりついていた血糊が筋をなして流れた。もう一度水を口にふくむと、ぼくは、片手で女の頭を起してやりながら、唇へ近づいて行った。ふと嫌な予感がした。この女はやはりぼくの妻だったではないか。そう考えると体が熱くなった。荒々しく女を引き寄せると、唇へ吸いつくようにして口の水を流し込んだ。血の気のない唇がピリッと反応した。ぼくはもうひとつの感触をたのしもうとして更にきつく吸った。女の舌先が僅かに歯に触れた。更に吸いこみながら、ぼくは女の硬く冷たい舌を軽く嚙んだ。殆んど同時に、女の口から生あたたかい水が戻って来た。ぼくはまた激しく流しこみながら唇を圧しつけた。全身が熱くなるのを覚えながら女の皮膚を見てハッとなった。顔の傷が大きくふくれ上って映じた。それはみにくい火傷のあとの盛り上りであった。素早く唇を離して、視線を咽喉のあたりへ移した。今ぼくの注ぎこんだ水が流れ入っていくらしく、細い

咽喉許が小さな波を打った。

立ち上って振り向くと、片耳の男が立っていた。ぼくは全身で震えた。片耳の男は不気味な笑いを洩らしてこちらを見、ムッとした表情で歩み寄ってくると、ぼくを突き飛ばすように押し除けて女の傍へ行って踞んだ。

作業衣の袖で流れ出る汗を拭いながら、ぼくは牛皮堆積場へ引き返した。張りつめていた気が抜けた。体の節々が痛むような気もした。先刻の片耳の男の眼差しが前方にちらついた。それは歩行を遮りながらこちらをみて嘲笑った。その目は怒りに燃えているようでもあり、次第に濁った色を漂わせてふくれ上った。片耳の男の幻影は、やがて、甲高い悲鳴をあげると、頭上へ蔽い被さって来た。

両掌で頭を抑えると、工場の入口へ蹲った。ちょうど、眼の前に車から崩れ落ちたままの牛皮が砂まみれになって投げ出されてあり、頭部の目玉の抜けたところは大きなくぼみとなっていた。その穴から片耳の男が憎しみの眼で覗いているような気がしてぞっとした。出来るだけ早くこの工場をやめよう。ぼくにはもう、生きている何の理由もなくなったのだ。

靴の音がする。ひどく乱れて近づいて来る。軍靴の音だ。生徒たちがやって来たに違いない。聞き覚えのある歌声が響いてきた。

「先生」

前から呼びかける。

「一体、いつ来るのですか？」

後から問いかける。

「もうすぐなんでしょうね」

「ねえ、早く答えて下さいよ」

声は右から左から、問いつめるように近寄って来る。

早く行く方がいいのかも知れない。そうしよう。北の国ももうすぐ雪の季節だ。

「ぼくはきめたよ」

「え、来るのですか、本当に？」

「今度は決めたんですね」

生徒たちの輪が出来上り、彼らは肩を抱き合って円を縮めた。小さな円がぐるぐる廻る。喜びながら廻る。靴が光る。誰かが力任せに足を振り上げて見せたのだ。

「でもねえ、先生」

輪の中から背の高い生徒が進み出た。

「その時にはぼくたちはもういないかも知れませんよ」

「えッ！」

「理由があるんですよ。すぐに解ることですがね」

「先生」

別の生徒が云った。

「ぼくたちは生まれるんです」

「生まれるって?」

輪が拡がり、生徒たちはぐるぐる廻りながら歌い出した。

「ヒョウ、ヒョウ」

もう帰って行く。姿は消え、子供らしい声だけが微かに残った。


風の夜、子守歌が聞えてきたのは此のあたりであろうか。人の声ではなかったような気もする。枯れつくした雑草の残り葉が風にすれ合って出す音だったようにもみえる。処理工場の輪郭が見えた。

突然、女のことを思い出した。口うつしに注ぎこんでやった水を大胆に吸いこんだ女の顔の傷は火傷の残したケロイドであった。あのとき、ぼくは興奮し、我れを忘れて冷たい唇を吸った。そして、女は、咽喉許を僅かに波打たせてぼくを受け入れたのだ。あるいは、ぼくは燃えさしのように弱くなった女の最後の愛を奪い取ったという気がする。女の中には最早愛のかけらも残ってはいない。

片耳の男に気がついて、さっと血の気が失せたのを、彼は見逃しはしなかったという眼で見た。あの男は復讐するのではないかと思う。

これまで数え切れないほどの畜産牛を処理してきた道具を後手に隠し持ち、ひょろひょろと近づいてくる男に、牛はなつかしげに尻尾を振りながら、面を前に突き出す。その隙を見透かしたように、男が素早く処理の動作に移る。牛はあわてて瞬きした切り、再び開眼することはない。

その同じ男が、処理室から出て来て、ぼくを見つけると、口許に笑いを浮かべて、親しそうに話しかけてくる。ぼくはすぐに微笑み返す。男が後に隠し持っているのは、牛を処理するのと同じ道具で、彼がぼくの眉間を見据えた瞬間、ぼくは思わず眼を閉じる。そして二度と開眼することはないのだ。

片耳の男がぼくに抱いているのは、牛を処理する時とは違う激しい憎しみだと思う。ぼくは、あの男の手で牛と同じ運命を辿るような目に遇うことだけは避けよう。工場の横を流れる川へ舞い下りる鳶がぼくの血を吸うことの無いように。

この川の水はきれいだ。川底が見え、小魚が群をなして進んでいる。先刻から気になっていた浮遊物が引き潮に乗って近づいて来た。古びた靴の片方だった。水を吸い込んでふくれ上った靴は、よく見ると軍靴であった。

「先生」

と声がした。流れてくる軍靴の中からであった。

靴へ手をかけて顔を出したのは数人の生徒で、彼らはこちらを向いてしきりに手を振った。その中の一人が川上の方を指差した。ある間隔を置いて流れ下ってくるのは軍靴であり、その中には数足の短靴が混っていた。それぞれの靴からは四、五人ずつが顔を出して、こちらへ手を上げて叫んだ。

「先生、先生」

枯草に腰を下してぼんやり眺めていたぼくは、その声を聞くと、立ち上って水面へ駆け下りた。

「さようなら、先生」

「おーい、どこへ行くんだ?」

声を張り上げて訊いた。

「太平洋でえす」

誰かの声が一際大きく答えた。

「えッ!」

「ぼくたちは生れるんでえす」

先日、彼らが口走った謎のような言葉を思い出した。「先生が来ても、ぼくらはいないかも知れませんよ」。ぼくが買って与えた靴の中にいる生徒たちは元気よく校歌を合唱しながらさざ波に揺れていた。

やがて気がついた。彼らはもう新しい社会へ踏み出す年であったのだと。県立中学一年二組の生徒たちは、岸へ向って手を振りながら、遥か彼方の長い石橋の方へ向っていた。ぼくは捨てられ、独りになったのを強く感じた。

「わたくしよ」

あわてて振り向き、眼を凝らして見た。今、小波《さざなみ》に打ち上げられたらしい黒のハイヒールが水の跡を残しながらとんとんと枯草の方へ飛んで、疲れたように倒れた。だが、すぐに起き上って、また勢い良く転がり始めた。声が云った。

「いつまでぐずぐずしてらっしゃるの？　あなたの用は全部済んだ筈じゃありませんか」

「そうだよ、何もすることはなくなった」

と、ぼくはハイヒールへ答えた。

「いらっしゃるんでしょうね？」

「行くとも」

「美しいお墓を有難う」

「おい」

妻の名を呼びながら、黒いハイヒールを追って駈け上った。ハイヒールはぼくをからかうように土手を上下しながら転がった。枯草が揺れた。

夕映えに輝いていた水面が次第に黒く沈みこもうとしていた。その向うに処理工場の輪郭がぼんやり浮いている。古びた軍靴の片方は流れの中央へ押しやられ、一つの点となって河口へ向っていた。

翌日、仕事の終るころ、片耳の男がやって来た。

「お前さんに頼みたいことがあるんだが、聞いて貰えるかね」

男は、それだけ云うのに顔をひきつらせ、ひどく吃《ども》った。その声が好意的に見え、男はついにぼくを殺すことに決めたのではないかという気がした。顔をうつ向け、男の足許を見ながら返事を渋った。

「聞いて貰えないかね」

顔を上げて男を見た。その眼が光ったように思い、あわてて頷いた。

片耳の男は先に立つと、煉瓦塀の崩れを飛び越えて牛皮倉庫の裏手へ出た。そこは、ぼくが一度やって来て物思いに耽ったところであった。今日はやって来なかった女に対するぼくの態度を責めたてて、復讐のきっかけを作るのかも知れないと思った。あるいは、本当に殺されるかもしれないという気がした。

男は倉庫の壁に凭れるようにして蹲ると、こちらを見上げて坐るように促した。ぼくは男の手に気を配りながら、少し離れて踞み、壁に寄りすがった、片耳の男ははじめて顔をほころばす笑い方をして、

「遠慮せんでもいいがね」

と自分の方からいざり寄って来た。

水は河口の方へ退いていた。現われた洲の上には早くも鳶が舞い下りて来て、水へ觜をつけて

いた。その水底一面には赤い色が澱んでいた。

「お前さんは斧が振れるかね？」

片耳の男がぽつんと云った。

「斧？」

ぼくはぎくりとして男を見た。

「処理出来るかね？」

男は小石を摑むと、流れを目掛けて投げた。水を切る音がして、石は水中を転がった。男は体を乗り出すようにしてそれを見定めるとこちらを向いた。

「処理出来るかね、牛を？」

彼を斧を振り上げる仕種を作って笑いを浮かべた。ぼくは目を落して、先ほど彼が投げた石の行方を探した。

「頼みたいのはそのことなんだがね」

男はちょっと坐り直した。

「きのうお前さんが助けてくれた女が熱を出した」

片耳の男はそこで言葉を切って、新しい小石を拾った。ぼくは全身を硬直させた。

「大事な女なんだ」

そう云って彼は、照れたような眼差しを向けて、やがて力任せに石を放り上げた。空に弧を描いた石は、流れを越えて洲の上に落ちた。鳶が一羽、驚いて羽ばたいた。

「おれ、休まねばならん」

男は腕を組んで空を見上げた。

「そんなに悪いんですか？」

ぼくは男の顔を覗き込んだ。

「うん、駄目かも知れん」

「駄目？」

それには答えず、何かをまさぐるような眼をこちらへ向けて、

「空襲のとき娘を助け出してくれた女だ。口がきけないんだ」

片耳の男は、また拾い上げた小石を掌でもてあそびながら、ぼんやりと川の流れを見た。あの女が喋れなかったのかとぼくは驚いた。それよりも、このみにくい容貌をもち、手荒い働きぶりの男の胸の中になおのこと一驚した。この男の中に澄みきった愛の片鱗でもひそんでいようとは思ってもみなかった。男への恐怖心が今ぱっと砕け、何か熱いものの塊りが飛ぶように川面へ散っていった。ぼくは、自分から男の方へ体をすり寄せた。

「駄目なんですか？」

「打ちどころが悪かった」

彼は三度小石を流れに投げつけた。

「おれ、休まねばならん。それで、お前さんに処理の方を頼もうと思って」

とちらとこちらを見て、

「駄目ならいい、誰にも頼めることじゃないから。ただ、お前さんならやってくれそうな気がしたもんでな」

そのとき、ぼくの中に何か黒々としたものが湧き上ってきたのを覚えた。それは抑えようもなく全身を駈けめぐって体を熱した。この男はあの女の生命を救うかもしれないという気がした。苦しみを訴える術《すべ》さえ奪われた、妻に生き写しの女が痛みに表情を歪める力もなく胸で喘いでいる姿が眼の前にちらついた。この男しかあの女を救えないのだ、とぼくは決めた。勢いよく立ち上ると、片耳の男を見下した。

「やりましょう」

男は驚いて立ち上った。

「やってくれるかね?」

「やってみます」

「大事な女なんだ」

男の濁った眼に涙が光った。

「死なれては困るのだ」

男はぼくの視線をまぶしそうに避けて流れの方を見た。その彼方の空にこの街の夕映えが赤かった。

夜の街へ出ると靴を買った。鰐革の特製品であった。これからのぼくのただひとつの生きたしるしとして、そしてまた、生徒を相会う時の誇りとして、居心地のよい住居として申し分のないものに思われた。何よりも、ぼくは教師であったのだ。いつ、どこで、生徒だった子の誰と会っても恥しい思いをしたくはない。いや、彼らに負けたくはないのだ。

店を出ると、ぼくは、もう一度靴の存在を確かめようとして箱を振ってみた。快い手応えがあり、箱は軽い音をたてて鳴った。

ドームのあたりと思われる上空に花火が続いて打ち上げられた。ぼくは思い出した。今日は丁度十年目に当る日なのだと。今までのぼくは、そんなことはすっかり忘れていた。傘状の花となって上空で開いた姿がぱっと消えた。

久しぶりに明るい通りへ出て人波に入ると、隻眼を突き出し、猫背をそらして進んだ。人の群は夏の香と色をつけた浴衣姿も混えて、ぼくとは反対の方向へ流れていた。ああ、今夜はドームの側の川に船を浮かべてあの時の思い出を吹き飛ばす行事があるのだ、と気がついた。しかし、本当に吹き飛んでしまうだろうか。そんな不安も人々の笑顔を見ていると消えてしまった。

出来るだけ胸を張って歩いた。かつてぼくを拒否したように冷淡だった街は、今、驚きの表情で迎え入れてくれるように見えた。人々はちらっとこちらを見て過ぎた。ぼくは隻眼を示すように、余計顔を突き出した。

横合いからきたきつい光が視力を遮り、ぼくは片目を閉じて立ち止まった。乗用車のヘッドライトであった。車はクラクションを鳴らし続けて人波を横切ると、左に曲って大通りへ出た。目を開いて車の後部の窓を見て立ちすくんだ。素早くぼくを見つけたらしい片耳の男が窓の硝子へ顔を摺りつけるようにして、手を小さく振っていた。硬ばった表情を街の明りが消した。ぼくは上げかけた手を下し、人を押し除けて背伸びをすると、片目を細くして男の横を探した。あの女はいなかった。急に肩の力が抜けるのを感じた。あたりの明るさではっきりとは判らないが、男は傍に誰かを連れているような手の振り方であった。車はそのまま、屋根だけ見せて遠ざかった。ぼくは首を縮め、猫背を一層丸めてうつ向いた。晴れやかだった街の景色はもうなかった。ただ、頭を掻き廻すように高声で喋りながら来る人々の騒ぎの上の方で花火の爆発音が続いて聞えた。また幻を見たのではないかと思い、顔を上げた。もはや、片耳の男を乗せた車の姿すらもなく、人波は後から後から続いた。ぼくはまた目を閉じた。女は死んだのだと考えた。初めて涙が流れた。

まぶしそうに目を開くと、ゆっくりと踏み出そうとして、まったく別の光景を見た。あわてて足をひきつけて突っ立った。後から来た二人連れが背中に突き当り、憤怒の眼で振り返って過ぎた。一つ深い息をし、気を取り直して一歩を踏み出しながら、新しくぼくをとらえた光景に眼を据えた。

婦人靴専門店の前であった。

ナイロンの靴下をはいているのではっきりとは分らなかったが、心待ち体を浮かせている方が幾分細く感じられた。それは固い丸味のない一本の棒のようであった。隻脚の少女が足にしているのは赤のサンダルであった。ライトブルーに塗った子供用らしい松葉杖に身をゆだねて、少女はショウウィンドウを覗き込んでいた。その眼は、一段高く作られた座に女王然と置かれ、ゆっくり回転している黒いハイヒールへ吸いつけられて動かない。蛍光灯の輝きを受けて、靴は舞踊にも似た動き方をした。それを見つめる眸もまた不思議な燃え方をした。それは、貧しい少女が憧れを眺める時にあきらめに近い表情の中でさっとひらめかせることのある物欲の焰ではなかった。それは希望ではなく、あきらめでもなく、眸の底の奥深くに消えずに在る湖のような傷の面を小刻みに震わせ始め、やがて大きな波紋を描いて押し上げて来る、云い知れぬ感情のきらめきであった。

少女は、時折、まばたきして松葉杖を動かし、体をもたせ直して顔をウィンドウへ近づけた。赤いサンダルが一つ、薄暗い足許で揺れた。

強い光が赤色を消した。街は白く輝いている。ぼくはじっとしておれなくなった。

「ねえ、君」

そっと近寄って肩を叩いてやると、少女が振り返る。

「それを眺めるのはまた今度にして、ぼくと一緒においで」

「えっ？　あなたはどなた？」

「いやね、君が見ているそのハイヒールだがね。ぼくはもっといいのを持っているんだ。妻に持って行ってやろうと思って、随分長い間大切にしておいたのだが、君のような娘にだったら、妻も喜んでプレゼントするだろうよ。一緒においで」

「それ、本当かしら？」

と少女の眸がぼくの顔を映して見つめる。

「きっとだとも、君ならきっちり合うよ」

「まあ」

ショウウィンドウを離れた少女はぼくと並ぶ。そして、快い松葉杖の音を立てながら歩く。体が左右に大きく揺れる。この歩き方にはもうすっかり慣れているのだろうかと気になる。苦しそうだ。ぼくは立ち止り、

「辛いだろう、ぼくが負ぶってあげよう」

と背を向ける。

「私、重いのよ」

少女は意地悪そうに笑う。

「構わないよ」

と松葉杖を取ってやる。

「いいの？」

「いいとも、君さえよければこれからはずっとぼくが杖の代りになってあげよう」

「じゃあ、こんなものいらないわ」

少女は松葉杖を取って道端へ横たえる。

「誰か足の悪い子が拾うでしょう」

少女を背負ったぼくは白い道を歩く。

「片眼って、不自由でしょう？」

ぼくの耳へ少女がささやく。

「うん。でも君ほどでもないよ。こうして靴をはいて歩けるんだから」

「私って駄目なのね。折角あんな素晴しいハイヒールを戴いたって、片脚ですものね」

「あのね」

と、ぼくは少女の方を見て云う。

「その靴の中で眠るんだよ」

「眠るんですって？」

「君は怒るかも知れないが、ぼくは君のように美しい眸をした少女を背負ってみたかったんだよ。だからあんなことを云って。出来ればこのまま、この道をまっ直ぐ進んで行きたいのだ。そしてねえ……」

「それからどうなるの？」

少女が体を乗り出す。

「ぼくは生きていたくないんだよ。君だってきっと……」

「嫌よ、私」

少女は体をくねらせてぼくの背中から飛び下りて白い道の上に倒れ、起き上ろうとして転ぶ。

「ねえ、一緒に」

ぼくは少女を摑まえようとする。

「嫌、離して」

と手を振り切って、少女は白い道を来た方へ走り出す。その肩が激しく揺れて、少女は泣いている。ぼくは白い道の中へ立ちつくす。

その時、松葉杖の少女がひょいとこちらを向いた。単純な眼差しではなかった。黒いハイヒールへ向けていた呪いのような感情をぼくに移したような潤みのある視線が頭を刺して、ぼくは、があんと後頭部へ一撃喰らったように目眩を覚えてよろめいた。

あわてて靴箱をかかえ直すと、素早く人の群にもぐりこみ、それを縫って走った。出来るだけ早く隻脚の少女から遠ざかりたいと思ったので。

嫌な予感がした。

ぼくは死にきれないのかも知れない。十年近く感じ続けてきた疲労の重なりを両肩に感じた。あの頃は一途の気持があった。妻の墓を出来るだけ立派に造ってやろうという期待。死んでいった生徒たちを戦争の思い出から脱け出させ、新しい姿に育ててやろうという責任。そのどちらも、ぼくに背負いきれる荷ではなかった。自分では地上を踏みしめて突っ立っている積りでも、ようやくここまで転がって来ただけであった。生きていた役目が終ったとき、ぼくなぞの生命は案外たやすく奪い去られるもののような気がした。それは、牛たちの命よりもっともろく消え去るもののように思われた。

だが、今、やがて旅立とうと考えている北の果ての雪景色を美しく思い描きながら、ぼくの中に云い知れぬ悔いの念が湧き上って来た。ぼくは激しく生きたことがない。生きていることを激しく感じたことがない。それは、今までについぞ覚えたことのないほど強い力となって、折々に見た甘い幻影をぶち壊した。ぼくの夢はからからと崩れ落ちた。

「先生」と呼ぶ声が聞えて来はしまいかと耳を澄ました。無駄だった。頭をしめつけるように聞えてくるのは、疲労を感じた時に起る耳鳴りの音であった。

ぼくはまた、靴箱をかかえ直し、振り向いて婦人靴専門店の明りの方を見た。少女の姿はなかった。

「おい」

と靴の外で呼ぶ声がする。

「そのうち出掛けようぜ」

うたた寝していたぼくは、靴先の方から這い出すと、踵の革へ手をかけて覗いて見る。

「出かけよう」

あわてて外へ飛び下りる。

どこからともなく集まって一団を作ったぼくたちは並んで歩き出す。語り合いもせず、顔を見合わせることもなく歩く。すぐ背後から新しい一団の靴音が重なって響く。革靴ではない。短靴がたてる軽快な音だ。

「お別れだ」

ある所まで来ると、隣から声が云う。

「さようなら」

と答える。ぼくは靴へ飛び込むと、体を大きく揺する。ぼくの靴は進み出す。顔を出して後方を見ると、靴は左に右に、それぞれの方向に分れながら、音は次第に遠ざかってゆく。ぼくはほっとして、前方へ目をやる。やがて雪景色が見え始める時分だ。

猫はペルシャ猫の血をひいていた。それを抱き上げると、女は、口先をすぼめて猫の鼻を吸った。

「チュッと云うね」

「ねずみだと思うのよ。そら、こんなに耳を立てるでしょ」

女の耳もとには小さな痣があった。それを注意して、女は気づかれずに手をやることを知っていた。手は白く細かった。その指が猫の首をつまみ上げてぶら下げた。猫は足をばたつかせながら、それでもお客に遠慮しているらしく、小さな声で鳴いた。

「もっと大きな声で鳴いていいんだよ」

女はこちらを見てくすっと笑った。

「恐いんですって、眼が片方だけだから」

「片方だけ！」

ぼくは女を睨んだ。

「あら、ごめんなさい」

女は猫を膝へ戻して、眉をひそめてぼくを見た。

「赤く濁ってるわ」

「疲れてるんだ」

猫がまた低く鳴いた。

「おとなしいのよ、この猫」

女はまた猫の首筋を摑んだ。

「黙って他人を見ているのよ。薄気味が悪いわ」

「いい猫だ」

「そうなの、二万も三万もするんですって」そう云いながら女は酌をした。その手が小刻みに震えているのを見て、ぼくは、この女に話してみようかと考えた。ついて来てくれるかもしれない。

「君は……」

女の顔を覗きこんだ。

「嫌よ、そんなに見ちゃあ。好きになるじゃないの」

「君！」

とぼくは立ち上った。女は猫を離して、僅かに身構えた。女の後へ廻ると、肩を引き寄せて云った。

「ぼくと一緒に……」

すると、女はするりと腕をはずして逃げた。

「あっはっはっは」

笑い声を聞いた。靴箱の中からであった。声はぼくのものであった。

「聞いた？」

と女を見た。

「何？」

女は不審そうにぼくを見た。

「笑ったろう、あれだよ」

靴箱を指差して見せた。

「まあ、あんなに大切にくるんで、何でしょうと思ったら、お人形だったの」

「靴だよ」

「靴ですって？　あなたどうかしてるんじゃない？」

女は笑い出した。ぼくは、また靴の中から聞える笑い声を聞いて頭をかかえた。

「まだお飲みになるの？」

と女が訊いた。

「ああ、君さえよければ」

「いい奥さんがあるんでしょう。泣かせちゃ駄目よ」

「奥さん？」

女は笑いを浮かべて大きく頷くと、また猫の首をつまみ上げた。猫はやはり遠慮深そうに低い声で鳴いた。

女は玄関まで送って出ると、

「さようなら」

と猫を差し上げて見せた。

全ては終ったような気がした。暗がりをえらんで歩いた。ぼくにはもう明るい場所は必要ないのだ。ふと、片耳の男の女のことを思い出した。本当に死んでしまったのだという予感がした。

処理工場の横の橋の上まで来ると、酔いのためによろめく足を踏みしめて橋桁から身を乗り出し、かかえて来た靴箱を力任せに投げた。買ったばかりの上等の靴が箱の中で音を立てながら飛んだ。何かが崩れ落ちるときの音に似ていた。靴箱は空を回転しながら、夜日にもはっきりと弧を描いて水面に落ちた。川面の一点が小さく波だって揺れた。その底には拭うことの出来ない血の澱みがある筈であった。

突然声がした。靴の中からであった。

君たちは少し早まりすぎたようだ。心配でならぬ。今時分、どのあたりを進んでいるのだ。はきなれた軍靴をはいているのだから、随分進んだことだろう。いや、ぼくは僅かに期待している。がむしゃらに進んで行った君たちは太平洋を見て失望をしたのではないかと。君たちはまだその大きな海を横切ることは出来ないのだ。きっと引き返しているのではないだろうか。いいか、ぼくは今から君たちを追ってゆく。処理工場の横の川から出発し、探して行くぞ。朝が来、夜に変り、そして、新しい季節の風が吹く頃、皆で北の方を振り返って見てくれ、靴の音がするだろう。君たちの誰のものよりもずっと素晴しい靴音がする筈だ。それがぼくだ。

やがて靴箱は引き潮らしい流れに乗って、ゆらりゆらりと河口の方へ下り始めた。

さあ、何も彼もが、本当に全てが終った。妻のところへ行こう。

朝、処理室へ入りかけると、片耳の男が立っていた。暫く前にやって来てぼくを待ち構えていたらしく、足早に近づいて来てにっこり笑った。

「やっぱり出て来たよ」

「どうなったんです。あの女《ひと》は？」

ぼくは急き込んで訊いた。

「死んだよ。手当が間に合わなかった」

男の瞼は赤く脹れ上っていた。夜通し泣いたらしかった。

「運命だもん、仕方がないよ。それで今日は急いで出て来たよ」

そう云って、男は、ぼくが握っている鉄斧を取ろうとした。視線が激しく合った。

「帰ったらどうです」

「え？」

片耳の男は怪訝な顔をした。

「死んだ女《ひと》をどうするんです」

「ああ、人に頼んで一日守りをして貰うことにしたよ。今日は処理の日なんでな」

「処理はぼくがやる！」

ぼくは男の手を振り離した。

「なんだって？」

男は手を震わしながらぼくを睨んだ。耐え難い悲しみに耐えようとする眼であった。この男の心は、畜生を殺すときには決して平静ではあるまい。牛からひとつの生命を奪おうとするとき、この男は、自分の手にかかって消え去ろうとするものに対して、心では激しく泣いていたに違いない。男はそれで耐え難い悲しみに耐える力を作り上げた。

「おい、貸せ！」

片耳の男はぼくから鉄斧をもぎ取ろうとした。

「離せ！」

叫んで、ぼくは片耳の男を突き飛ばした。

「早く帰れ」

男は素早く起き上って、

「お前《め》えなんぞに斧が使えるもんか。こっちへ渡せ！」

「うるさい！」

とぼくは鉄斧を振り廻した。男はそれには構わずに、ぼくを後から抱きしめて押し倒した。

「苦しむのはわし一人で結構じゃねえか。なまじ痩せ牛一匹殺《や》って辛がらしちゃあならねえや」

男は首をしめて来ながら、ぼくが胸に抱いている鉄斧を奪おうとした。男は泣いているようであった。今まで、ぼくは、この男のように心から泣いたことがあったろうか。

全身の力を渾めて男を突き飛ばして起き上ると、ぼくは処理室へ入った。

「待て！」

すぐに立ち上った片耳の男が追って来た。

「待て」

男はそう叫んでぼくの足に組みついた。前のめりになった体を辛うじて支え直すと、足をしっかり摑んだままこちらを見上げている片耳の男を目掛けて斧を振り上げた。男は手を離し、あらためてぼくを見上げて云った。

「このわしを殺すつもりか」

「そのつもりだ」

その時、男の顔に云い知れぬ笑いが現われた。その頰を涙が伝わって落ちた。男はまばたきを忘れたようにこちらを見上げて、泣きながら馬鹿のように笑った。口を大きく開け、咽喉仏がひくひく動いた。

「帰れ！」

一際大きな声を出し、男の肩口を蹴ると、彼はあの表情を崩さずに横に転がった。

鉄斧を背中に隠し持つと、ぼくは、一頭の牛へ近づいて行った。牛は濁った眼をゆっくりしばたたいてこちらを見た。左手を伸ばして、かれの眉間のあたりを撫でた。ここに一発お見舞いしてやるぞ。そう思いながら撫で返した。

「おい！」

かれの注意を惹くために、大声を出して隻眼を見はった。牛は尻尾をゆるく振り、曲芸のように廻しながら反芻した。ぼくは、咄嗟に斧を振り上げて牛の目を見据えた。予想に反して、かれは、濁った大きな両眼を閉じようとはしなかった。

その眼球の中に、ぼくは、自分の硬ばった顔を見た。隻眼のその顔は、鋭い眼差しを持ち、妙に歪んで、怒りに震えていた。

その上を別の映像が素早く横切った。靴であった。

まず、生徒たちの靴が揺れながら通った。呼び声がした。

「先生、早く来て下さいよ」

そして、黒いハイヒールが転がりながら過ぎた。

やがて、松葉杖の少女の澄みきった眸が鈍く光り、続いて猫を抱いた女の笑い声が大きく被さった。

そして、その後に、また、片方の眼が潰れたぼくのみにくい顔が浮かび上った。

「馬鹿野郎！」

心の中で懸命に叫ぶと、ぼくは、牛の濁った眼球の中の自分の顔目掛けて、振り上げた斧を力一杯叩きつけた。

弟

弟は四十度近い高熱を発して、布団のなかで呻き続けていた。呻きは途切れることなく続いた。弟の顔は大きく赤く腫れ上り、眼を開けることができない。弟は丹毒に罹《かか》っていた。

弟は、家の近くにある町立病院の庭で飼われている猿を見に行き、金網に手をかけて覗いたところを二匹の猿のうちの一匹がいきなり飛びかかってきて、顔を引っ掻かれた。病院で簡単な治療をして貰って帰ってきた。その傷口から丹毒菌が入って発病したのだった。

弟は四歳だった。二月、冬の最中だった。

近郊から野菜を売りにくるおばさんが、弟のために泥鰌《どじょう》を採って持ってきてくれた。その泥鰌を割いて患部に貼れば熱を吸い取ってくれるというのだった。早速、泥鰌を割《さ》いて顔全体に貼ると、高熱のため見る見る反り返り、剝がれてしまう。すぐに新しい泥鰌が割かれて患部に貼られるのだった。

順一は、弟を死なせてはならないと、枕許に立って応援した。

「頑張れ、頑張れ！」

と声を張り上げて弟の名を叫んだ。叫びながら手を左右に振り回して、体全体で宙を掻き回すようにして叫んだ。叫んでいるうちに熱いものがこみ上げてきて、涙声になった。しまいには声さえ出なくなった。疲れ果てて、その場に座り込んだ。それでも勇気を出して立ち上がり、応援の叫び声を発し続けた。弟を絶対に死なせてはならないと思った。死なせるものかと思った。

翌日も、近郊からくるおばさんが泥鰌を持ってきて、割いた皮を弟の顔に貼りつけてくれた。その次の日も、泥鰌が弟の顔に貼りつけられた。

泥鰌が効いたのか、数日経つと、弟の熱が下がってきた。

診察にきた医師のことばから順一は、弟が一命を取り留めたのを感じた。部屋の障子を開けて廊下にでた。庭は一面雪に埋もれていた。

順一は小学一年だった。

朝、雪のなかを長靴を履いて学校へ通った。学校へ行く途中も順一は家にいる時のように、弟が早く良くなるように願い続けた。願っている最中に、ひょっとして弟の容態が急に悪くなっているのではあるまいか、と不安が募ってきたりした。

学校の授業中、先生のいうことがなかなか頭に入ってこない。いきなり、××君、答えてみなさい、と名指しされても、すぐに答えることができない。頭のなかは弟のことでいっぱいで重苦しい気持ちで授業が終わるのを待つだけだった。

学校が終わると、駆け足で家に帰った。弟の具合がどうなっているのか、心配でならなかった。

弟が寝ている部屋をそっと覗いてみた。弟は静かに眠っていた。それを見届けると、順一はやっと心が安まるのを覚えた。

弟は日に日に元気を取り戻していき、やがて起きて動けるようになった。

雪も融けて、春の陽射しになっていた。


春先に、順一たちは、父の転勤で広島へ移り住むことになった。

弟はすっかり元気を取り戻して、以前のように動きまわっていた。


広島に移り住んでから、順一たちの生活はそれまでとは全く違ったものになった。この前まで暮らしていたS町の、田舎町の静かでのんびりした居心地の良さに比べると、この大きな都会のなかにいると、何もかもがめまぐるしく回転していて、息つく暇もないほどで、順一も弟も戸惑うばかりだった。毎日、落ち着かないことが多かったが、それでも弟は生来の社交性をいかして、近所の子どもたちに近づいて遊びの輪に入り、結構楽しむようになっていた。

順一は、市の西のはずれにある小学校の二年生に編入された。

弟は五歳で、小学校入学までには二年あった。

夏の初め、中国の盧溝橋というところで中国の軍隊と日本軍が衝突し、戦争が始まった。そのことを順一は父から聞いた。ラジオのニュースでも聞いた。

広島で暮らし始めて一年が過ぎた。順一は三年生になり、弟は六歳になっていた。

夏休みに入り、順一と弟は母に連れられて母の実家がある田舎へ行くことになった。その田舎は順一たちが広島へ出てくる前に住んでいたS町からさらに奥へ入った農村だった。広島から汽車で四時間近くもかかった。

その日、母と順一と弟は朝早く家を出て、駅へ向かった。汽車は一日に何本と少なかったから、早くホームに並ばないと席が取れないおそれがあった。

順一たちは座席に座ることができた。座席がなくて立っている乗客が何人もいた。

汽笛一声、汽車は出発した。

最初はなだらかな平地を勢いよく走っていたが、まもなく山地の勾配に差しかかると、汽車は喘ぐように遅くなり、機関車の煙突から出る煙が多くなった。それにトンネルが多かったから、その度に窓から煤煙が入りこむので急いで窓を閉めなければならなかった。

それでも順一と弟は旅をする楽しさでいっぱいで、汽車がトンネルを出るとすぐ窓を開けて、移り行く景色を眺めて飽きなかった。

Y駅は周囲を山景色で囲まれた小さな駅だった。順一たちは汽車を降りて改札口へ向かった。改札口のところに野良着姿の叔父が待っていた。母の弟で、実家の跡取りだった。

叔父は順一たちを笑顔で迎え、母が手にしていた荷物を受け取ると、駅舎の外に停めてあった自転車の荷台に縛りつけておいて、改めて順一と弟を見比べていたが、「おう、克二も大きゅうなったのう」と弟の頭に手をやり、「ゆっくりせえよ」と体をかがめて顔を覗き込んだ。

弟は恥ずかしそうに頷いた。

順一は、自分には何も話しかけて貰えないのが不満だったが、黙っていた。

「そろそろ行こうかい」

叔父が大きな麦藁帽子を目深《まぶか》に被ると、自転車のハンドルを握って先に立った。

順一と弟は、手に持っていた夏用の白い帽子を被った。

それから二キロ余りの道を歩いて行くのである。

駅の近くにある小さな峠を越えると、いくらか上りになった砂利の多い道がどこまでも続いている。自転車を押す叔父と母が並んで話しながら行く後から、順一と弟が並んで続いた。

暑かった。拭いても拭いても汗が止まらない。順一と弟は、時々立ち止まっては深呼吸をした。照り返しで顔がほてり、息苦しくてやり切れなかった。なんとか我慢して、やっと叔父の家に着いた。

家のなかから、祖母が走り出てきた。続いて叔母が出てきた。

「よう来たのう、暑かったろう。早う中へ入ってシャツを脱いで楽になるがええ」

順一と弟は風呂場で水を浴びてさっぱりした気分になり、庭に面した広い畳敷きの部屋で昼寝をした。したというより、させられた。

順一と弟が昼寝をしているあいだに、母は祖母や叔父といろいろ話し合った。田圃を見に出ていた祖父が帰ってきて、三人の話に加わった。

順一は最初から眠ることができず、寝たふりをして、三人の話が聞こえてくるのに耳を傾けてみたが、なにひとつ、聞きとれなかった。ただ、なにか重要なことを話し合っている気配だけは伝わってきた。

順一と弟が起きあがったとき、大人たちの話しあいは終わっていた。

早い夕食になった。その席で順一と弟は祖父に挨拶した。祖父は相好をくずして、「よう来たのう」と云った。

みんなは囲炉裏《いろり》を囲むように並んでいる箱膳をまえにして座った。膳の蓋の上には、それぞれの茶碗、味噌汁椀、おかずを入れた皿が置いてある。

祖母がみんなの茶碗にご飯をよそい、叔母が味噌汁椀に味噌汁を注いで、みんな揃ったところで祖父と叔父が同時に声をかけた。

「いただきましょう」

それに合わせて、みんないっせいに「いただきます」と云って、箸を取った。

食べ始めてすぐ、叔父が改まった口調で云った。

「きょうから、克二はうちの子になったけえ、云うておきます。みんなに知っておいて貰わんといけんと思いますんで」

順一はどきりとして叔父の顔を見つめた。食べかけたご飯が咽喉に詰まった。〝きょうから克二はうちの子になったけえ〟という叔父の言葉が頭のなかをぐるぐる駆け廻っている。

順一はこれ以上、食べることが出来なくなった。

「ごちそうさまでした」

ようやくそれだけ云って、奥の部屋へ戻った。

その夜は弟と並んで寝た。

電気を消されてからも、順一はなかなか寝つけない。叔父の言葉が繰り返し頭のなかを駆け廻るのに息苦しくさえなった。どうしてこんなことになったのか、弟を問いただしてみようと思ったが、何も知ってはいないかのように、すやすやと寝息を立てているのを見て、起こすのを止めた。そのうち、順一もいつのまにか寝入ってしまった。

順一は夢を見ていた。

田舎の道だった。目のまえを弟が走ってゆく。逃げているのだった。その弟を追いかけて順一は走る。弟の足が意外に速いので、いつまで経っても距離が縮まらない。大声で弟の名を叫ぶのだが、弟は振り返りもせず、どんどん走り、順一との距離が余計に開いていく。順一は息切れがしてきて、走るのを止めた。弟はなおも走るのを止めずに逃げて行き、とうとう順一の視野から姿を消してしまった。

順一はハッとなって眼を覚ました。目のまえは真っ暗である。あわてて隣を見た。弟の顔があった。弟は安らかな寝息を立てている。

順一はいま見た夢を思い返しながら、弟のことは何も考えないことにしようと思った。


数日後、順一は母と二人で広島へ帰ることになった。弟は二人の傍らで帰り支度をするのを眺めていたが、何も喋らなかった。

その日、順一と母が土間に立って、祖父や祖母、叔母に別れの挨拶をするのを、弟は祖母の横で眺めていた。

順一と母は、やってきた時と同じように叔父が曳く自転車の後について家をでた。

弟は、広い庭の一隅で祖母に手をひかれ、黙って順一たちを見送っていた。

順一が弟に向かって、「さようなら」と云うと、それまで顔を歪めて見ていた弟がはじめて、「さようなら」と声を出した。

「さようなら」ともう一度、大きな声を出して云った。それきりだった。

順一は弟と一緒に帰らないのが不思議な気がしたが、悲しいとは思わなかった。

広い道に出て、順一は家の方を振り返ってみた。庭の一隅にまだ祖母たちに挟まれた弟がこちらを見ているのに向かって、順一は手を振った。弟が手をあげて応えるのがみえた。順一はその弟に聞こえるように「さようなら」と声を張り上げた。
夏の暑い陽射しの道を、叔父に連れられて、順一と母は駅へ向かった。

広島へ帰ってから、順一にとって弟がいなくなった毎日は云いようもなく寂しかった。目のまえに大きな穴が開いて、なにかの拍子にそのなかへ吸い込まれて行きそうな不安をどこにいても感じた。何をみてもつまらなくなった。頭のなかでひとつのことがぐるぐる廻っていた。弟がどうして叔父の家の子になったのかという疑問だった。母になんど訊いても理解できなかった。ただ、必ず帰ってくるから心配することはない、という部分だけは分かっても、それがいつになるか、母にも分からない様子だった。順一はむしろ突然父や母と引き離されてひとり、よく知らない田舎の家で暮らさなければならなくなった弟が可哀想でならなかった。別れる時には泣き顔を見せなかったが、ひとりきりになった夜など蒲団のなかで泣いているのではあるまいかと弟の姿を思い描いてみたりしたが、ひょっとして弟は悲しんではいないのかもしれないと思い返してみた。弟はほんとうは叔父の子どもで、母のほうが預かっていたのではないか、その子が叔父の許に連れ帰されたのではあるまいか。順一の頭のなかはごちゃごちゃになってしまい、なにも考えられなくなった。
順一は毎日、寂しい思いを抱えて学校へ通った。学校にいる時だけは弟のことを忘れて先生の話を聞いたり、校庭でみんなと楽しく過ごしたが、下校時に校門のところで友だちと別れて一人になると、急に弟のことを思い出して会いたいという気持ちが募った。

こうして秋が終わり、冬になって、正月がきた。もしやと期待していた弟は帰ってこなかった。

三月になって、三年生を修了し、四月には順一は四年生になった。

田舎にいる弟から手紙がきた。

「ボクハショウガクイチネンセイ
ボクノセンセイ　ナカジマセンセイ
ボクノトモダチ　ナカマノカッチャン」

「ナカマノカッチャン」とは、隣の家の男の子で、弟と一緒に小学一年生になったということだった。弟がカッチャンと学校へ行く姿が眼にみえるような気がした。

順一は、弟が叔父の子どもになり切って、もう帰ってこないのではないかと思うようになった。それならそれで自分の気持ちも固まってきた、と子ども心に思うようになった。どんなふうに固まったのか、はっきり言葉で云いあらわすことはできないが、それまでずっと抱き続けてきた弟への思いが途切れてしまい、なぜか身軽になった感じだった。

順一は、新しい気持ちで四年生の生活を始めた。

弟からは度々手紙がきた。順一にあてたものもあった。一年生になって字を習い始めたのが嬉しくて、だれかれなく手紙を書きたくなった様子だった。その度に順一は返事を書いた。そのついでに、弟がこの先のことをどう考えているのか訊いてみたかったが、書くのをやめた。

弟が帰ってくるだろうと母から聞いたのは、夏休みが終わり、二学期が始まってからだった。それを聞くと、順一は、目のまえが明るくなった気がした。つい先日まで、叔父の子になってしまうのだと思っていた弟が帰ってくるのだと分かり、喜びで胸がわくわくした。

弟がいつ帰ってくるのか、それがはっきりするまでは本当に喜べない、と一抹の不安が残った。二学期が終わる頃なのか、あるいは年末になるのか、いずれにしても来年の正月は弟と一緒に過ごせるといいと次第に夢がふくらんできて、思わず踊りあがりたくさえなった。

それきり、母はなぜか弟のことを話さなくなった。

ある夜、順一は父と母の話を盗み聞いた。

「そうか、流産したのか。タカユキさんも気落ちしとるじゃろうのう」と父の声が云った。

「克二をもうしばらく預からせてくれと云うて」と母の声が答えた。

弟の名前を聞いて、順一はハッとした。父が云った流産という言葉が弟となにか関係があるようだったが、どういう意味か分からなかった。順一はそのまま眠った。

正月になっても弟は帰ってこなかった。

順一は五年生になった。四年生までと比べて授業も難しくなり、それだけ勉強が忙しくなった。学校から帰って遊ぶ時間が少なくなった。机について宿題をやり、予習もしなければならなくなった。

新しく担任になったN先生は厳しい先生なので、授業始めのベルが鳴ると、みんな一斉に机について、先生が教室へ入ってくるのを待った。その代わり、授業が終わって先生が去って行くと、教室はにわかに明るくなった。

夏休みに入って間もなく、田舎の叔父から母に電報が届いた。弟になにか悪いことがあったのではないか、と順一は不安になったが、電報をみた母は暗い表情どころか、笑顔さえ見せて、はずんだ声で云った。

「子どもが生まれたのよ。男の子が生まれたのよ」

母は歌うような声で繰り返した。

翌日、母は急いで田舎へ旅立った。二、三日で帰ってくるということだった。その間、順一は父と二人で過ごさなければならなかった。

父はいつもと違って日の暮れない時間に帰ってきては自分で夕食の支度をし、できあがった料理を食卓に並べて、順一を呼んだ。

寂しい夕食だったが、父の言葉が順一を明るくした。

「克二が帰ってくるぞ。お母さんが迎えに行ったから、転校の手続きを済ませて帰ってくる。克二は今度は順一と同じ学校へ通うことになるんだ」

順一はバンザイと叫びたくなった。その瞬間から、順一を取り巻いているなにもかもが光り輝き始めたようにみえた。弟がどんな姿で帰ってくるだろうか、とあれこれ思い描きながら、じっさいに本人が帰ってくるのを待ち焦がれた。

母に連れられて帰ってきた弟は、二年前に別れた弟とはまるで様子が違っていた。背丈も伸びて太っていた。ちょこちょこした感じも見当たらず、順一は気押されそうな感じを受けた。話す声は優しかったが、言葉が田舎弁丸出しで、すぐに聞き取れなかった。弟は順一をみて、にっこり笑った。やさしい眼差しだった。順一は笑顔で頷いた。

弟は順一と同じ部屋で机を並べて勉強することになった。

順一が驚いたことに、弟は数日のうちに近所の子どもたちと親しく言葉を交わすようになり、遊びの輪に加わって楽しそうだった。


夏休みが終わり、転校届けを済ませると、弟は順一と一緒に学校へ通うことになった。弟が編入されたのは、二年生の男女組で、担任は女の先生だった。

弟は、担任が女先生になったことが嬉しくて、毎日、朝早く登校して行った。参観日に学校で先生の話を聞いて帰った母によると、弟は真面目で明るく、はきはきとものを云い、クラスでも目立った子として先生に好かれているということだった。

それを聞くと、順一は先生に好かれる弟を持ったことをひそかに喜んだ。

田舎から帰って分かったことだが、弟には夜尿症の症状があった。いつからそういう症状がでるようになったのか分からなかったが、ほとんど毎夜のように布団に放尿した。毎朝、父が弟を布団のまえに座らせては激しく叱責した。その度に弟は泣いた。

それから父母は、毎晩、定《き》まった時間に弟を揺り起こして便所へ行かせた。弟は目の覚めきらぬ朦朧とした様子でふらふらと便所へ行き、用を足して戻ってくると、体を投げ出すようにばたんと布団に転がって、そのまま寝込んだ。順一は布団に潜ってその様子を窺っていた。

このやり方はいつまでも続かなかった。弟の体調が悪くなり、元気がなくなった。それよりも父母のほうが疲れて音をあげた。思案の果てに、敷き布団のうえに防水用の油紙を敷いて寝させることにした。それで毎日、布団を干すこともなく、弟も朝、着替えをするだけで済んだ。順一もいくらか気持ちが軽くなった。

弟はよく寝言を云った。田舎にいた頃に楽しかったことを思い出しているような寝言だった。

夜尿症は治らなかったが、弟は以前に比べると、ずっと明るくなった。

弟はそれまでよりも交友関係をひろげていった。学校から帰るとすぐ、近所の遊び仲間と一緒に夕方まで遊んで家に帰ってくるのがいつもの過ごし方だったのが、いつのまにか、学校で親しくなった同じ組の友だちのところへ出かけるようになった。そのKという名の友だちの家は、学校から南へよほど行った、大きな川の近くにあった。川はそのまま、海へつながっており、川に架かった橋を渡ると隣町だった。

Kは釣りが好きな子どものようだった。

或る日、学校から息を切らして帰ってきた弟はランドセルを自分の机の上に放り出すと、母に小遣いをねだった。これからK君のところへ行って、一緒に川へ釣りに行くのだと云った。母が遅くならないように早く帰りなさいよ、といって小遣いを渡すと、弟は喜び勇んで家を飛び出して行った。

夕方、父が勤めから帰ってきた。夕食の支度ができる時間になっても弟は帰ってこない。みんなでしばらく待ったが、帰ってこない。父が「いつまでも待つわけにはいかない」と云って、食事をすることにした。食事が始まってまもなく、窓の外で人の気配がした。父が立ち上がって行って、窓をあけた。夕闇のなかに弟の顔が浮かび上がった。

「今時分までどこへ行っていたんだ」と父が強く云った。

弟は右手に持っていた竹製の釣り竿を差しあげてみせた。続いて差し上げた左手には釣った小魚の入った空き罐が揺れていた。

「友だちと釣りをしていたんだ」

弟は得意そうに云って、食卓を囲んでいる家族を笑顔で眺めやった。

「バカが!」

父がはき出すように怒鳴った。

「こんな時間まで呆けて外をうろついているようなものは飯なんか食わさんでいい」

と云って、食卓に戻って食事を続けた。

母が立って、裏口へ行った。弟になにか話している。「早く入って手を洗いなさい」と促すのが聞こえた。弟は黙ってそれに従っているようだった。

「魚は釣れたのか」

部屋へあがってきた弟に順一が訊いた。

弟は笑顔で頷き、

「八匹釣ったけど、川へ戻した」

「どうして」

「家へ持って帰っても、だれも食べやしないもん」

弟はジロリと父のほうをみた。

父は弟を無視して食事を続けた。

「あの釣り竿はどうしたんだ」

順一が訊いた。

「K君が自分で使っていたのを貸してくれたんだ」

「さあ、早く食べなさい」

母に促されて、弟は食卓についた。

入れ違いに、父は食事を終えて部屋を出て行った。

翌日、裏口に釣り竿と一緒に置かれた空き罐のなかに死んだ小魚が入っていた。弟は釣った魚を全部捨てたのではなかった。こんなのを釣ったのだと自慢するつもりだったのを、父に叱られてそのまま放置したのだった。

数日後、弟はまたK君のところへ出かけた。一緒に川釣りをするということだった。出かける時に、母が遅くならないようにと念を押した。弟はなんども頷いて出かけて行ったが、その日も早く帰ってこなかった。

父が帰ってきて、夕食の時間になった。弟の姿がないのをみて、父の機嫌が悪くなった。食事を始めてまもなく、窓の外に人影がちらちらと映った。弟だった。弟は窓の外からこちらの注意を惹こうと、いろいろなゼスチャーを試みているようだった。

突然、父が立ち上がって、裏口へ走り出て行った。怒鳴り声となにか叩く音が重なって聞こえた後、ヒイという悲鳴に似た声があがった。父が弟に手を加えているのが目にみえるようだった。

母があわてて走り出て行った。

父の怒声と母が弟をいさめる声が混じり合って聞こえた。

やがて静かになり、父と母と弟が部屋へ上がってきた。先刻までの険悪な空気は消えていた。

順一は、父と弟のやりとりを思い描いてみた。

裏口に走りでた父が釣り竿を持って立っていた弟からその釣り竿をもぎ取って、放り投げたので、弟が身構えて父に向かおうとしたのを、父はさらに弟が手にした小魚の入った空き罐をもぎ取って放り投げたのだ。弟は堪らず父に体当たりしたが、父には敵わず、悲鳴をあげて嗚咽したのだ。そこへ母が出てきて弟を庇ったのだ。

順一はそのように想像して、弟が可哀想になった。

それから、父は一言も口にせずに黙々と食事を済ませた。

弟は泣きながら食べた。

その夜、順一が枕を並べて寝ている弟に昼間の釣りの話をきいてみようとしたが、弟はなにも語らずに寝てしまった。

夜半、父に呼び起こされた弟がとぼとぼと便所へ向かったのを、順一はかすかに覚えていた。

年が明けた春先、順一は六年生になり、弟は三年生に進級した。

中国との戦争は、当初の連戦連勝はすっかり影をひそめてしまい、わが皇軍は各地で敵の激しい抵抗を受けて、苦戦の連続だという噂だった。内地にいて、銃後を守っている国民にも戦争の影響がひしひし伝わってきていた。国中にびりびりした空気が漂っているのを順一たちも子ども心に感じていた。

順一が住んでいるこの広島の街も重苦しい空気に包まれていた。

宇品港から毎日のように中国へ出征する兵隊たちを乗せた輸送船が出航していった。

中国の戦線に向かうために全国から広島へやってきた兵隊たちは、乗船前の数日、この街の民家に宿泊することがあった。

兵隊が宿泊するという知らせが隣組にあって数日後、各家に宿泊する兵隊の人数が割り当てられた。順一の家には、二人宿泊することになった。京都の部隊の一個中隊がやってきた。中隊長の訓示が終わると、整列していた兵隊たちはばらばらになって、割り当てられた民家へ向かった。日が暮れかかっていた。

順一のところへやってきた二人の兵隊は、玄関を入った沓脱ぎ石のまえに並んで直立不動の姿勢をとって、迎えにでた順一たちに向かって挙手の敬礼をした。中年の兵隊が声を張り上げて云った。

「自分は京都××連隊○○中隊村井一等兵であります」

挙手の敬礼をしたまま、次に若い兵隊が続けた。

「同じく○○中隊の石井二等兵であります」

そして二人は声を揃えて、

「今夜からお世話になります。よろしくお願いします」

と称《とな》えて、再び挙手の敬礼をした。京都弁の訛りがあった。

母に頼まれた順一が風呂を勧めると、二人は喜んで、早速軍服を脱ぎはじめた。

風呂から上がった二人は、出された寝間着は着ずに、下着のまま寝たようだった。すぐに部屋の電気が消えた。

二人とは襖ひとつ隔てた部屋で、布団を並べて寝ていた順一と弟は、隣室から洩れてくる二人の話し声に耳を澄ました。それまで耳にしたことのない京都弁の抑揚がまるで音楽を奏でているみたいで、思わず笑い出しそうになって布団に潜った。

翌朝早く、若い方の兵隊が庭に面した物干し竿に、小さな座布団に紐をつけたものを引っかけているのが偶然庭にでてきた母の目にとまった。

気づいた若い兵隊は申し訳なさそうに頭を掻きながら弁解した。

「すみません。自分は夜尿症の症状がありますので、毎夜、このカバーを使用しているのであります」

夜尿症の兵隊は、尿が布団に洩れるのを防ぐために、自分で工夫した防水カバーを使っていると説明した。

母からその話を聞いて、順一は笑ったが、弟は笑わなかった。

若い兵隊は、二日目の朝もそのカバーを物干し竿に干した。

この町内の民家に二泊した京都の中隊の兵士たちは、三日目の朝、全員整列して戦地へ向かうために宇品港へと出発した。

いつもより早く順一たちを起こした母は、急いで朝食の支度を済ませておいて、町内の婦人会の人たちと宇品港へ出かけた。京都の中隊の兵士たちが輸送船で出航するのを見送るためだった。

京都の兵士たちの乗った輸送船が内地を離れてしばらくして、ある日、順一の家へ宿泊した二人の兵士から便りが届いた。どちらも同じような文面で、無事目的地に到着したこと。広島でお宅に宿泊させて貰った二日間、たいへんお世話になった思い出はなにものにも代え難い喜びであり、深くお礼を申し述べたい。自分たちは今日から気持ちを新たにして立派な日本陸軍の兵士として戦いに臨む覚悟であることなどが述べてあった。差出地は不明だった。

町内の婦人会では、京都の中隊の兵隊に慰問袋をつくって送った。母もその作業で忙しかった。あれから何ヶ月か経った。ある日、順一の家に泊まった二人のうちの中年の兵隊から母あてに一通の手紙が届いた。その手紙には、一緒に泊まった若い方の兵隊が戦闘中に敵弾を受けて命を落としたと書かれてあった。

手紙を読んで、母は目の涙を拭った。それをみて、順一も落ち込んだ。傍にいた弟はいきなり自分の部屋へ駈け込んだ。弟がむせび泣く声が聞こえた。弟は自分と同じ夜尿症の若い兵隊の辛い思いが分かっていたので、その死を聞いて堪らない気持ちになったにちがいなかった。

弟の夜尿症は続いていた。

中国との戦争は一向に好転せず、むしろわれわれに不利な形勢に陥って苦戦しているという噂が流れたりして、どこへ行っても重苦しい空気に覆われている感じだった。順一や弟たち子どもは直接身に感じるほどではなく、他人の目を気にせず、自由に遊んでもとやかくいわれることはなかった。学校の授業が終わってからも校庭で好きなことをして遊ぶことができた。野球が好きだった順一は友だちのだれかれとキャッチボールを楽しんだ。

夏休みになってすぐ、地元の新聞に職業野球の試合が行われるという広告記事が出ているのをみて、順一はその試合を見に行かせてほしいと母に頼んだ。母はなぜか、弟に分からないように行きなさいと云った。

野球の試合が行われる県営運動場は、順一の住んでいる町からは、町の西に架かっている橋を渡り、畜産牛処理場以外に人家のない草地のなかを通り、次の橋を渡って、川沿いに海に向かって歩く。広島湾につながる河口あたりにくると、その全貌がみえてくるという位置にあり、順一の家から歩いて一時間近くかかった。

土曜日だった。順一は学校から帰ると急いで昼飯を食べて出かけた。弟はまだ学校で友だちと遊んでいるのを見届けていたので、見つかる心配はなかった。順一は夢中で歩いた。周囲の景色などまったく目に入らず、橋を二つ渡ったことも覚えていなかった。県営運動場がみえてくると、小走りになった。県営運動場に着いた時には足がふらふらして、まともに歩けなかった。握りしめてきた金で入場券を買い、観客席にあがった。

観客席はすでに観客でいっぱいだったが、外野席に空席が目立っているので、順一はそのほうへ移動して、一人ぽつんと離れたところに座った。だれにも邪魔されずに本当の野球というものを見てみたかった。

対戦するチームの片方は名古屋の金鯱軍で、順一は金鯱軍を応援することにした。相手のチームの名前は分からなかった。

職業野球の選手たちの技は、順一の想像を遥かに超えていて、打撃でも守備でも息をのむようなプレイを見せられた。観客席の観客からも絶えず拍手が起こった。見とれているあいだに試合はどんどん進行していった。

金鯱軍の攻撃が終わって相手チームの攻撃に移る短い時間に、順一はふと思いついて観客席の一番上まであがってみた。場内が広く感じられた。なにげなく背後に目を向けた。場外を人々が行き来している。そのなかに弟の姿があるのをみて、ハッとした。それより早く弟のほうが順一を見つけて、大きな声で云った。

「八回になったら、只で入れるから、そこへ行くからね」

云い終えると、弟は順一の返事を聞かずに入場口のほうへ駆けて行った。

順一は弟が来ていると知って驚いた。学校から帰って順一がいないのに気づいて母を問いつめて、事情が分かるとすぐに家を飛び出してきたのに違いなかった。金を持たずに来たのだった。入場できないから、今まで県営運動場の周囲をうろついて、中へ入れる時間を待っていたのだ。順一には、そういう弟がいじらしくみえた。

試合が八回に入ると、場内入り口のほうから駆け上ってくる弟の姿がみえた。順一は観客席の一番上の人目に立つところに立って、弟が来るのを待った。

弟は息せき切ってあがってきた。順一は開口一番、弟に訊いた。

「お金は貰ってこなかったのか」

「うん」

弟は荒い息をしながら頷いた。

「お母さんが行ってはいけないと云ったんだ。だから……」

悲しそうな目で順一をみた。

順一と弟は、観客席の上段に腰をおろして、八回からの試合を観戦した。試合は接戦のすえ、名古屋金鯱軍が勝利した。順一は満足した。

県営運動場を出ると、順一と弟は川沿いの道を家路についた。

並んで歩きながら、順一と弟は、はるか彼方、自分たちが住んでいる町の方を眺めやった。その町の背後には、低い山並みが続いていた。山の峠を越えた向こうは村だった。その村のさらに彼方へ陽が傾きかけていた。その方をみやりながら、二人は黙って歩き続けた。


その年の十二月、日本とアメリカが戦争を始めた。

日本中が緒戦の勝利に沸いたアメリカとの戦争は、まもなくいくつかの大きな陰りが頭上を覆い始めてくると、国中に云いようのない緊張がはしる有様が日々の暮らしの端々にみられるようになってきた。それは大人たちのあいだばかりではなく、子どもたちの世界へも容赦なく入り込んできて、かれらの天真爛漫な息吹きのなかへ押し入って、日々をしだいに息苦しいものに変えてきていた。

小学校は国民学校と呼ばれるようになっていた。

その頃、弟はもう仲の良い友だちの家へ遊びに出かけることもなくなった。授業が終わって校庭で遊ぶ仲間もいなくなった。毎日、まっすぐ家に帰ると、机に向かって、宿題をしたり、好きな本を読んで過ごすことが多くなった。それでも、じっとしておれなくなると、家を飛び出してどこかに遊び相手はいないかとうろついて廻ることもあった。

弟が家でじっくり勉強するようになると、学校の成績が良くなった。両親は喜んだ。父の弟に対する態度が変わってきた。見違えるほど優しくなった。弟もそれを感じていて、父になにか問いかけられることでもあると、学校で先生に答えるように、ていねいな言葉を遣うので、父はますます気分をよくして、夜尿症のことなど口にしなくなった。

平穏な日々が続き、家庭は温かく包まれて無事だったが、それに反して、外の世界では戦争がひとつの大きな姿となって、市民のなかを闊歩しているふうに感じられるようになった。

人々の服装が変化した。男はカーキ色一色の国民服を身につけた。足にはゲートルを巻いた。女は一様にモンペ姿になった。

道行く人たちはだれもがせかせかと落ち着きがなく、なにかに追われて急いでいるふうだった。

重苦しい空気は子どもたちのうえにも大きくのしかかってきていた。それまであちこちで見られたおおらかな明るさはどの子からも影をひそめ、朗らかな笑い声など耳にしなくなった。不思議に、どの子も話をするときには、顔を寄せ合って、ひそひそと低い声で話すようになった。

順一は小学校を卒業して中学生になり、離れた町にある県立中学校へ通うようになった。弟は四年生に進級した。

弟が急に無口になったのを、順一はしばらく気がつかないでいた。なにを訊いても〝うん〟とか〝ううん〟という返事しかしない。少し突っ込んで訊くと、吃りがちにむにゃむにゃとはっきりしない答え方しかしないので、苛立ちを覚えるのが先に立って、弟の気持ちまで察する余裕などなかった。

母は早くから気づいていた。最初に学校の担任教師に会って相談した。母の話を聞いた教師はすぐに思い当たることがあったらしく、次のような出来事があったと告げた。

「お宅のお子さんがいじめられているらしいことが判明しましてね、実際にどういう状況なのかクラスの児童を呼んで訊きただしてみたんです」

外部に話をしないように、という条件で、教師は、弟をいじめていたのは、横暴な性格の子で、クラスでその子に逆らう子はいなかった、と話した。その子はある日、弟の筆入れから消しゴムを取ったのを咎められたのがきっかけでいじめが始まった。その子はことある毎に弟を殴ったり、突き飛ばしたりしたが、だれも助けようとはしなかった。担任の教師に告げる勇気のあるものもいなかった。

教師は最後に、その子の父親は陸軍の憲兵将校であるとつけ加えた。

弟が変化した事情は判明したが、弟はそのことについて、なにも話さなかった。

しばらくして、思いがけない話を聞いた。弟の担任の教師は、このままその子の横暴を放置しているのは教師の態度ではない、と心に決めて憲兵将校の妻であるその子の母親を呼んで事実を話して子どもに反省させるように促したところ、その母親は反省させるどころか、こんな学校に子どもの教育を任せておくわけにはいかないと、即座に子どもを連れ帰ったというのだった。その子は軍人の子弟ばかりが通う学校へ転校したという後日談が伝わった。

弟は明るさを取り戻した。

そのときから、順一は弟を尊敬の念をもってみるようになった。弟ははびこる悪に立ち向かう正義の味方といった姿にみえた。


順一たちが軍都と呼んでいる街は戦争の色がますます濃くなり、どこへ行っても、兵隊の姿を見ない場所はないほどで、師団司令部の門前には、毎日のように召集令状を持った予備役の兵隊たちが列をつくっていた。かれらは門を潜ったその日から体に合わない軍服を着て、厳しい訓練に身を晒すことになるのだった。母の弟もそのなかにいた。

母の弟はこの市にある鉄鋼会社の工場で働いていた。何年かまえに召集されて満州方面の戦線に送られた。砲兵隊だった。戦争が一段落したところで除隊になって帰り、以前勤めていた工場に戻って働いていた。

結婚して間もないその叔父に召集令状が届いた。叔父夫婦は順一と同じ町に住んでいた。入隊が迫った日曜日に、叔父夫婦が挨拶に訪れた。軍服姿の叔父の肩に上等兵の肩章が付いていたのが順一の記憶に残った。

叔父は特に可愛がっていた弟に云った。

「克二君、あんたも大きくなったら軍人になって、将来は陸軍大将までいくように頑張りんさいよ」

「うん」

弟は嬉しそうに大きく頷いた。

叔父は輸送船で外地へ向かった。


中学生の順一は、朝、出かけて午後遅く帰ると、すぐに勉強に取りかかり、夕食までずっと机に向かっているという日々を過ごしていたので、毎日弟が何をしているのか知らなかった。弟はいつも家にはいなかった。夕食の時刻になると、どこからか帰ってくることが多かったので、兄弟で話し合うことはほとんどなかった。

ある日、夕方近く、珍しく机を並べて勉強をしているとき、突然、弟が口を開いた。

「お兄ちゃんは日本がアメリカに勝つと思うか負けると思うか?」

「勝つか負けるか？　そりゃあ日本が」と云い掛けて、順一は弟をみた。

弟は首を大きく横に振って云った。

「負けるかもしれないよ」

「どうして？」

「どうしてでも」

弟はその先を答えず、いくら問い詰めてもなにも答えようとはしなかった。

それからしばらく、順一は弟の言葉がひどく気になった。どうしてあんな答え方をしたのか。だれかに聞いたのか。不気味な気持ちが体のなかに残った。

黒く分厚い雲に覆われているような日々が過ぎていった。

順一は中学三年生になった。弟は小学六年に進級した。

弟が云ったのは嘘ではなかった。それが日毎に明らかになってきた。

戦争の様相がそれまでとは大きく変わってきた。開戦と同時に目を瞠るほどの快進撃を続けた日本軍は南方各地を占領してそこに強力な基地を築いてさらなる進撃を試みようとしていた。いつどこでその勢いが阻止されたのか、国民は知らされていなかった。いつの間にか新聞の記事では、彼我の激しい戦闘の末、敵の優勢な戦力に転戦を余儀なくされ、基地がひとつずつ敵に奪い返されていった。それにつれて、無敵を誇っていたわが日本陸軍・海軍・空軍の戦力は急速に衰え、ついに敗戦の色が濃厚になってきたのが国民のだれにもひしひしと感じとられるようになった。

順一は暗い気持ちで、ある時、弟に問いかけてみた。

「日本が負けると云ったのは誰なんだ」

弟の答えは簡単だった。

「新聞配達のお兄ちゃんが教えてくれたんだ。スパイがこっそり話してくれたと云っていたよ」

弟は急に声をひそめた。

順一の家に新聞を配達するそのお兄ちゃんとは、川向こうに住んでいる朝鮮人の若い男だった。順一たちと同じ小学校の卒業生で、卒業しても定職がなく、新聞配達をしていた。優しい感じの男で、順一にもよく話しかけてきた。弟はその男とも親しくしていて、弟の遊び仲間にその男が加わっていることがあった。弟は男に連れられて近くの山に登って街を眺めたと話したこともあった。

その新聞配達の男がどうして戦争の様子を知っているのか、順一は不思議に思っていた。

ある日、その男が警察に捕まった、と弟が云った。
二、三日して新聞配達が新しい人になった。中年の男で不自由な足をひきずって歩くせいか、そのほうの靴がひどくいたんでいた。動作ものろかった。順一が警察に捕まった若い男のことをきいてみたが、中年の男はなにも知らないと云った。

前年公布された学徒動員令で、順一たち中学三年以上の生徒はすべて学業を停止して軍需工場へ動員されることになっていた。動員された学徒たちは工場で兵器生産に従事させられた。順一が動員された軍需工場は県営運動場の先の海を埋め立て造成されたところに新しく建設された工場だった。順一は毎朝、県営運動場の横を通るたびに、そこで行われた職業野球を観たこと、名古屋金鯱軍が勝利したことを思い出した。

太平洋上での米軍との海戦で、日本の主力軍艦の多くが甚大な被害を受けて、もはや戦力の形を成さなくなった、という噂がながれた。ほとんど同じ頃、無敵を誇った空軍もまた、爆撃機や戦闘機の大半を失い、制空権は敵米軍が握ることになったという噂もながれた。

敗戦の色がいよいよ濃厚になった。

順一たちは、そんな噂を耳にして不安を覚えながら、相変わらず戦争の勝利を信じて兵器の生産に励んだ。

順一のなかにふと、本当に戦争に勝てるのだろうか、という疑問が湧いてきた。日々がむなしいものになってきた。

順一たちに青春らしい気持ちを味わう雰囲気はかけらも存在していなかった。そういう情況のなかでも、ごく一部の男子生徒は他校の女子生徒とひそかに逢瀬を楽しむというゆがんだ青春を続けていたが、順一はなんの関心もなかった。将来の夢を描く余裕などなく、唯々、毎朝早く起きて、食事をするのももどかしく、軍需工場へ出かけた。工場では、休みなく働き、疲れ切った体で工場の門を出て、暗い道を一時間近く歩いて家に辿り着き、あわただしく食事をして寝床へ入るだけだった。

一緒に枕を並べて寝ている弟に話しかける気力もなかった。そのまえに睡魔に襲われて眠りこけてしまうだけだった。

そんな日が続き、季節は夏に入った。

ある日、朝、順一が家を出る頃はきれいに晴れ渡っていた空が、昼をすぎると急に雲に覆われてきて、まもなく雨模様に変わった。

工場で働きながら、順一は天気のことが気になり、何度も雨の様子を眺めた。外は雨で霞んでいて、降り止む気配はなさそうだった。むしろ、荒れ模様になってきて、雨足は激しくなり、風に煽られて工場のなかへ吹き込んでいるさまが見られた。順一は、この吹き降りの雨のなかを傘もささずに一時間近く歩いて帰らなければならないじぶんの姿を思い描いて悲しい気持ちになった。やがて諦めの気持ちが出てきて、なるようになるしかないと思い定めると気分が落ち着いてきた。

作業終了のベルが高らかに鳴り鳴り響いた。一日の作業を終えた従業員たちが一斉に帰り支度を始めた。さっぱりした姿になり笑顔で語り合いながらぞろぞろ工場の入り口を出て、門の方へ向かって行く。順一もそのなかにいた。雨は止むことなく、相変わらず強い風を伴って降りしきっていた。空には、黒い雨雲が立ちこめている。順一は目に降り込んだ雨滴で前が真っ暗になった。あわてて掌でつよく拭った。この雨のなかをずぶ濡れになって帰って行くのだと思うと、改めて悲しみがこみ上げてきた。急に寒さが襲ってきた。門はすぐそこだった。

門のところだけ照明に照らされて明るかった。

門の内側に行列ができていた。係員が一人一人に所持品検査をしている。それが終わらないと、門を出ることができない。検査が終わると、順一は勢いよく雨のなかへ飛び出した。このまま一気に近くの川の土堤道を駆けていくつもりだった。そのとき、

「お兄ちゃん！」と声が呼んだ。声ははっきりと順一の耳をうった。相手を確かめる必要はなかった。雨のなかを弟が駆け寄ってきた。順一は思わず声を呑んだ。

「克二！」

吐き出すように叫んだ。駆け寄った弟をしっかり抱きとめた。

弟は笑顔で順一を見つめたまま、自分がさしている傘を傾けて、もってきた順一の傘を差しだした。

「これ、お兄ちゃんの傘」

「うん、ありがとう」

順一は傘を受け取った。

雨のなかで長い時間待っていたらしく、肩から背中にかけて濡れていて、寒そうに体を震わせ

ていた。

順一と弟はどちらが云いだしたのでもなく、歩き出した。

雨は小止みなく降り続いている。

「あそこでずっと待っていたのか。どれぐらい待った？」

と順一が訊いた。

「一時間ぐらい」と弟が答えた。

順一は急に胸が熱くなるのを覚えた。順一に渡す傘を持って家を出てから、弟は降りしきる雨のなかを工場までの長い道のりを一時間もかかって歩いて来て、工場の門の前で一時間近くも待っていてくれたのだった。

暮れきろうとしている雨のなかで、折り重なるようにして門を出てくる従業員たちに目を凝らし、そのなかからよく自分を見つけてくれたものだと思うと、いっそう胸が締め付けられた。ありがとう、という言葉だけでは足りないという思いで涙が込みあげてきた。順一はその涙をそっと拭った。

川沿いの道は灯火管制で街灯の明かりもなく真っ暗だった。雨の闇のなかを順一と弟は橋を渡った。次の橋までの暗がりを二人は黙々と歩いた。闇のかなたに順一たちが住んでいる町の明かりがぼんやり見えていた。そのとき、

「お兄ちゃん」と弟が不意に云った。

「なに？」順一が訊き返した。

「お兄ちゃんは日本が戦争に勝つと思う？」

順一は戸惑った。戦争についての数々の噂が頭のなかで回転を始めた。多くの国民は戦争に勝ち目はないと思っている。順一もそう思っている。そのことを口に出していうものは誰もいない。

順一の口をついて出たのは逆の言葉だった。

「勝つと思うよ」

云ってしまって、順一は自分を嗤《わら》った。すると、弟が力強い声で応じた。

「ぼくも日本が勝つと思う」

順一はなにも答えられなかった。

二人は黙ったまま家路を急いだ。


新しい年の四月、弟は小学校を卒業して市立中学校へ入学した。順一は中学四年生に進んだが、学校での授業はなく、動員工場への往復と工場での作業の様子で成績が評価されることになっていた。順一は毎日の工場への行き来が次第に我慢できないほど辛いものになってきていた。がむしゃらに勉強したいと思った。身を入れて勉強がしたかった。順一は自分の気持ちを母に打ち明けた。母は順一の気持ちを理解してくれた。なんとか勉強が出来るようにと知り合いの人に相談したり、適当な先生を探し廻った結果、順一の勉強の面倒をみようという家庭教師をみつけた。

ある日、工場からの帰りに母と待ち合わせた順一は、家庭教師のところを訪れた。その家は順一が工場を往復する途中の町の住宅地にあり、家庭教師は一軒の家の二階を借りて住んでいた。文理科大学の学生で、若い奥さんがいた。

順一は週に二日、工場での作業が終わって家庭教師のところへ通って、勉強の指導を受けた。勉強ができることになって、順一は晴れ晴れとした気持ちになった。工場へ通うのも嫌ではなくなった。勉強を教わる日になると、順一は朝からそのことばかり考えて、工場での作業が手につかず、班長から注意されることがあったが、それも気にならず、工場が終わると一目散に家庭教師の家へ向かった。

市立中学校へ入った弟は、毎日学校へ通って授業に出ていた。順一は弟の中学生姿をみたことがなかった。朝、順一が出かける時間に、弟はやっと起き出して顔を洗っていて、玄関を出て行く順一の背中に、いってらっしゃいと声をかける。それに応えるのが二人の接触だった。

ある夜、順一と弟は珍しく話し合った。部屋の電気を消して、布団に入ってからも順一は目が冴えて寝付けない。弟も同じらしく、しきりに寝返りを打っている。順一が話しかけた。

「学校は楽しいかい」

「うん、楽しい」とすぐに返事が返ってきた。

弟が布団から顔を出して、順一の次の言葉を待っているのが分かった。

「どんな勉強をしているんだ？　国語とか英語とか……」

「違うよ」弟は即座に否定した。「英語は敵国語だから口にしてはいけないんだ」

弟によると、学校での授業は午前中で終わり、午後は郊外の農家へ出かけて、農作業を手伝う勤労奉仕をしているということだった。

「学校での授業は一学期で終わるんだ。それから先はずっと勤労奉仕になるから、夏休みはなくなるんだ」

「工場へ働きに行くのかな」

「先生の話だと、市内の建物を疎開する作業が割り当てられているんだって」

敵の空襲で落とされる焼夷弾による延焼を防ぐためにぎっしり建て込んでいる市内の建物の一部を壊して広い道をつくる作業だった。

弟はそれを昂奮気味に語った。

毎日のように敵の偵察機が飛来していた。人々はそれを定期便と呼んでいた。飛来するたびにそれを予告する警戒警報のサイレンが鳴りわたる。続いて、空襲警報のサイレンに変わると爆音が聞こえてくる。爆音が遠去かると、間をおいて空襲警報と警戒警報解除を知らせるサイレンが鳴り響いた。人々は毎夜、避難の準備をして寝につき、警報に目をさまされた後はすぐに眠ることができないという日が続いて疲労が重なっていた。


夏になった。

暑い日が続いた。順一は体調を崩し、工場へ行く気力が日に日に衰えてきた。ある朝、とにかく家をでたものの足がふらついて前へ進まず、引き返してきた。息苦しくなり、朝食べたものを吐いた。微熱があった。

父も弟もでかけていなかった。

母が敷いてくれた布団に入って、じっとしていると、苦しさが治まってきた。しかし、起きて工場へ行く気にならず、母に聞かれるたびに、苦しい苦しいと嘘をついた。

布団のなかで順一は弟のことを考えていた。

弟は一学期を終えても夏休みはなかった。学期が終わるとすぐ次の日から市内の建物疎開作業に狩り出されて、毎朝早く出かけるようになった。真夏の炎天下で、中学一年生の体力が重労働に耐えられるのだろうか。順一は、強い陽射しのなかで汗も拭わず、黙々と作業を続けている弟たちの姿を想像した。

夕方、元気な姿で帰ってきた弟をみて、順一はホッとした。

翌日、順一はまた工場を休んだ。出かけてしばらく行くと、次第に足がふらついて前へ進めなくなるのは前日と同じだった。体が燃えるように熱く感じた。順一は家へ引き返した。ちょうど出勤するところだった父は話を聞くとすぐに、今日正午に県立病院の玄関のところで待つように順一に云い置いて出かけた。順一は母に連れられて県立病院へ行った。待っていた父は予め診察を頼んでおいた医師のところへ順一を連れて行った。

順一を診察した医師は、暑さと疲労と精神的緊張がたまっていて、休養が必要であるという理由で一週間静養を要するという診断書を書いてくれた。病名は神経衰弱症となっていた。その日、父が診断書を担任教師に届けてくれた。これで順一は一週間ゆっくり体を休める身になった。

弟は、朝ゆっくり寝ている順一を羨ましがったが、朝食を終えるとそそくさと出かけていった。八月初め、順一が休み始めた翌日、母は思い立って実家へ出かけた。実家でいくらかでも食料を確保して帰るつもりだった。これまで続けてきた貧しい食糧事情では、家族が健康で暑い夏を乗り切れるかどうか心配だった。とくに順一たちの栄養補給を考えて、父と相談した結果だった。

母が出かけた翌日、父と弟が出て行った後、順一はだれもいない家に一人いると落ち着かなかった。しばらくのあいだは机に向かって、長いあいだ手にしない教科書を開いて眺めていたが、なにも頭に入らないばかりか、ひどく空しい気持ちになってきた。縁側に出て寝転び、ぼんやり空を眺めた。今時分、弟はなにをしているだろうかと思った。順一は近頃、弟に引け目を感じていた。毎日判で捺したようにお国のために一途に市内の建物疎開作業をするために、出かけていく弟をみていると、一つの道を振り向くことなくまっすぐに進んでいく小さな魂にも似た姿を思い描かずにはおれなかった。純粋すぎるほど澄み切った思いを抱いて日々を生きている弟に比べて、今の自分がひどくみじめな存在にみえた。その思いが高じてきて、しだいに自暴自棄になってくるのが自分でも分かった。そのとき、順一のなかにひとつの思いがわき起こった。

これまで歩んできた自分の生き方を今日で打ち止めにしよう。打ち止めにしたからといって新しく歩むべき道がそこにあるわけではない。現実には目の前は混沌としていて、形らしいものも見えず、ぼんやりと霧に覆われている感じである。自分をどう処理すればよいのか見当すらつかないことに順一は苛立ちを覚えた。なるようになるがいい、と順一は行動を起こした。洋服箪笥をあけて、父が着古した国民服を探し出して着てみた。少し大きすぎたが、なんとか格好はつく。自分の部屋へ行き、工場から持ち帰った工員帽をかぶってみた。鏡のまえに立つと、そこにはどこかの工場の従業員が映っている。順一は満足した。玄関へ行って靴を履いた。玄関を出て、鍵をかけた。市内電車の駅へ向かうために家の前の坂を下っていった。

電車は空いていた。順一は席に座らず、吊革を持って立ったまま窓外の移り行く景色を眺めていた。

順一は市の中心街で電車を降りた。電車通り沿いに歩いた。電車通りに面して映画館が何軒か並んでいた。順一はそのなかの一軒の切符売り場にできた列に並んだ。ただそこに列ができていたので一番後に並んだだけだった。映画館の上に掲げられている看板には、仁義を切る渡世人の姿が描かれていた。

映画は清水次郎長を主人公にした「東海水滸伝」という作品だった。順一ははじめて一人で観る映画に心を奪われてしまい、いつ終わって、どうして映画館を出たか覚えていなかった。停留所まで行き、来たときとは逆コースの電車に乗った。終点で降りて家に辿り着くまでのあいだ、先刻まで観ていた映画の画面が目の前をちらついて離れなかった。ある時間、自分を忘れていたことで、順一の気持ちはすっきりした。

順一は昼間、映画を観に出かけたことを父にも弟にも話さなかった。

その日は父が早く帰ってきて、夕食の支度をした。男ばかり三人が囲む食卓はこれといった話題があるわけではなく、田舎へ行った母が明日帰るということぐらいで、黙々と箸を動かすだけだった。

弟と布団を並べて寝てから、順一は何度も昼間映画を観に行ったことを話そうかと口まで出かかったが、辛うじて言葉をのみこんだ。

翌日の夕方、母が帰ってきた。玄関戸が開く音を聞くと、順一は、その日の作業を終えて帰宅していた弟と先を争うように駆けだして行き、母が持ち帰ってきた両手の荷物を奪い取った。

「ただいま」と母が云った。

「お帰り」と順一と弟が答えた。

母と順一と弟は、だれからともなく自然に微笑を交わした。

母が持ち帰った荷物の中味は米、握り飯、漬け物、野菜などの食料だった。これで何日間か腹いっぱい食べることができると母が云った。母はさっそく勤め先の父に電話を入れた。父はその日が宿直に当たっていて帰れないので、翌日の朝食に間にあうように帰宅するということだった。

珍しく明るい楽しい夕餉となった。食卓上には、母が持ち帰ってきた新鮮な野菜などに手を加えたおかずが盛り沢山に並んだ。大きな握り飯も皿に盛られていた。

順一も弟も夢中で手をのばして腹いっぱい食べた。充分満足だった。

これだけの食料を持ち帰るのに、母はずいぶん苦労をしたようで、途中から列車に乗り込んできた闇米を取り締まる警察官に咎められたが、うまく言い逃れたいきさつなどを話した。幼い時にしばらく田舎で暮らしていた弟は、母の話を懐かしがった。

その夜も敵機が飛来したが、いつもとは様子が違っていた。警戒警報から空襲警報にかわってすぐ、どこかで爆発音に似た音がした。音は一回だったが、空襲警報はしばらく解除にならず、母も順一も弟も、いざという時にはすぐ避難できるように準備を整えて、解除のサイレンが鳴るのを待った。みんなが床に入ったのは十二時を過ぎてからだった。

朝、「行ってきます」という弟の声が玄関から聞こえた。母が見送りにでたようだった。順一は布団のなかから「気をつけてね」と大きな声を出した。

玄関戸が閉まったのを聞き届けて順一が布団から起き出した。急いで自分が寝ていた布団を押し入れに押し込んだ。

間もなく父が帰ってきた。朝食をするためだった。食卓はすでに整えられていたので、父はすぐに座について箸を取った。

順一は急いで洗顔をすませて食卓についた。父は母と話をするのももどかしげに、並べてあるおかずに箸をのばしては、茶碗いっぱいに盛られた白いご飯を忙しそうに掻き込んだ。食べ終わった父は満腹した腹を撫でながら、

「やあ、久しぶりに大ご馳走を食べさせてもらったよ」と笑顔をみせた。

その父もゆっくりしている暇はなかった。またすぐ出勤時間に間に合うように出かけていかねばならなかった。しかし、その日の父は違っていた。

「きょうは少しのんびりさせて貰おう。髭も剃らなきゃならんし」

落ち着いてお茶を飲んだ。

順一は自分の部屋に戻って。弟の本棚から抜き出した雑誌を机の上にひろげた。「少年倶楽部」だった。

母は用があるといって近所の家へ出かけた。

父は居間の鏡に向かって髭を剃り始めた。警戒警報のサイレンが鳴り、すぐに解除になった。戦争物語の続きを読みかけていた順一は、ふと雑誌から目を離して、窓の外をみた。物音ひとつ聞こえないほど静かだった。窓の外には青い空がひろがっていた。この時間に、強い陽射しが早くもぎらぎらと輝き始めて家々の屋根の照り返しが目に痛いほどまぶしかった。

その時だった。

その瞬間に起こったことを順一は一生忘れることはない。

突然、周囲の空気が凝固したような異状な肌寒さを感じて外をみた。その目が観たものは、茜色に染め抜かれた風景だった。順一は思わず息をのんで立ち上がった。部屋を走り出て玄関へ向かった。次の瞬間、凄い勢いで襲ってきたひと塊りの風が音を立てて吹き抜けた。玄関へ走り出た順一はその風で体が浮き上がり、そのまま沓脱ぎ石に叩きつけられた。あっという間の出来事だった。風を受けた玄関戸が内側へ倒れてきたが、順一の体までは届かなかった。倒れた玄関戸の硝子が割れて飛び散った。順一の目の前に家の床下がみえた。凄い威力をもった風が玄関戸を倒し、床下を吹き抜けて行ったのだった。

沓脱ぎの上に倒れて居た順一は、腰に痛みを覚えたが、なんとか起きあがった。

居間から父が走り出てきた。

「すぐ近くに爆弾を落とされたんだ」と父が云った。「いまのは、その爆弾の爆風だったんだ」

弟が近くにいなくてよかった、という思いが順一の頭を過《よ》ぎった。

気がつくと、家のなかは嵐に見舞われた後の惨状を呈していた。襖は倒れ、天井は剝げ落ちている。屋根の一部が吹き飛ばされて、空がみえた。すぐ近くに爆弾が落とされたのだ、という父の言葉が甦ってきて、弟が遠くにいて被害を受けずに済んだことに改めて安堵した。

母が帰ってきた。父とお互いの無事を確かめ合った後、父の足首から血が滴っているのに気づき、すぐに手持ちの塗り薬を出して傷口に塗りつけ、繃帯を巻きつけながら、めちゃくちゃになった家のなかを見渡して、

「これじゃどうしようもないわね。ああ、戦争は怖いこわい」と呟き続けた。

家のまえの道を、また空襲ですよ！　と叫ぶ声が走り過ぎた。声は同じ言葉を繰り返しながら、遠去かった。

「避難しよう」と父が云った。「隣組の防空壕へ行こう」

父と母と順一は取るものも取り敢えず、家を走り出た。

家から一丁ほど上がった山際に隣組の防空壕ができていた。順一たちはその壕へ駆け込んだ。壕のなかには、隣組の人たちが集まっていて、先刻の爆風の物凄かったことを声高に話し合っていた。みながみな、すぐ近くに爆弾が投下されたのだと思い込んでいた。

いつまで経っても空襲を告げるサイレンは鳴らなかった。組長さんが何度も壕の外に出て様子を窺っていたが、なにも起こらなかったので、壕のなかに戻って皆に云った。

「先刻のはどうやら誤報だったようですね。みなさん、いったんここを引き揚げることにしましょう」

順一たちは隣組の人たちと一緒に壕を出て、家に戻った。

家に戻ってもなにも手につかず、父も母も順一もただ呆然と破壊された家のなかを眺めているだけだった。

再び、叫ぶ声が聞こえた。

「空襲です、待避してください！」

叫び声は繰り返しながら家のまえの道を駆け上っていった。

「あわてずに様子をみよう」と父が云った。

「私はここにいてもなにもできないから、××のお宅へ行ってみますから」と母が云った。

××さんの家は坂道をかなり上がった山際にあり、母はそこの奥さんと懇意な間柄だったので、大事な衣類などを何組か預かってもらっていた。母はその家へでかけて行った。

順一は父と一緒に家に残った。残ったからといってなにをするというのでもなかった。何かをしようという意欲も湧いてこなかった。ただ頭のなかでなにかしなければならないことがあるという気持ちが蠢《うごめ》いていた。外でなにかが起こればすぐそれに反応する心構えで、ぼんやり立っていた。三度、「空襲ですよ」と叫ぶ声が走り過ぎて行ったが、父も順一もそれに惑わされることはなかった。

不気味なほどの静寂が支配していた。

その静寂が不意に破られた。

地底から沸き上ってきたかと思える振動音が地鳴りに変わった。地鳴りの後を追って、次にはこれまで経験したことのない不思議な振動音が、猛烈な速さで突き上ってきた。

一瞬の静寂の後、どこからかざわめきが聞こえてきた。人のものとも動物のものともとれるざわめきが重なり合い、前後左右から押し寄せてきた。

順一たちはざわめきの渦のなかに立ち尽くしたままだった。

どれだけの時間が過ぎたのだったか、ふとわれに返った順一は、壊れた家のなかに呆然と突っ立っている自分に気づいた。よく見ると、父もまた自分を失っているふうに呆然と、廊下の端に立って玄関戸のない家の外を眺めている。

家の前の道をゆっくりと上がってくる人の姿がちらほらみえた。どの姿もふらふらとよろけたような進み方をしている。

順一は玄関の外に出てみて、思わず目を瞠った。

全く同じ姿の人たちが同じ姿勢で同じ歩き方で次々に上がってくる。敵が投下した爆弾の被害を受けた人たちに違いなかった。その人たちの着ているものはどれもぼろぼろに焼けて、体の周りにぶら下がっている。さらに異様なことに、どの人の顔も人間の顔には見えないほど腫れあがっている。どの人も一様に両手を胸の前にかざして、ウオーと呻きに似た声を発しながら小刻みに歩を運んでいる。なにが起こったのだろう⁉

順一は自分の頭のなかがぐらぐらと煮え返るのを感じた。目の前の景色をじっと見ているのだが、なにも見えない気がする。どうしてこんなことが起こったのか考えることができない。移り過ぎてゆく風景が映画の画面のように揺れ動いていくのに見とれている気分だった。

××さんのところから急ぎ帰ってきた母から声をかけられるまで、順一は幻のなかにいた。

「大変なことになったみたいよ」

母も動顚しているらしく、訳の分からないことを大声に云いながら家のなかへ走り込んだ。

正気を取り戻した順一は、思い切って、道を上がってきた人に近寄って声をかけた。

「どこから来られましたか」

その人は順一をみて、立ち止まったが、足踏みを続けながら、息苦しそうな声で云った。

「E町から来ました。街のなかは大変なことになっておりますよ。大勢の人が死んどります。あちこちが火事になってね、市内は火の海ですよ。私は家のものとはぐれて、いのちからがら逃げてきました」

云い終えると、その人はやってきた時と同じ姿勢で道を上がって行った。その顔は火傷で腫れ上がり、凹んだ目ばかりが光っていた。

順一は急いで家へ駆け戻り、茶の間にいた父と母に告げた。

「今、避難してきた人に訊いたら、市内のあちこちが火事になっていると云ったよ。克二は大丈夫だと思っていたけど、本当に大丈夫かどうか分からなくなった」

父も母も、まだ最初の衝撃から抜け切っていない様子で、ぼんやりと順一の話すのを聞いているだけだった。

外で叫ぶ声がした。

「空襲です。敵機が飛来しました。早く避難してください！」

母があわてて立ち上がり、部屋のなかをうろうろし始めた。

「空襲ですよ、怖い。私、もういっぺん××さんのお宅へ行ってみますから」

云いながら、返事も聞かずに家を走り出て行った。

また父と順一の二人になった。

まもなく四辺が暗くなってきた。やがて雨が降って来始めた。暗さは一層増してきて、雨の降りは激しくなった。大きな雨粒が家の前の道に跳ね返るのがみえた。路面は忽ち、川の様相を呈してきた。その雨のなかを避難する人々が通り過ぎて行く。その数は一向に減らない。

雨足が強まるにつれて、家のなかへも降り込んできた。父と順一は雨の洩らない廊下の隅に移動して降り止むのを待った。路面を叩きつけるように降りしきる雨は黒みを帯びている。その一部は油が浮いているようにみえる。雨はひとしきり激しく降って止んだ。すぐに乾いた路面があらわれた。

それまで雨の音に掻き消されていた街の音が一気に甦って聞こえ始めた。順一はほっとして、玄関の外まで出てみた。

空はまだどんよりと曇っていたが、はるか彼方に青い空がひろがっているのがみえた。そのとき、歌声が聞こえたので、順一はその方へ目を向けた。若い女を取り囲むように四、五人の幼児が歌いながら道を上がってきた。歌っているのは童謡だった。どこかの幼稚園児と女先生らしかった。

順一を見つけた女先生が立ち止まって声をかけた。

「あの、救護所はどこにあるのでしょうか」

順一ははっとして女先生と園児たちをみた。女先生の頭髪は焼け縮れていた。園児たちが着ている衣服もぼろぼろに焼け焦げている。

「確か、小学校が救護所になっているはずです」

順一はなぜかうろたえて答えた。

「小学校はこの坂道を下りたところです」

「そうですか、私たちは行き過ぎたんですわ」

女先生は園児たちに向かって云った。

「みなさん、今来た道を戻りましょうね。みんないっしょに歌いながら行きましょうね」

女先生が歌いだした。園児たちの声がその後に続いた。女先生と園児たちは歌いながら坂道を下って行った。

順一は見送って突っ立っていた。なぜか涙が溢れ出てきた。

あとになって、順一はあのとき、なぜ女先生たちを小学校まで案内しなかったのかとひどく悔いた。

頭上を襲っていた雲は消え、強い陽射しに戻っていた。

弟は大丈夫だろうか、という思いが募ってきた。順一は家に戻った。家のなかを片付けている父に云った。

「克二は大丈夫だろうか。避難してきた人のひとりに訊いたら、その人はE町から逃げてきたと云っていたけど、E町は克二が建物疎開作業をしているすぐ近くの町だから、克二たちも同じような被害に遭ったかもしれないよ。なんだか心配になってきたよ」

「うん」と、父は心配そうに頷いた。

「克二は先生や同じ組のものたちと一緒に作業をしていたんだから、一緒に避難したかもしれないしね」

自信のない云い方の父をみて、順一は決めた。

「僕、行ってみるよ」

父があわてて止めた。

「いけない、いけない。それは危ない。みんながこっちへ逃げて来ているのに、逆に危ないところへ向かって行くのは死にに行くのと同じじゃないか。もうちょっと待ってみよう」

順一は待ちきれなかった。

「そこまで、小学校のところまで行って見てくるよ」

云いざま、家を飛び出した。


家の前の道を上がってくる避難者は次第に数を増していた。どこからこれだけの人が来るのか不思議に思われるほど長い列が途切れることなく続いている。かれらはどこへ行きつくのだろうか。この坂道を上がりつめると、山に差しかかり、峠になる。峠を越えると、そこは村だった。火傷を負った人々はそこまで辿り着くことはあるまいと思われた。途中で山道に入りこみ、力尽きて身体を横たえることになる。順一はそういう人たちの姿を思い描きながら小走りに道を下って行った。

強い陽射しがきらめくのに遮られて、前方が見え難かった。順一は何度も目を細くして前方の様子を確かめた。

避難してくる人々はだれも同じように人間らしい顔の者はいない。大きく腫れ上がり、頭髪は焼け縮れ、着ているというより、体にぶらさがっているのは、ぼろぼろの布切れである。人々は一様に両手を胸の前に垂らしている。その指先から剝げた皮膚片がぶら下がっているのが見られた。

順一は小学校のまえまで駆け下った。息苦しかった。

小学校のまえの道は人々でごった返していた。

小学校に設けられた救護所に向かう人たちは群れをなして校門へなだれこんでいた。残りの人たちは救護所よりももっと安全な場所を求めてさらに坂道を上がって行こうと決めた者たちで、自分に云い聞かせるように「ようし、行くぞ、よいしょ、よいしょ」と掛け声を出してはしり始めるものも何人かいた。かれらはかなり早い足取りで上がって行った。

坂道がはじまるところにある家のまえに置かれた水槽に顔を突っ込んで水を飲む者が何人もいた。ここまで一滴の水も飲まずに来た人たちで一気に顔を突っ込んだのだったが、そのだれも体を起こそうとするものはなかった。そのまま息絶えたのだった。

順一は避難してくる人々の群れに逆らって駈けた。これだけ多くの人間とは思えない顔を持った人々を前にすると、自分が別の世界からきた生き物のようで、ひどい引け目を覚えた。順一はできるだけそちらを見ないように目をそむけた。

「お兄ちゃん」という声がしたような気がした。順一は人々の列へ目を移した。

「お兄ちゃん」

その声は少し前の方から聞こえた。弟かもしれない、と順一は人々のなかに弟の顔が見えないかどうか眺め渡したが、見当たらない。

「お兄ちゃん」声は三度呼んだ。たしかに弟の声だった。

順一は目を凝らして声の方を探した。それでも弟の顔は見当たらない。

その時、人々の列のなかから一人の者が出て来て、順一に近寄った。顔が腫れ上がっている。

「お兄ちゃん」

その顔がじっと順一を凝視しているのを感じた瞬間、順一のなかで雷光に似た閃きが走った。

「克二か」

今度は順一がその者を凝視した。弟だとは思えない。弟に限ってこんな姿になっているはずがない。順一は信じられなかった。

「本当に克二か」

「本当に克二です」

「ちゃんと姓名を云ってくれ」

弟は、はっきり答えた。

それでも信じられない順一は次の質問をしてみた。

「お父さんの名前とお母さんの名前を云ってみてくれ」

その者は、父の名前と母の名前をきちんと答えた。

それでもまだ順一は信じる気になれなかった。その者の腫れ上がった顔から順に目を下へ向けて見て、ハッとなった。その者がはいているズボンのベルトはかねてから弟が愛用しているものだった。それはズボン本来に使用するものではなく、トランク用のベルトで穴が合わないのを自分で工夫して弟が使用していた。それを思い出すと、順一は思わず、その者に向かって、よし！と声をかけた。

いつの間にか、弟の横に同じ姿の者が立っている。弟が横の者をみて、順一に云った。

「同級生の山田君です。一緒に連れてきました」

「よし」と順一は大きく頷いた。

はっきり弟だと確認した順一は、一緒にきた山田君も連れて家へ戻ってきた。

迎えに出てきた父は弟たちを見て、驚きの表情になったが、急いで奥へ引き返して行き、片付け終わった部屋へ布団を二つ敷いて、弟と山田君を寝かせた。

順一は××さん宅へ母を迎えに走った。

順一と一緒に戻ってきた母はすぐに弟たちが着ていた衣類を脱がせて体を拭き清めてやり、新しい軟らかいものに着せ替えて寝かせつけた後、苦しがる二人にやさしい声をかけたりした。初めのうち、弟と山田君は元気な声を掛け合って、お互いに頑張ろうと励まし合ったり、時には二人で自分たちが通っている市立中学校の校歌を合唱したりしたが、次第に黙っている時間が多くなった。その間も二人は苦しがり、水が飲みたいと訴えた。その度に母は水に浸したガーゼを二人の口に含ませた。二人はそのガーゼを音を立てて吸った。

外はまだ明るかった。

やがて、山田君が譫言を云い始めた。片手が宙を掻く仕種をして「赤い着物の女の人」とその人を追いかけようとするのか、頭を起こそうとしたりした。そのうち言葉が問遠になり、弱々しい声になり、突然ぱたりと止んだ。

父が急いで山田君のところへ行って手首の脈をとっていたが、

「脈がない」と呟いた。

順一も山田君の傍へ寄って胸部に耳を押しあてて心臓の音を聴こうとした。なにも聴えては来ない。代わりに胸許が急に冷たくなった。

順一は呼びかけた。

「山田君……、山田君！」

母も山田君に顔を寄せて二度、三度呼んだ。反応はなかった。

ていた。

「亡くなったようだ」

父が呟いて、山田君に向かって両掌を合わせた。順一たちはじっと山田君を見つめたまま坐っていた。

その横で弟が身をもがいていた。

父がわれに返ったような声を出した。

「山田君を小学校へ連れて行こう」

云いながら立ち上がって、玄関の外へ小走りに出て行った。やがて、担架を抱えて戻ってきた。隣組で用意してあるものだった。

父と順一とで山田君を抱えあげて担架に乗せた。順一が前の把手を持ち、父が後を持った。二人は家を出た。

小学校の校門を入ったところから運動場にかけて、避難した人々が隙間なく横たわって呻きながら身悶えしている。なかには動かなくなっている者もいた。

父と順一はそれらの人々のあいだを縫うようにして担架を運んだ。

運動場の一隅にテントが張られ、その前に「死体収容所」と墨書した木札が立ててある。近くで数人の男が忙しく立ち働いている。父と順一が山田君を運んできた担架を下ろすと、男の一人がやってきた。

「死体ですね」

と山田君を覗き込んで、すぐ横の事務机に置かれていたノートをひろげて云った。

「これに必要事項、死んだ人の氏名と住所、連絡先、届け人の氏名住所を記入してください。後で処理しますから亡くなった人はそこに下ろしておいてください」

誰かが男を呼んだ。男はご苦労さんでした、と云って、その方へ駈け出して行った。

父は机の上にあった鉛筆でノートに必要事項を書き込んだ後、順一と力を合わせて山田君を抱え上げてその場に下ろした。二人は山田君に掌を合わせた。

父と順一は校門の方へ引き返した。

帰り道で父が云った。

「克二を救護所へ連れて行こう。カンフル注射をして貰おう」

父と順一は急いで家へ引き返した。苦しんでいる弟を担架に乗せて、再び小学校へ向かった。

「今に楽にしてあげるからね」

途中、父はしきりに弟に話しかけた。

その度に、弟はけなげに頷いた。

小学校に、教室を利用して軍が設けた診療所ができていて、多くの負傷者が治療を受けていた。担架の前を担いできた父がその列に割り込んで、軍医のところへ行き、弟にカンフル注射をうってくれるように懇願した。軍医はすぐに応じてくれた。注射器を持って弟が寝かされている担架まで来て、一目見て、眉を曇らせて云った。

「これはもうだめですね。注射をしても気休めにもなりませんよ」

「それでも構いません」

順一が強く頼んだ。「とにかく注射をお願いします」

軍医は黙って弟の腕に注射した。

父と順一は軍医に礼を云って、弟を乗せた担架を持ち上げて診療所をでた。

途端に順一の目から涙が溢れ出てきた。順一は弟が四歳のときに丹毒に罹って死線をさまよっていた時のことを思い出した。冬だった。雪が降っていた。順一は弟の枕許に突っ立って、大声でさけんだ。

「頑張れ、頑張れ！」と叫んだ。その時のことを思い出すと堪らなくなった。いまにも息絶えそうに悶えている弟に向かって、頑張れと励ます気持ちにならなかった。順一は涙が頬を流れるのに任せた。

父と順一は来た時と同じように、負傷して呻いている避難者たちが横たわっている廊下を校舎の出口の方へ進んだ。

家に帰り着いた頃、注射の効き目が出てきたのか、弟は静かになっていた。担架から下ろして布団に寝かせると、軽い鼾が聞こえた。父も母もいくらか安堵したようだった。

午後も遅い時間で、家のなかは薄暗くなっていた。屋根が吹き飛んだあとに出来た穴から見上げる空は夕焼けの名残りで微かに赤みを帯びていた。

日が暮れた。辺りが急に暗くなった。

弟は静かに眠っている。順一は気になって、時々弟の顔を覗き込んで、息をしているかどうかを確かめた。安らかな寝息が続いていた。

「大丈夫かもしれない」

と父が呟いた。順一もそう思った。弟は次第に元気を取り戻すのではあるまいか。ひどい傷を負った顔は病院で治療を受ければ少しずつ良くなっていくだろう。そんなことより、とにかく弟がいまの大きな苦しみから抜け出してくれることを強く願った。

時がゆっくりと流れていった。

静けさを破って、弟が呻き始めた。呻きは断続して続いた。

母は火傷に効果があるといって、油に浸したガーゼで弟の顔や首のあたりを拭いてやっていた。

月が出たらしく、屋根の破れ目から射し込んだ月光が弟を照らしだした。

悶えていた弟がふと頭を持ち上げて、自分の横を見て云った。

「山田君はどうしたんだろう」

父が即座に答えた。

「山田君は家へ帰ったよ。克二が眠っていたから声をかけずに帰ったよ」

弟は納得して、また横になった。

すぐに再び呻きが始まった。呻きとともに話しかける声が荒い息遣いに混じって押し出されてくるが、何を話そうとしているのか順一たちは聞き取ることができない。父は弟に顔を近づけては、弟が云っていることが分かったというふうに、

「そうかそうか、うん、そうかそうか」と繰り返していた。

そんな折り、夜の静寂を破って、叫ぶ声が道を駆け上がってきた。

「空襲ですよ、避難してください……、空襲です、急いで避難してください」

声は叫びながら道を駆け上がっていった。

まもなく、近くの家のあたりがざわついてきた。戸を開け閉めする音や人声が聞こえた。上空に爆音が聞こえるような気もした。

「とにかく、避難しよう。担架を持ってくる」

返却したばかりの隣組用の担架を取りに父が駆け出して行った。

父が持ち帰ってきた担架に弟を乗せた。

弟は大声で呻き苦しがったが、やがておさまった。

順一が前になり、父が後になって弟を乗せた担架を持ち上げると、弟に振動を与えないように気をつけて、ゆっくりと家を出た。母が弟の横に付き添った。

家の横に沿った露地を入って細い道を行くとすぐ急な坂になっていて、下がり切ったところを川が流れている。川に架かった木の小橋を渡ると、上り坂になる。坂を上がり切ると山に突き当たる。その山際沿いの道を少し行った辺りで道端に弟を乗せた担架を下ろした。

そこから街の様子がかなり先まで見渡せた。遥か彼方の市中の空が赤く染まっているのは爆撃で火事になった街がまだ燃え続けているらしかった、真夏の暑さがゆるんで、ひんやりした感じだった。

順一は、向こうの山肌のあたりから火の玉様のものが空に向かって昇ってすっと消えていくのをみた。よく見ると、それは一つや二つではなく、あちこちから火の玉様のものが昇ってはすっと消えていくのだった。

「あれは人が死んだときに、その人の体から抜けだした黄燐が空気に触れて燃えながら上昇していくんだ。あんなに人が死んでいるんだ」

父が吐き捨てるように云った。

見ているうちに、順一はひどい寒気を覚えた。火の玉をみたせいかもしれなかった。いま、無数の死者の魂が昇天しているのだと思った。

弟は静かだった。

叢で虫が鳴いていた。

順一たちはいくらか気分が落ち着いてきて、きょう一日のことを思い返して話し合った。落とされた爆弾は、たった一発で都市が消滅する恐ろしいものだ、と聞いたことがある、あの爆弾かもしれないと順一は思った。その新型爆弾を日本でも研究開発していて、一発で軍艦を沈めるだけの威力を持っているということだった。その爆弾なのだろうと順一は想像した。

弟が呻き始めた。しきりに話しかけてくる様子なのだが、どうしても聞き取れない。その度に父が上手に相槌をうった。弟の声は次第に大きくなった。全身にありったけの力をこめて話しかけてくる。しばらく話し続けた後、急に声が低くなった。声は呻きに変わった。やがて呻きも途絶えがちになった。突然、ひと声なにか叫んだ。それきり声が途絶えた。父が弟に顔を寄せて様子を窺った。

「だめかもしれない」

父は弟の首の後ろに手を入れて体を起こしながら、弟の名を呼んだ。

「克二、克二」

弟は答えない。

父は弟を静かに寝かせて手首を握り、脈をとった。しばらくじっと窺っていたが、首を大きく横に振った。

母が弟に呼びかけ、しゃくり上げた。

「克二ちゃん、克二ちゃん」

順一も一緒になって弟に呼びかけた。

順一たちは弟を覗き込むように屈んで、しばらく涙を流した。

その時、すぐ側の細い山道を下ってくる人影が順一たちのところへ来た。モンペ姿の婦人だった。婦人は順一たちに告げるように云った。

「今、坊ちゃんがお亡くなりになられました。夜露がかかるといけませんから、これをかけてあげてください」

婦人はそう云って、持ってきたすだれをひろげて、母に渡して、さらに、

「線香を持ってきましたから、立ててあげてください」

と、一握りの線香にマッチ箱を添えて差し出した。母が受け取って、

「すみません、ありがとうございます。」とお礼を云った。

その婦人はそのまま、山道の上に見える家の方へ引き返して行った。

どうして弟が死んだことがあの婦人に分かったのだろうかと順一は不思議に思った。父も母も不思議がっていた。たぶん、と順一は推測した、弟の体から抜け出した黄燐が空気に触れて燃焼して、火の玉となって空へ昇って行ったのをあの婦人が見たのだろう。そういう気がした。

婦人が持ってきてくれたすだれを母が弟にかけた。父がマッチで線香に火をつけた。煙が流れ始めた。香が漂ってきた。父が線香を弟の傍に置いた。

父が弟に掌を合わせた。母も合掌した。順一も合掌して弟の成仏を祈った。

やがて、明け染めてきた空に雲が浮かんでいるのがみえた。

順一たちは弟を乗せた担架を担いで家に帰った。

弟はすぐ布団に寝かせられた。母は急いでガーゼで縫った白衣を弟に左前にして着せた後、弟の死を確かめて貰おうと、近くの家に間借りしている日赤病院の看護婦のところへ急いだ。

母が連れて帰った看護婦は、弟の横に座るとそっとその手首に自分の手を当てて脈を調べていた。しばらく経って手を離すと、目配せするように母をみた。

「やっぱりだめでしょうか」と母が訊いた。

看護婦は言葉にはださずに、微かに何度も頷いた後、弟に掌を合わせ、静かに立って帰って行った。

弟の顔に白布が被せられ、枕許に線香が立てられた。

父は弟を焼き場に運ぶ段取りを相談するために町内会長のところへ出かけた。

母は隣の部屋にいた。

順一は弟の枕許に坐って、顔に被せられた白布をぼんやり眺めていた。白布が微かに揺れたようにみえた。順一は白布を取って弟を凝視した。弟の唇が震えている。その奥の方からなにかが押し上ってくるのを感じた時、〝お母ちゃん〟という声ともつかぬ声が洩れ出てきたのを聞いた。それは息とともに辛うじて押し出されてきた弟の声だった。順一は夢中で母を呼んだ。

母が走ってきた。

「克二がいま、お母ちゃんと呼んだよ」

母は倒れ込むようにして弟に顔を寄せた。

「克二ちゃん、克二ちゃん！」

順一も必死に呼びかけながら弟の手を握った。その手が急速に冷えていった。順一は自分の体が震え始めたのが分かった。激しく震えだした。じっとしておれなくなって立ち上がった。咽喉の奥からなにかが塊となって押し出てきた。

「わあッ！」順一は叫んだ。

「わあッ、わあッ！」

叫びながら、順一は部屋を歩き廻った。弟の周りを廻りながら叫んだ。やがて涙が出てきた。

順一はしゃくり上げて泣いた。

町内会長のところから戻ってきた父も話を聞いて、声を出して泣いた。

弟は死んだのだった。

その日の夕方。弟は近くの焼き場に運ばれて荼毘《だび》に付された。十三歳だった。

数日後、父が山際の山道から下りてきた婦人に借りたすだれを返しに行って戻り、妙な話をした。

「家人によると、すだれは確かにそこの家のものだが、家の者がだれもすだれを持って出たこともないし、あの婦人のような人はその家にはいないそうだ」

「こんな大きな出来事があった時には、考えられないようなことが起こるそうですよ」と母が云った。

順一は、ひょっとして婦人に姿を借りた仏が弟を迎えにきたのかもしれないと想った。

あれから七十年近くが過ぎた。八十を超えた年齢まで生き延びてきた順一は、今も、弟を思うたびに溢れ出る涙を抑えられないでいる。

あとがき

広島の原爆をテーマの中心にした小説を書くという主題を自らに課して、ヒロシマの真実に迫ろうと歳月をかけてきました。

今は亡き評論家佐々木基一氏の力添えを受け、小説家井伏鱒二先生の並ならぬ心遣いを戴いたことが大きな励みとなりました。

佐々木氏とは、氏が新居に移られたあとの旧居を借りて、五年間、同じ邸内で毎日顔を合わせて過しました。

井伏先生とは、月に一回お宅に伺い、時には手紙で、「中央公論『海』の宮田毬栄君が、石田耕治氏の原稿を八月号に出したと知らせてくれました。この調子がつづけばいいと思います」「『海』の件はたいへんよかったと思います。次の原稿を書いとくこと必要です」と常に心にかけて戴きました。

お二人に心からの感謝と併せて、この度、これまで発表した作品の中から五篇を選んで一冊の本にまとめたことを報告させて戴きます。

この間、日々の糧を得るために、亡き映画脚本家小国英雄氏に教わった脚本づくりが大いに役立ちました。氏に深く感謝します。

原爆をテーマにした小説を書こうと決めた時、最初に浮かんだのは八月七日に死亡した弟の顔でした。弟は私に書くように促してくれていました。弟の名前は耕治だったので、それを使うことにしました。石田は母の実家の姓で、弟は小学校に入る前から小学二年生まで母の実家に預けられ、可愛がられて成長しました（そのいきさつは「弟」に書きました）。その石田を姓に使い、「石田耕治」をペンネームとしました。「弟」という作品を書き終えた今、これまで書いてきた原爆小説のテーマを閉じて耕治という名を弟に返還したいと考えているところです。

「靴」という作品についてお断りしておかなければなりません。この作品は昭和三十四年（一九五九）六月に雑誌に発表したもので、今日から見れば身障者や食肉処理業者に対する差別を助長していると受け取られかねない表現がありました。本作品は著者にとっても重要な作品であるため、作品のテーマ・構成を崩さない形で出来るだけ加筆修正し、本書に収録しましたが、作品の骨格に関わるため修正しきれなかった箇所があります。こうした方々への差別はいわれのないものであり、その差別を助長することは著者の本意ではありません。作品の目的もそこにはありません。どうかこの点を十分ご理解戴いた上でお読み戴きますようお願いいたします。

最後に、この本の出版を強く推して戴いた石田善昭・佳子夫妻、出版時の相談に快く応じて戴いた編集者福島紀幸氏、装幀を引き受けて戴き、素晴らしい作品を描き下ろしてくださった画家池田龍雄氏に深く感謝します。併せて、この本の出版に、心の籠った編集をして戴いた河出書房新社の小川哲氏、校正の渡辺美保氏に深く感謝します。

二〇一四年五月二日

石田耕治

略年譜

一九三〇　三月三一日、広島市観音町に生まれる。父駒田仁郎・母マチ子の長男、本名駒田博之。
一九四二　広島市立己斐小学校卒業。広島県立広島第二中学校入学。
一九四五　八月六日、米軍が投下した原子爆弾により広島市壊滅。八月七日、弟耕治（市立中学一年）死亡。
一九四八　旧制広島高等学校文科甲類入学。文芸部に所属。雑誌「移動風景」に初めての小説「土と共に」を発表。
一九四九　広島高等学校一年修了。新制広島大学政経学部入学。
一九五三　広島大学卒業。広島銀行入社。
一九五四　広島銀行退職。東京に出る。知人の紹介で映画脚本家小国英雄氏に師事。脚本の勉強を始める。
一九五五　東大教授登張正實氏の紹介で評論家佐々木基一氏を知る。以後小説原稿を見て貰う。
一九五六　佐々木氏の推薦で小説「地上に立てば」を雑誌「近代文学」に発表。
一九五八　「安芸文学」に参加。
一九五九　小説「靴」が第二回群像新人賞佳作となる。以後、主として広島の原爆をテーマとした作品の発表を続ける。
一九六〇　佐々木氏の紹介で新日本文学会に入会。
一九六二　雑誌「新日本文学」に小説「その壁の中で」を発表。テレビ・ドラマの執筆を始める。
一九六三　一〇月一五日、入江惇子と結婚式を挙げる。

一九六五　義兄入江生一氏の紹介で小説家井伏鱒二氏を知る。

井伏氏の紹介で文芸誌「海燕」「海」に小説を発表。

一九六七　日本放送作家協会入会。

一九六八　杉並シネクラブ運動に参加。

一九六九　四月、佐々木基一氏新居移転で同じ邸内の旧居を借りて移り住む。

七月、交通事故（都バス乗車中）で第十二胸椎圧迫骨折と診断され、一か月半入院治療。

一九七〇　一〇月三一日、父仁郎死去（六六歳）。

一九七四　杉並シネクラブ解散。

横浜市緑区（現青葉区）すすき野三丁目の団地に転居。

一九七五　七月二三日、長男誕生、一太郎と命名。

一九七六　点の会発足と同時に入会。

一九八〇　原爆後遺症による口腔内乳頭腫瘍摘出手術のため一か月入院治療。

一九九三　四月、佐々木基一氏死去。

七月、井伏鱒二氏死去。

一九九四　新日本文学会退会。

二〇〇五　三月一〇日、母マチ子死去（九六歳）。

二〇〇九　佐々木基一全集編集員会に参加。

二〇一三　一〇月『佐々木基一全集』（全十巻）完結。

作品リスト

○小説

地上に立てば（「近代文学」１９５６年５月号）
飢えの季節（「広島文学」１９５６年夏期号）
靴（「群像」１９５９年６月号）
雲の記憶（「群像」１９５９年９月号）
流れと叫び（「安芸文学」１９６１年第９集）
死の壁の中で（「新日本文学」１９６２年８月号）
蝿のかなしみ（「安芸文学」１９６２年第12集）
海（「安芸文学」１９６３年第14集）
黄色い沼（「安芸文学」１９６６年20号）
犬（「安芸文学」１９６７年23号）
影について（「安芸文学」１９７０年28号）
いくつかのうちのどれか（「安芸文学」１９７１年30号）
死者の風景（「安芸文学」１９７７年45号～１９９１年59号、15回連載）
たまプラーザ駅のホームで見かけた奇妙な幻影（「点」１９８１年創刊号）
崩れる（「点」１９８２年２号）
この日（「海」１９８３年９月号）
流人多賀朝湖（「海燕」１９８８年８月号）
天明福山一揆（「海燕」１９８８年12月号）
そして、（「海燕」１９８９年３月号）
相生橋（「海燕」１９９２年９月号）
微笑（「点」１９９７年13号）
遠い冬（「梶葉」１９９９年）
猿（「点」１９９９年14号）
その領域（「安芸文学」２０００年67号）
老いの海へ（「点」２０００年15号～２００６年20号、６回連載）
宮城籠城（「安芸文学」２０１０年78号）
弟（「安芸文学」２０１３年82号）

神のいる穴（長編）（掲載誌不明）
揺れる月（掲載誌不明）
川縁の家（掲載誌不明）
老ゆる一蝶（掲載誌不明）

○エッセイ
原爆文学の決意（「安芸文学」1962年第11集）
異端の画家英一蝶（「歴史読本」1989年2月号）
板垣旅館女将（「点」1991年10号）
時代小説と歴史（「点」1992年11号）
千日回峰行という旅（「点」1993年12号）
野田さんの詩（「点」1997年13号）
井伏さんと『黒い雨』（「梶葉」1998年）
井伏先生という人（「安芸文学」2011年80号）
共に暮らした五歳月（『佐々木基一全集 10巻』2013年10月）
佐々木基一的発想とは（「図書新聞」2013年12月1日号）

○戯曲／テレビ・ドラマ
裁かれるのは誰か
おれはお前だ
文部大臣の歯ブラシ
特別機動捜査隊
水戸黄門
桃太郎侍
西部警察

初出

「雲の記憶」　「群像」１９５９年９月号
『〈八月六日〉を描く』（文化評論出版、１９７０年）収録
大江健三郎編『何とも知れない未来に』（集英社文庫、１９８３年）収録
『日本の原爆文学　10』（ほるぷ出版、１９８３年）収録
「相生橋」　「海燕」１９９２年９月号
「流れと叫び」　「安芸文学」１９６１年第９集（２月）
『コレクション戦争と文学13　死者たちの語り』（集英社、２０１１年）収録
「靴」　「群像」１９５９年６月号
「弟」　「安芸文学」２０１３年82号

＊

「流れと叫び」はアンソロジー『コレクション戦争と文学13　死者たちの語り』を、他の作品は雑誌初出を底本とし、本書収録にあたり一部加筆いたしました。

「靴」はあとがきにもあるとおり、大幅に加筆修正をいたしました。

石田耕治（いしだ・こうじ）
本名・駒田博之。一九三〇年広島生まれ。一九五三年広島大学政経学部卒業、広島銀行入社。翌一九五四年退職して東京へ出る。一九五九年「群像」新人賞佳作。以後主として原爆をテーマにした小説を書き続ける。本名でテレビ・ドラマなどの脚本を執筆する。「日本放送作家協会・日本脚本家連盟」所属。安芸文学所属。

雲の記憶

二〇一四年六月二〇日　初版印刷
二〇一四年六月三〇日　初版発行

著　者　石田耕治
装　幀　池田龍雄
発行者　小野寺優
発行所　株式会社河出書房新社
東京都渋谷区千駄ヶ谷二-三二-二
〒一五一-〇〇五一
電話　〇三-三四〇四-八六一一（編集）
〇三-三四〇四-一二〇一（営業）
http://www.kawade.co.jp/

組　版　株式会社創都
印　刷　モリモト印刷株式会社
製　本　小泉製本株式会社

Printed in Japan　ISBN978-4-309-92023-8